더 이상
밀밭은
없다

김채형 소설집

청어

더 이상
밀밭은
없다

작가의 말

지난 초여름이었다. 구름 한 점 없이 해맑은 날, 기러기 부부가 갓 부화한 샛노란 새끼들을 데리고 줄지어 콘도 주차장을 떠나고 있었다. 아무리 둘러보아도 기러기가 알을 품고 부화할 만한 곳이 없어 보이는데 어디서 알을 품었을까 싶어 신기한 눈으로 바라보았다. 어미 기러기는 맨 앞에 서고 열 마리의 새끼들은 줄서서 아장아장 어미를 따르고 아비 기러기는 맨 뒤에서 새끼들을 지키며 걸었다.

새 생명의 신비와 환희를 눈으로 보고 느낄 수 있는 아름다운 광경이었다.

내가 생명을 준 소설들,
다른 이들에게 그처럼 아름다웠으면 좋겠다.
샛노란 기쁨이었으면 좋겠다.

이곳은 이제 겨울의 한복판으로 들어서 있고, 어미 새로 자란 기러기들은 일찍이 추위를 피해 어디론가 떠나갔다.

크리스마스이브인 오늘은 가는 곳마다 축제 분위기에 들뜬 인파로 넘친다. 성탄절과 연말연시의 분주한 시간이 지나면 세상은 다시 깊은 정적 속으로 침몰할 것이다. 어디를 둘러보아도 짙게 깔린 회색빛 하늘과 하얗게 덮인 눈뿐…… 겨울의 긴 터널을 지나며 지친 사람들은 쌓인 눈더미 위에서 또 다른 축제를 꿈꿀 것이다.

눈꽃축제.

나는 그 축제에 작은 오색등 하나 만들어 걸고 싶다.

지난 주일 미사 시간에 신부님께서 이런 강론을 하셨다. 한 해를 마무리하며 자신이 누구인지 깊이 묵상하고 내면에 있는 자신과 만나는 기쁨을 맛보라고.

나는 누구인가? 라는 질문은 바로 내가 자주 나 자신에게 하는 질문이다. 그때마다 나는 내 안에 자리하고 있는 소설과 마주하곤 한다.

소설 때문에 절망하고 소설 때문에 기뻐하기를 반복한다. 나중에는 무기력해지고 자포자기 상태가 되기도 한다. 하지만 소설을 놓는 순간 나는 죽음의 유혹에서 벗어나지 못할 것만 같다.

소설은 나의 영원한 반려이며 동시에 생을 위한 몸부림이고 상처를 헤집는 고통이다.

2017년은 유독 아프고 답답했다. 그 끝자락에서 나의 두 번째 소설집 출판을 위해 이 글을 쓴다. 나는 소설을 책으로 묶어 내놓는 일이 참으로 조심스럽다. 첫 소설집이 늦어진 것도 그 이유였다. 그리고 이번에도 오래 망설였다. 글을 책으로 묶어 내놓는 일은 독자와 서로 얼굴을 마주하고 눈을 맞히며 대화하는 것이다. 나는 이제 독자들과 직접 만나 사랑에 빠지고 싶다.

이 책이 상처받은 이들에게 위로가 되기를 바란다. 내 손자들에게 자신의 뿌리를 기억하게 하는 선물이 되기를 바란다.

김 채 형

차 례

그러나 아무리 살펴보아도 이제 더 이상 밀밭은 없었다. 나의 사춘기, 호기심
가득한 키들거림. 그 비틀리고 풋풋한 반항의 몸짓은 없었다.
나는 발길을 돌리려다 말고 손을 들어 올려 강물을 향해 흔들었다.

더 이상 밀밭은 없다

며칠 전 서울 살림을 정리하고 고향으로 내려간 사촌언니 집을 방문하고 돌아가던 길이었다. 버스가 강쪽으로 들어설 때부터 내 마음속에는 갈등이 일기 시작했다. 어릴 적 내가 살았던 동네를 지나가고 있었기 때문이었다. 무언지 모를 착잡한 감정이 자꾸만 내 발목을 잡아끄는 듯싶었다. 버스가 동네를 거의 지나쳐 B읍내로 진입하는 다리를 건너기 직전에 이르렀을 즈음, 결국 그 감정에 떠밀리듯 나는 버스에서 내리고 말았다.

  달용이 말여, 참말루 아까운 사람인디, 하필 그 자리에서 죽었다니께. 그 자리는 해마다 사람이 빠져 죽는다고 혀서 귀신이 끌어당긴다는 자리가 아닌감. 참 이상허지. 아무리 술에 취해도 물에 빠져 죽을 사람이 아닌디 말여.

  한 달 전에 처음으로 참석한 초등학교 동창회에서 들은 그에 관한 소식이었다. 그 뒤로 내 마음속에는 그에 대한 연민인지 철부지 어린 시절의 추억에 대한 부끄러움인지 모를 모호한 감정이 똬리를 틀고 떠나지 않았다.

달용이는 오랜 세월 동안 줄곧 희미한 두 개의 점으로 내 머릿속에 남아 있었다. 초등학교 삼학년 무렵, 아버지가 이 동네에 새집을 짓고 이사 온 다음부터 그 애와 나는 한 동네에 살게 되었고, 육 학년 때는 같은 반에서 공부했다. 까까머리의 달용이는 햇볕에 그을린 까만 피부에 크고 쌍꺼풀진 눈을 껌뻑일 때면 유독 흰자위만 돋보였다. 마치 진갈색 도화지에 찍은 두 개의 흰 점 같았다.

이어서 떠오르는 그림이 하나 더 있었다. 바로 그 애가 입은 바지의 오른쪽 엉덩이에 헤져서 생긴 눈알만 한 구멍이었다. 그 애가 걸을 때마다 그 구멍으로 엉덩이 살이 내비쳤던 것이다. 나는 그 구멍을 통해 그 애의 가난을 엿볼 수 있었다. 내가 그 애에게 관심을 갖게 된 것도 아마 그것 때문이었을 것이다.

난 늘 허기져 있었다. 그 애처럼 물질적인 것은 아니었으나 집안 어른들의 관심 밖에서 애정에 대한 주림을 채우지 못해 막 시작된 사춘기의 내 감정은 자꾸만 꼬이고 있었다. 그 애의 가난과 나의 애정결핍은 '결핍'이란 공통분모를 가지고 있었다.

나는 묵은 기와집과 낡은 슬레이트 지붕이 옹기종기 모여 있는 동네의 중심지로 들어섰다. 동네는 몰라보게 변모해 있었다. 예전에는 강촌 마을이기는 해도 교통의 요지로 제법 활기가 있던 동네였는데 텅 빈 거리는 황량하게 느껴졌다. 다리가 놓인 뒤로 상업이 죽는 바람에 장사로 제법 부를 이룬 사람들이 망하거나 외지로 떠나버려 동네가 썰렁해졌다는 소식은 이미 들은 바였다.

옛날의 기억을 더듬으며 나루터 아래쪽으로 길을 따라 걸음을 옮졌다. 예전의 기억과 일치하는 모습은 거의 찾기 어려웠다. 강줄기를 왼쪽으로 하고 강둑을 따라 길게 올챙이 모양으로 집들이 이어졌다. 방향을 틀어 강 서쪽으로 예전의 우리 집이 있던 곳을 더듬거리며 찾았다. 집들은 먼지를 폭 뒤집어쓰고 쓰러질 듯 엎드려 있었다. 아침마다 읍내에 있는 중고등학교에 가는 학생들로 분주하던 큰길은 자동차 두 대가 비껴가기에도 빠듯할 정도로 폭이 좁았다.

기억은 희미하지만 건물의 특징이 남아있는 양조장을 찾을 수 있었다. 그리고 양조장에서 서너 집 아래에 역시 우체국이 있었다. 그런데 건물이 옛날의 모습이 아닌 현대적 구조인 걸 보니 아마 옛 건물을 헐고 그 자리에 신축한 모양이었다. 벽면도 예전처럼 담쟁이넝쿨로 뒤덮이지 않았다.

그 건물 앞에서 걸음을 멈추었다. 바로 그 건물 맞은편에 있는 함석지붕을 얹은 집이 예전의 우리 집이었다. 아버지가 D시까지 나가 손수 건축자재를 사다 지은 집으로 내가 큰 도시로 나가 중학교에 입학하기 전까지 살았다. 집의 외형은 옛 모습 그대로였으나 형편없이 낡아 초라하기 그지없었다. 나는 반가운 마음에 그만 대문의 손잡이에 손을 대려다 멈칫 물러서고 말았다. 긴 공백이 내 손길을 막았다. 대문 앞에서 한참을 망설이다가 극장 쪽으로 발길을 돌렸다.

극장은 우리 집과 조그만 논을 하나 사이에 두고 마주 보고 있었다. 그런데 그 논은 밭으로 변해 있었고 밭의 한 귀퉁이에 현대식 주택이 몇 채 들어서 있었다. 극장의 모습은 영 딴판이었다. 극장 마당도 훨씬 넓어진 듯했다. 나는 극장 앞에 놓인 벤치에 걸터앉았다. 우리가 살던 집이 한눈에 들어왔다. 당시엔 제법 현대식 구조를 갖추었다고 자랑하던 집이었다. 이중구조로 큰길 쪽은 아버지가 환자를 진료하는 곳이었고, 극장 쪽은 우리 가족이 사는 살림집이었다. 한참을 지켜보아도 사람의 그림자라곤 얼씬거리지도 않는 게 적요한 기운만 감돌았다.

　내 나이 열세 살 무렵 나는 할머니와 아버지, 그리고 새어머니에 대해서 속으로 반항심을 키우고 있었다. 할머니의 반대로 나는 중학교에 진학하지 못하고 집에서 갓난아기인 이복동생을 업고 마당을 서성이거나 할머니에게 붙들려 사역(?)에 시달려야 했기 때문이었다.
　지지배 공부 많이 가르쳐야 아무 짝에도 못쓴다.
　할머니는 내가 읍내에 있는 여자중학교 입학시험에 합격했는데도 진학하는 걸 극구 반대했다. 할머니는 옛날 분이니 그렇다 쳐도 아버지까지 내 장래에 대해선 전혀 계획이 없는 것 같았다. 물론 내가 아버지의 마음에 흡족할 만큼 공부를 잘하는 아이는 아니었다. 백이십 명 중에서 삼십 등 안으로 합격하라는 아버지의 요구를 충족시키지 못했다. 겨우 백 등 안에 들었을 뿐이었다. 하지만 우리 군 지역에서는 그 이상 좋은 학교가 없었고, 그 학교에 떨어지면 울고불고 낙담하던 여자중학교였다. 남들은 떨어져서 못가는 학교에 합격했으니 내가 입학을 원하는 건 당연한 일이었다. 더구나 아버지는 직업으로 보나 뭐로 보나 그만한 능력이 없는 사람도 아니었다.
　날마다 우리 집 앞으로 내 또래 아이들이 읍내에 있는 중학교에 가느라 분주하게 지나가는 걸 보며 나는 절망할 수밖에 없었다. 할머니 말씀이라면 죽는 시늉까지 하는 아버지가 싫었다. 그런 아버지와 할머니에게 순종하는 척 내 편을 들어 바른 말을 하지 않는 새어머니에게도 불만이 많았다.

할머니는 해소 천식으로 숨이 차서 쌕쌕거리면서도 장죽을 입에 달고 살았다. 젊었을 때 생긴 가슴앓이를 다스리느라 담배를 배웠다고 했다. 장죽에 잎담배를 꾹 눌러 담아서 뻐끔뻐끔 빨고 나선 재를 터느라 놋재떨이를 땅땅 두들기면서 으레 머릿속 이를 잡으라고 나를 불렀다. 내가 밖으로 나도는 걸 막으려는 의도였다.

할머니 머리에 정말 이가 있는 건 아니었다. 그냥 머릿속이 가려워서 콩콩 이 죽이는 시늉을 하면 시원하게 느껴진다고 했다. 내가 머리카락 갈피를 샅샅이 헤치며 손톱을 마주쳐서 머리 밑에 힘을 가하면, 할머니는 스르르 눈을 감고 기꺼운 표정으로 잠이 들곤 했다. 하지만 나는 할머니의 머리카락을 헤집으며 할머니와는 생판 다른 생각으로 시간을 죽이기 일쑤였다. 온통 머릿속 한가득 할머니는 언제 죽을까, 빨리 죽었으면 좋겠다, 라는 맹랑한 소망으로 차 있곤 했었다. 중학교에 보내주지 않고 자신의 머릿속이나 뒤져 이나 잡으라고 하는 할머니가 원망스러웠다. 어쩌면 나는 그런 생각을 손톱 끝으로 몰아붙여 의도적으로 콩콩 힘을 주었는지 몰랐다.

나는 할머니가 깊이 잠들기만 기다렸다. 살 한 점 없이 깡마른 체격의 할머니는 좀체 나를 놓아 주려고 하지 않았지만, 끈질기게 기회를 엿보는 내 끈기를 당해내지는 못했다. 푸푸 소리를 내다가 웅얼웅얼

잠꼬대처럼 달아나려는 나를 붙잡아보려는 시도를 해보나 결국은 꿈속으로 빠져들고 마는 거였다. 그렇다고 금세 발딱 일어설 수는 없었다. 잘못하다가 새어머니에게 다시 붙들리면 동생을 업고 안방에서 나가 윗방으로 들어오는 숨바꼭질을 해야 할 판이었다. 동생을 등에 업은 채 재봉틀을 돌리는 새어머니가 잠깐 자리를 뜬 사이 재빨리 안방을 벗어나야만 했다.

그 시절 내가 가장 싫었던 일 두 가지 중 하나가 동생을 업고 집 앞에 나가 서성이다가 말쑥한 교복 차림에 책가방을 들고 지나가는 학생들과 마주치는 거였다.

어른들 눈을 피해 자유를 얻은 다음 내가 하는 일은 두 가지 중 하나였다. 창고로 쓰고 있는 작은 마루방으로 숨어들어 아버지의 책을 훔쳐보는 일이거나 아니면 대문 밖으로 나가 강가로 달려가는 일이었다.

그 작은 마루방은 창문이 하나 있었지만 옆집 담에 가려 있어서 종일 컴컴했다. 때문에 전기 불을 켜거나 플래시를 사용해야 했다. 나는 어른들에게 들킬까봐 항상 플래시를 이용했다. 플래시 불빛은 내가 보려는 부분만 적당히 밝힐 수 있었다. 아버지의 그 책은 일본어로 쓰이고 총천연색으로 남녀의 성기와 여자가 분만하는 그림이 적나라하게 그려진 산부인과용 의학 서적이었다. 일본 글자를 읽을 수는 없었기에 내가 즐기는 것은 당연히 그림뿐이었다. 플래시 불빛 아래에서 보는 총천연색 성기와 장기들은 내 눈을 은밀하게 끌어당겨 붙박아 놓았다. 나는 숨을 죽이고 그림 속에 빠져들었다. 사실 이 책은 내가 초등학교 삼사 학년 무렵부터 보았으므로 그림의 내용들을 훤히 꿰고 있었다. 그럼에도 그것들은 볼 때마다 낯설었다. 아무리 보아도 낯설고 놀라워서 숨이 막힐 듯 가슴이 두근거렸다. 두꺼운 그 책은 내가 몇 년을 두고 보는 동안 책장이 나풀나풀 펴질 정도로 낡아 버렸다. 그럼에도 아버지는 이제 그 책을 볼 필요는 없는지 책이 낡아가고 있음을 눈치 채지 못하는 거 같았다. 아예 책이 아버지의 책장을 벗어나 컴컴한 마루방 구석에 처박혀 버렸다는 사실조차 감지하지 못하고 있는 것 같았다.

내가 가장 흥미를 느끼는 것은 아기가 여성의 뱃속에서 질을 통과해 나오는 그림이었다. 아기가 나오는 모습은 정말 신기했다. 훗날 내 몸에서도 아기가 이런 모양으로 생겨나 이렇게 생긴 나의 은밀한 몸의 터널을 통과해 나오는 것일 거라고 상상하느라 그 캄캄한 방에서 시간 가는 줄 몰랐다.

그때 나는 어른들의 시야에서 벗어나는 어설픈 자유 외에 생각할 수 있는 게 없었다.

내가 앉아 있는 벤치 앞의 이 극장에선 오후만 되면 확성기를 통해 유행가가 흘러나왔다. 라이벌 관계의 한 가수는 저 푸른 초원 위에 집을 짓고 임과 함께 한 백년 살고 싶다고 노래하면 다른 가수는 코스모스 피어있는 정든 고향역으로 달려갔다. 나는 그 유행가들을 따라 부르곤 했었다. 그때에 들은 가요들은 지금도 가끔 흥얼거릴 정도로 귀에 박혔다.

강변으로 가는 길은 두 갈래였다. 하나는 큰길을 따라서 곧장 나루터로 빠지는 길과 다른 하나는 극장 앞을 지나서 장터를 가로지르며 강둑에 다다르는 길이었다. 나는 늘 극장 앞을 지나서 갔다. 극장 문에 붙어 있는 영화의 한 장면을 그린 대형 광고판의 그림과 광고 포스터가 흥미로웠기 때문이었다. 커다란 사진 속의 영화배우, 엄앵란과 신성일은 너무나 멋있어 보였다. 그들이 사랑에 빠져 달콤하게 속삭이는 장면은 당시의 내겐 환상의 세계일 뿐이었다.

내가 그런 포스터와 사진들을 들여다보며 즐거워하고 있을 때, 낡은 교복 차림으로 동생을 업은 채 그 앞을 서성이는 달용이를 자주 볼 수 있었다. 달용이 역시 새로 들어온 영화의 선전광고를 보거나 영화 장면의 사진들에 정신을 팔고 있기 일쑤였다. 그래서 제 동생이 누런 콧물을 제 낡은 교복 등에 마구 문질러 얼룩덜룩 떡칠을 하고 동생 자신의 볼때기까지 범벅을 하고 있는 줄을 모르는 듯했다. 그 애의 바지 엉덩이 역시 언제나 동생이 싼 오줌으로 얼룩져 있었다.

달용이 어머니는 과부였는데 동생을 낳았다. 언젠가는 술에 취해 길거리에서 저고리 섶을 풀어헤쳐 젖무덤을 거의 드러낸 채 몸을 가누지 못했다.

달용아, 엄마를 너무 부끄러워하지 말어. 놓으란 말야, 이거 놔!

부축하는 달용이의 손을 뿌리치며 비틀거리자 달용이는 얼굴이 홍당무가 되어 쩔쩔매는 모습이었다. 감당하기에 힘이 달리는 모양이었다.

그 애는 언제나 고개를 숙이고 땅바닥만 내려다보며 걸었다. 다른 친구들과는 어울려 다니지 않았다.

나는 벤치에서 몸을 일으켜 극장 문 앞으로 가까이 다가갔다. 극장 문에는 그 시절처럼 영화의 선전 포스터가 붙어 있었다. 오래전에 개봉된 '매트릭스'와 '아이로봇', 그리고 요즘 한창 인기 있는 한국 배우들의 사진이 들어간 포스터였다. 깃을 세운 트렌치코트에 선글라스를 쓴 한국 배우의 액션 사진이 실감 나게 눈에 들어왔다. 그러나 그때처럼 영화의 내용을 사진으로 뽑아 연결해 놓진 않았다. 이제 더 이상 동네 소년소녀들의 호기심을 채워줄 사진 따위는 필요하지 않은 것이다. 요즘 아이들은 텔레비전과 컴퓨터를 통해 다양한 문화를 접할 수 있으니 영화에 목매고 아쉬워할 일이 있겠는가?

나는 극장 앞을 떠나 강 쪽을 향해 발길을 옮겼다. 강은 장터를 가로질러 동쪽 끝에 있다. 휑뎅그렁하니 비어있는 장터로 들어섰다. 내 눈 앞에는 그 시절의 장날이 마치 현실처럼 펼쳐졌다. 장터로 들어서면 야채 시장이 있었고, 야채시장에서 장사를 제일 잘하는 사람은 살집이 좋은 중년 여자였다. 사람들 사이에서 그녀는 성과 이름은 알려지지 않은 채 그저 살이 많이 쪘다고 뚱땡이로 통했다. 그녀는 자신에 대한 호칭 따위 관심 없이 장사에 열중하느라 언제나 화들짝 시끌벅적했다.

글쎄 애기집이 살이 쪄서 아이가 들어서지 못헌다.

그녀는 떠도는 소문대로 자식을 두지 못했었다. 그래서인지 과부로 아이를 낳은 달용이 엄마를 늘 못마땅하게 여겼다. 하지만 장사 수완은 좋아서 돈을 많이 벌었다는 얘기가 있었다. 어디선가 그녀의 친근하고도 칼칼한 외침이 들리는 것 같았다.

야채전을 지나 좀 더 깊숙이 들어가면 국밥집이 있었다. 그 집의 할머니가 만드는 국밥은 정말 맛이 좋았다. 얼큰한 소고기 국물과 쫄깃한 고기 덩어리 씹히는 맛이 일품이었다. 할머니는 손녀딸과 둘이서 살았는데 그 손녀가 병이 나서 우리 아버지가 왕진을 가곤 했었다. 어느 날 그 손녀를 치료하고 돌아온 아버지는 손에 보기에도 구수해 뵈는 누룽지 한 뭉치를 들고 왔다.

그 애가 나를 준다고 꼭꼭 숨겨 두었다지 뭐야, 아주 착하고 예쁘게 생긴 아인데 참 안타까워. 지금의 의학으로는 고칠 수 없는 희귀한 병이거든.

내게 냉정한 아버지가 그 집의 손녀 얘기를 새어머니에게 하면서 안타까워하는 모습을 보고 나는 아버지를 이해할 수 없었다. 자식인 나를 중학교에도 보내지 않은 아버지가 어떻게 자신의 환자에 대해선 그토록 애정 어린 말을 할 수 있는 것인지…… 나는 아버지의 이중성을 보는 듯하여 입을 앙다물고 아버지의 옆얼굴을 쏘아보았다.

내가 일찍부터 아버지의 직업을 싫어하게 된 것도 아마 그런 감정 때문이 아닌가 싶었다. 물론 철이 든 다음에는 아버지의 깊은(?) 뜻을 조금은 이해하려 했고, 그런 과정은 내 인생에 도움이 되었던 것도 사실이었지만, 그 당시에는 어른들을 이해할 수 없어서 내 마음은 비틀리기만 했었다.

장터를 지나 강둑으로 올라섰다. 시원한 강바람이 땀에 젖은 내 얼굴과 몸을 식혀 주었다. 강물은 변함없이 서해바다를 향해 무심히 흐르는데 옛 모습이 남아 있는 곳은 없었다. 왼쪽으로 길게 육중한 다리가 강물 위에 가로 놓여 있었다. 다리 오른쪽의 건너편 백사장엔 늦은 피서객이 쳐 놓은 듯 텐트가 두 개 있었다. 말복이 지나고 해수욕장들도 하나둘 폐장한다는 소리가 들리는데, 누군가 늦은 휴가를 떠나온 모양이었다.

텐트가 있는 그쯤이 아닌가 싶었다. 나는 옆집 영옥이 할아버지를 화장한 자리를 가늠해 보았다. 영옥이 할아버지는 철저하게 불교의 가르침을 실천하며 살았던 독실한 불교도였다. 그 어른의 유언에 따라 텐트가 쳐진 자리에서 화장을 했는데 여러 알의 사리가 나왔다고 했다. 여름이면 흰 모시로 지은 바지저고리를 차려 입고 큰 소리 한번 내지 않고 살았던 분이었다. 어린 마음에도 나는 그 어른에 대한 존경심이 일었다. 어떻게 살면 그렇게 될 수 있을까? 마음속에 반항심만 가득하던 내게 막연하나마 진실된 삶에 대해 생각하게 한 동네의 큰 어른이었다. 그 뒤로 그 어른을 화장한 자리에는 밤마다 도깨비불이 켜진다는 소문이 있었다.

자동차와 사람과 가축 등을 함께 싣고 강을 건너던 커다란 배는 보이지 않았다. 다리가 없던 시절에 자동차나 우마차 등이 강을 건널 수 있는 유일한 수단은 그 배였다. 배에 크기 순서대로 제일 먼저 버스가 타고 그 다음에는 우마차가 올랐다. 뒤를 이어 여러 대의 자전거와 가축 시장에 가는 가축들을 태웠다. 사람들은 맨 나중에 배의 양 옆 자리나 물건들 사이 빈 공간에 들어가 서 있어야 했다. 이제 다 실었나

싶으면 작은 짐 꾸러미들을 사람들 사이로 꾸역꾸역 밀어 넣었다. 그렇게 많은 짐을 싣고도 노를 저어 유유히 강을 건너던 일은 아마 세상 어느 곳에서도 보기 드문 진풍경이었으리라. 어떻게 가라앉지 않고 강을 무사히 건너는 것인지 참으로 신기했다.

배다리도 없었다. 배다리는 철판으로 만든 네모상자를 이어 붙여서 강물 위에 배처럼 띄워놓은 다리였다. 물론 일반 자동차는 다닐 수 없었는데, 아주 가끔 소형의 군용 지프가 날쌔게 배다리를 달려가는 모습을 본 적은 있었다. 그때마다 배다리는 몹시 위태롭게 출렁거렸고 엄청난 물결이 파도처럼 배다리 위로 덮쳐 올라왔다. 우리들이 소풍을 가느라 두 줄로 늘어서서 난간의 쇠줄을 잡고 건너갈 때면 다리는 아이들의 무게가 쏠리는 대로 이리 저리 기우뚱거렸다. 그 바람에 놀란 아이들은 소리를 질러대면서도 사뭇 장난기가 발동해 더욱 쿵쾅거리며 건너곤 했었다.

홍수가 나면 사람들은 배다리를 끊어서 가장자리에 붙들어 매 놓았다가 강물의 수위가 예전으로 돌아가면 다시 연결하곤 했다. 나는 혼자서 강가에 나올 적마다 배다리가 다시 연결되기를 기다렸다. 그리고 수없이 책가방을 들고 연결된 배다리를 건너 읍내 학교로 가는 꿈을 꾸었다.

내 머릿속엔 뱀처럼 길게 늘여져 있던 배다리가 물결을 따라 꼬리를 흔들 듯 흔들리던 모습이 어른거렸다.

둑은 옛날보다 잘 정비되어 있었다. 언젠가 대홍수가 나서 강이 범람한 적이 있었는데 그 뒤에 전보다 더 튼튼하게 복구한 것이리라.

나는 둑을 따라 걸어 내려갔다. 이쯤이었던가. 내 기억에 이 둑의 경사지에는 호밀밭이 끝도 없이 이어져 봄이면 온통 녹색으로 넘실거렸다. 그 밀밭은 흔적조차 없고 콘크리트의 구조물로 덮어 버렸는데, 구조물 사이사이에 풀들이 듬성듬성 자라고 있었다.

　나는 둑의 양 옆 경사진 곳에 자라고 있는 풀들을 바라보며 키가 큰 밀대들로 싱그럽게 넘실대던 밀밭을 그려 보았다. 밀밭 속에 들어앉으면 나는 마치 숲 속처럼 아늑하고 은밀한 느낌을 느낄 수 있었다. 그런 느낌이 내게 미지의 세상에 대한 상상과 호기심을 한층 더 키워 주었다고나 할까, 아무튼 그때의 나는 마음속에 작은 반란을 꿈꾸었던 막 사춘기가 시작된 소녀였다.

　내가 초등학교를 졸업한 뒤 오랜만에 마주친 달용이는 변해 있었다. 그 애의 등에는 코흘리개 동생 대신 커다란 지게가 매달려 있었다. 강둑에서 베어낸 소에게 먹일 꼴을 지게 가득 지고 있거나 먼 산까지 가서 구한 땔나무를 지고서 둑길을 힘겹게 걸어오곤 했었다. 그 애가 걸음을 옮길 적마다 뒤축이 닳아서 갈라진 검정 고무신이 마치 더위에 지친 개가 혓바닥을 길게 빼고 헐떡거리는 것 같았다. 그리고 그 애의 바지 엉덩이는 마치 동그란 방석을 하나 붙인 것같이, 또는 원숭이의 그것 마냥 바지와는 다른 색깔의 헝겊으로 기워져 있었다.

　달용이는 강둑에 무거운 지게를 내려놓고 잠시 쉬어가곤 했다. 나는 그 틈을 노려 아버지의 그 책을 미끼로 접근했다. 그 책이 아니더라도 내가 그 애에게 말을 거는 게 그리 생뚱한 일은 아니었다.

나는 달용이 어머니가 가끔 우리 아버지 진찰실에 드나드는 걸 보았다. 그때마다 달용이 어머니는 큰아들인 그 애를 보호자로 삼아 함께 다니곤 했다. 그 애 어머니가 무슨 병에 걸려서 우리 아버지를 찾아오는지는 알 수 없었다. 나는 무척이나 궁금해서 이리저리 귀를 쫑긋거려 봤지만 소용없었다. 달용이는 밖에서 기다리다가 나와 눈이 마주치면 뭐가 그리 부끄러운지 땅에 박힌 애먼 돌부리만 발로 찼다. 그러다 가끔 먼 산을 바라보는 척하며 흘끔 내 얼굴을 훔쳐보기도 했다.

얼핏 들은 동네 소문으로는 남편이 있는 여인네들보다도 중절 수술을 많이 한 사람이 달용이 어머니라는 거였다. 달용이 아버지는 그 애가 아주 어릴 적에 죽었다고 들었는데 어린 동생들을 셋씩이나 낳은 것만 보아도 그럴 듯한 소문이었다.

달용아, 내가 재미있는 그림 보여줄까?

내 제의가 뜻밖이었는지 그 애는 놀라는 표정으로 나를 바라보았다.

그렇게 놀랄 거 없어.

나는 천연덕스럽게 굴었다.

뭔데?

보면 알아. 아주 재미있는 거야. 내일 여기로 올래? 내가 그 책을 가지고 올게.

알았어.

그 애는 아주 재미있다는 말에 얼굴 표정을 부드럽게 펴고 계면쩍은 듯이 미소를 지으며 내 제의를 받아들였다.

이튿날부터 그 애와 나는 밀밭에서 만나 키들거리기 시작했다. 나는 순진한 달용이에게 성인 남녀의 비밀스러운 신체구조와 생명 탄생의 과정을 조금씩 엿보게 만들었다. 우리들의 키를 훌쩍 넘어선 밀대는 그 애와 내 몸을 감쪽같이 숨겨 주었다. 밀밭은 우리가 들어앉기에 더없이 편안했다. 나 혼자 숨어서 보던 그 책을 달용이와 함께 보니까 또 다른 새로움이 있어 더욱 흥미진진하게 느껴졌다.

이것 봐. 애기가 뱃속에서 이렇게 자라는 거야.

나는 은밀하게 소곤거렸다.

이게 뭔데?

어유 바보, 보면 모르니? 이게 엄마 뱃속이잖아. 이걸 보고 자궁이라고 하는 거야. 애기가 생기고 자라는 곳, 애기집이잖아.

나는 아무 것도 모르고 얼뜨기처럼 구는 달용이가 답답했다. 처음엔 정신이 혼란스러운지 사뭇 더듬거렸다. 더구나 성인 여성의 성기를 적나라하게 묘사해 놓은 그림을 보고는 질겁을 하며 어쩔 줄을 몰라 했다. 그러다 차츰 가닥이 잡히는지 양 볼이 벌개져서는 얼굴을 그림에 처박고 뗄 줄을 몰랐다.

흥, 늦게 배운 도둑이 날 새는 줄 모른다더니 널 두고 하는 말이다.

그림에 넋이 빠진 그 애를 나는 마구 놀려댔다. 그러나 그 애는 내 놀림이 귀에 들리지 않는 모양인지 숨소리조차 죽이고 있었다.

너 숨 쉬는 겨?

나는 달용이 어깨를 탁 밀고는 그 애의 가슴에 손바닥을 대 보았다. 그 애의 가슴이 콩닥 콩닥 빠르게 뛰는 걸 느낄 수 있었다.

24

가만가만, 다음 장엔 애기가 나오는 겨?

그쯤에서 나는 책을 탁 덮어버렸다.

안 돼!

왜 그러는디?

이제 내일 보는 거야.

달용이는 그 책에 빠져서 날마다 나를 졸라댔다. 그러나 나는 쉽게 그 애의 청을 들어주지 않았다.

너 강 건너까지 헤엄쳐서 갔다 올 수 있어?

그 애는 헤엄을 잘 쳤다. 물이 적을 때의 강폭이 오십 미터나 될까, 그런 거리는 식은 죽 먹기라는 걸 나는 알고 있었다. 그런 정도를 가지고는 성이 차지 않았다. 나는 그 애의 애간장 타는 모양을 짓궂게 즐겼다. 밤중에 영옥이 할아버지를 화장한 자리를 한 바퀴 돌아오기, 강가 절벽에 매 놓은 외줄그네를 타며 노래 부르기 등 나는 위험하고 무서운 것만 골라서 시켰다. 영옥이 할아버지의 시신을 화장한 자리를 돌아오라는 요구에 그 애는 망설였다. 앞서 말했지만 거기는 도깨비가 나온다고 동네 사람들이 쑤군대는 곳이었다.

거기는 밤마다 도깨비가 나온댜.

너 그럼 나 안 만날 거여? 그럼 안 볼 거냔 말여!

나는 슬쩍 으박질러 보았다.

아니, 그게 아니고…….

달용이는 머뭇거렸지만 내 손에서 빠져나갈 수는 없었다. 무엇이든지 시키는 대로 움직였다. 강가에 솟은 기암절벽 꼭대기쯤에 누군가 매어 놓은 외줄그네가 있었다. 그 외줄 끝에는 링이라고 하는 쇠로 만든 동그란 손잡이가 달려 있었다. 링에 매달려 발을 떼면 시퍼렇게 물살이 휘도는 강물 위로 몸이 왕복하기 때문에 등골에 식은땀이 흘러내렸다. 그런데도 호기심 많은 동네 아이들은 부모 몰래 한 번쯤은 링에 매달려 보곤 했다. 나도 사 학년 적에 한 번 링을 탔다가 어찌나 무서웠던지 죽는 줄만 알았다. 그런 뒤로 다시는 그 그네에 접근하지 않았다. 그러나 외줄그네를 두려워 할 달용이가 아니었다. 그 애는 마치 타잔처럼 링을 타고 노래 부르는 건 단숨에 해치웠다. 어쩌면 달용이는 그림책을 보기 위해서 내가 시키는 대로 움직인 것이 아닌지도 몰랐다. 혹시 나를 좋아했던 건 아니었을까, 그를 만나지 못하게 되었을 때 나는 종종 생각해 보았다.

우리는 그 해 봄과 여름을 그렇게 밀밭 속에서 키득거리며 보냈다. 절개한 남녀 성기의 그림과 아기가 여성의 질을 통과해 나오는 그림을 수없이 반복해 보고 난 즈음, 나는 슬슬 싫증이 나기 시작했다. 우리 동네에서 나와 달용이만 중학교에 가지 못했다는 생각이 고개를 들고 또다시 열등감 속에 빠져 들었다. 내가 생각해도 앞날이 암담했다. 친구들은 모두 중학교에 진학했고 나 같은 건 이제 상대도 해주지 않을 거라고 여겼다. 초등학교 육 년 동안 나는 공부를 한 기억이 없었다. 어른들도 내게 공부하라는 말을 한 적이 없었다. 그러나 나는 중학교엔 정말 가고 싶었다. 내가 생각하기엔 달용이도 참 한심한 애였다. 열심히 지게질을 하고 동생들을 돌보지만, 그 애 어머니는 걸핏하면 술이나 먹고 비틀거리고 가난해서 중학교에 보내주지도 못했다. 내 생각에 앞날이 캄캄하기는 나와 마찬가지였다.

달용아, 우리 함께 도망가자.

뭐? 도망가자구?

그 애는 큰 눈을 왕방울만 하게 뜨고 놀라는 거였다.

그래, 우리 큰 도시로 도망가는 겨. 그리구 열심히 공부해서 난 화가가 되고 넌 가수가 되는 겨. 넌 다른 애들처럼 중학교에 다니고 싶지 않니?

초등학교 때에는 우리 학교에서 달용이만큼 노래를 잘 부르는 애가 없었다. 그리고 나는 미술은 항상 수를 받을 만큼 그림을 잘 그린다고 칭찬을 들었다. 그래서 아주 어릴 적부터 화가가 되는 것이 내 꿈이었다. 나는 그 애의 동의를 이끌어내기 위해서 안간힘을 썼다.

그래, 가수가 되고 싶어. 그렇지만 그건 안 돼.

넌 너의 엄마가 좋니? 너한테 아무 것도 못해주잖아. 사실 나두 다 싫거든. 우리 아버지는 나한테 관심두 없어. 우리 할머니는 툭하면 꿀밤이나 때리고 머릿속 이나 잡으라고 하거든. 애보기처럼 새엄마가 낳은 동생을 보는 것도 싫고.

내가 아무리 그 애의 마음속에 잠자고 있는 반항심을 자극하며 부추겨도 그 애는 쉽게 동의하지 않았다. 나는 마지막 카드를 썼다.

네가 내 말대루 하지 않으면 난 당장 강물에 빠져 죽어버릴 겨.

나는 곧 강물로 뛰어들 것처럼 소란을 떨었다.

뭐라구? 제발 이러지 마.

달용이는 내게 사정하듯이 매달렸다. 나는 이때다 싶어서 좀 더 강도를 높였다.

너 나 좋아허지? 자, 내 말대로 할 거면 여기다 뽀뽀해두 돼.

나는 오른쪽 볼을 그 애의 입술 가까이 디밀었다. 그러자 처음에는 얼굴이 벌개져서 멈칫 물러서는 듯하더니 드디어 내 볼에 자신의 달아오른 입술을 살짝 갖다 대었다. 그 애와 나의 약속은 이제 확실해졌다.

내일 모레 새벽에 여기서 만나는 거야.

어디루 가 가 가는디?

달용이는 불안하고 근심스러운지 말까지 더듬으며 물었다.

아주 멀리, 서울루.

달용이는 돈에 대해서는 묻지 않았다. 내가 어떡하든 마련해 오리라고 생각하는 눈치였다. 집에 돌아온 나는 그동안 심부름 값으로 모아둔 돈을 꺼내 세어 보았다. 터무니없이 적은 액수라서 돈을 구할 궁리를 했다.

우리 집안에서 돈을 맡아 가지고 있는 사람은 할머니였다. 아버지는 버는 돈을 모조리 할머니에게 맡겼다. 할머니는 치마 속에 예쁜 꽃수가 놓아진 커다란 주머니를 차고 있었다. 환자를 진료할 때마다 받는 치료비는 일단 할머니의 커다란 주머니 속으로 들어갔다가 아버지가 돈이 필요할 때면 그 액수만큼만 타다가 쓰곤 했다.

나는 밤이 되기를 기다렸다. 할머니는 밤에 잠자리에 들 적에도 속옷에 붙어있는 돈주머니를 풀어놓는 일이 없었다. 하지만 그 주머니에 손을 대는 게 그리 어렵게 생각되지는 않았다. 할머니는 한 번 잠이 들면 웅얼웅얼 하면서도 제법 깊은 잠을 자곤 했다. 조심조심, 손놀림이 세밀한 나는 마침내 주머니 속의 돈을 꺼내는 데 성공했다.

이튿날 새벽에 나는 달용이와 약속한 밀밭으로 달려갔다. 멀리 강 건너 산등성이 위로 태양이 벌겋게 주위를 물들이며 올라오고 있었다. 그런데 무슨 일인지 우리들의 아지트인 밀밭 주위에는 사람들이 모여 웅성거리고 경찰관들도 눈에 띄었다.

경찰관 옆에 죄인처럼 떨고 서 있는 달용이가 보였다. 나는 몹시 당황스럽고 궁금해서 몇 번 손짓을 보내 보았지만 그 애는 정신이 나간 듯 눈알을 굴리며 떨기만 했다. 경찰관들이 밀대 사이를 헤치고 들락거리며 무엇인가 조사하고, 달용이에게 묻기도 했다. 그때마다 달용이는 몹시 말을 더듬었다. 잠시 뒤에 나는 모여든 사람들이 한 마디씩 주고받는 소리를 주워듣고 상황을 알아차릴 수 있었다. 살인사건이 일어났다는 거였다. 나는 두려움에 몸이 부르르 떨렸다.

쟈가 맨 처음 시체를 발견허구 경찰에 신고한 애라는 겨.

겁나게 무서웠겠네.

여자가 아랫도리가 벗겨져서 다 드러내고 죽어 있더래여. 끔찍허 당게.

반항을 많이 혔는지 밀밭이 온통 엉망이랑게.

한참 노랗게 이삭이 영글어 가던 밀밭은 말처럼 엉망으로 망가져 있었다. 달용이가 얼마나 놀라고 무서웠을 지를 생각하며 나는 더욱 경악하고 마침내 이를 닥닥 부딪치며 온 몸을 떨어댔다. 하필이면 우리가 도망가기로 한 날, 그 만남의 장소에서 끔찍한 살인사건이 일어나다니, 정신이 아득했다. 하지만 그건 잠시였고 나는 곧 정신을 차리게 되었다. 또 다른 두려움이 나를 압박해 오고 있음을 깨달았던 것이다. 우리들의 계획이 허사가 된 건 차치하고 이제 뒷일을 어떻게 수습해야할지 앞이 캄캄했다. 한 여자가 참혹하게 죽임을 당했다는 것보다 내가 달용이와 도망가기 위해 할머니의 주머니에서 돈을 훔쳤다는 사실이 내게는 더 큰 두려움으로 다가왔다. 그때 내 머릿속에 반짝 떠오르는 게 있었다.

나는 집을 향해서 곧장 내달렸다. 할머니는 어젯밤에 잠이 안 온다고 뒤척이다가 늦게 잠이 들었었다. 그렇다면 아직 잠에서 깨어나지 않았을 수도 있었다. 돈을 아무도 모르게 도로 주머니에 넣어 놓으면 내가 그 돈을 훔쳤었다는 사실은 누구도 눈치 채지 못하리라.

내 계산은 맞아떨어졌다. 이번에는 쥐도 새도 모르게 주머니 속에 돈을 되돌려 넣는 데 성공했다. 먼저 마당 끝에 있는 화장실로 들어갔다. 그리고는 화장실에 다녀오는 척 안방으로 들어가서 할머니의 기척을 살펴보았는데, 역시 할머니는 푸푸 입술 사이로 숨을 내쉬며 잠들어 있었다. 나는 돈을 제자리에 두고 나와서 공연스레 마당을 서성이다가 닭장을 들여다보다가 하면서 안도의 숨을 쉬었다. 다시는 돈을 훔치는 짓 따위는 하지 않겠노라 스스로 다짐했다. 불과 두어 시간이나 지났을까 싶은 짧은 시간이었지만 고문을 당하는 것처럼 괴로웠다.

그 뒤로 우리는 오랫동안 만나지 못했다. 달용이는 여러 번 지서에 불려가서 목격 당시의 상황에 대해 설명해야만 했다. 살인사건은 한

달여 만에 범인이 잡히게 되어 종결되었다. 한참동안 온 동네를 스산하게 떠돌던 그 사건에 대한 끔찍한 유언비어들도 가라앉았다.

나는 아버지로부터 호된 꾸지람을 들었다. 달용이가 시신을 목격한 상황을 설명하는 과정에서 나와 도망가기로 했던 일을 털어놓고 말았다. 아버지와 잘 아는 사이인 지서장은 아버지에게 조용히 귀띔을 한 모양이었다. 아버지는 즉시 나를 불렀다. 나는 아버지에게 회초리로 종아리에 피가 맺히도록 맞았음은 물론이고 반성문을 써야 했다. 다시는 달용이와 어울리지 말라는 엄명이 떨어졌다. 그렇지만 내게는 한 가지 소득이 있었다. 내가 쓴 반성문을 읽어본 아버지는 내년엔 중학교에 보내주겠다고 말했던 것이다.

나는 뛸 듯이 기뻤다. 그러나 한편으로는 불안감이 없지 않았다. 혹시나 내년에도 할머니가 기를 쓰고 반대하면 어떡하나 하는 걱정이 들었다. 그때부터 나는 할머니 몰래 틈틈이 책을 보고 혼자서 공부했다.

이듬해 나는 집을 떠나 대도시로 가서 입학시험을 치렀다. 전에 합격했던 학교보다 더 좋은 학교였다. 그러나 그 학교에 시험을 치르게 한 건 아버지의 욕심일 뿐이지 합격될 리가 없었다. 학교에 보내주기 싫은 아버지가 이런 결과를 뻔히 예상했으면서도 그 학교에 시험을 치르게 한 거라고 나는 생각했다. 하지만 불평만 하고 있을 수는 없었다. 중학교엔 꼭 들어가고 싶었다. 고민 끝에 아버지에게 긴 편지를 썼다.

……입학시험에 떨어졌으니 할 말은 없어요. 그렇지만 전 중학교에 들어가서 열심히 공부하고 싶어요. 아버지, 한 번만 더 기회를 주세요. 후기 시험이 있지 않습니까. 만약 이번에도 학교에 가지 못하면 전 영영 낙오자가 되고 말 거예요…….

대충 이런 내용이었던 것 같다. 나 자신이 생각해도 그 일 년 동안 많이 커버렸다는 느낌이 들었다.

아버지는 내 소원을 들어 주었다. 내가 중학교에 들어가는 것에 대해서 반대하는 사람은 이제 아무도 없었다. 할머니는 이미 이 세상 사람이 아니었으니까.

우리 동네에 살인사건이 일어났던 그해 가을에 할머니는 병을 얻었다. 지병인 천식이 악화되고 온몸이 통통 부어올랐다. 할머니의 배는 물이 차서 동산 만해졌다. 아버지는 심각한 표정으로 고개를 저었다. 새어머니와 나는 숨이 차서 자리에 눕지도 못하는 할머니를 밤을 새워 보살폈다. 눕지도 못하고 앉아있기 때문에 혈액순환이 되지 않는 다리의 자세를 바꿔주고, 가래와 대소변을 받아내는 일을 도와야 했다. 콧물을 닦아낸 수건을 빠는 일도 내 몫이었다. 언제나 내게 호통만 치던 할머니는 어린애처럼 내가 하는 대로 몸을 내맡겼다. 머릿속의 이를 잡으라고 귀찮게 하지도 않았다. 오히려 자신을 간병하는 나를 측은한 눈으로 바라보곤 했다.

나는 많은 생각을 하게 되었다. 한때 할머니가 빨리 죽기를 바라기까지 했지만 죽음의 그림자가 짙게 덮인 할머니 앞에서 나는 숙연

해지지 않을 수 없었다. 미웠던 마음은 어느 새 사라지고 불쌍한 마음이 들어서 눈시울을 적시기도 했다. 마음속에 가족이란 이런 것이구나, 핏줄이란 이런 것이구나 싶은 생각이 뭉클 솟아올랐다. 또한 죽음이란 미지의 세계로 차츰차츰 다가가고 있는 한 인간의 왜소함과 무력함, 그리고 누추함마저 느낄 수 있었다. 처음으로 인간이란 존재뿐만 아니라 주어진 인생을 어떻게 살아야 할까 하는 생각을 어렴풋이 하게 되었다.

아버지는 나를 중학교에 보내면서 이렇게 변명했다.

나는 네가 공부하는 걸 한 번도 본 적이 없었다. 공부하지 않는 사람이 중학교에 가면 뭐하겠니? 공짜로 뭘 얻으려고 하고 사기 치는 생각이나 하게 될 게다. 그리고 넌 너무 어린 나이에 학교에 입학했으니까 일 년 쯤 묶는다고 안 될 것도 없었다. 이제 많이 깨달았을 테니 공부를 안 할 수 없을 게다. 할머니가 반대하셔서 안 보낸 것이 아니다. 알아들었니?

쳇, 내가 먼저 학교에 가겠다고 하지 않았으면 끝까지 안 보냈을 거면서!

나는 속으로 콧방귀를 뀌었다. 그 순간에도 반항하고 비트는 내 사춘기는 진행 중이었던 것이다. 아버지의 깊은 뜻(?)을 나는 기어이 해명이 아닌 변명이라고 속으로 우겨댔다. 하지만 12월에 태어나 섥은 나이를 먹은 내가 갓 일곱 살이 되어 할머니의 억지로 학교에 입학했으니 공부를 따라가기가 힘들었던 건 사실이었다.

내가 중학교에 입학하고 나서 얼마 뒤에 우리 집도 뒤따라 이사했다. 그리고 나는 달용이를 만나지 못했다. 그 애를 마지막으로 본 건, 내가 중학교에 입학하기 전 하혈 증세가 있는 어머니 대신 우리 집에 약을 받으러 왔을 때였다.

열심히 공부해서 꼭 화가가 돼.

달용이는 마치 오빠처럼 의젓하게 인사했다. 갑자기 그 애가 어른스러워 보였다. 그 뒤로 그가 어떻게 살았는지 세세한 건 알지 못했다. 그리고 강산이 여러 번 변하고도 남을 만큼 수많은 세월이 흘렀다.

다리 위로 자동차들이 쉴 새 없이 줄지어 달리고 있었다. 나는 영옥이 할아버지를 화장한 자리에 친 텐트를 바라보았다. 그들은 이제 전설 속으로 들어가 버린 도깨비불은 아랑곳하지 않는 듯 무심해 보였다.

동창들의 말에 의하면 달용이는 생계수단이었던 조그만 가게가 망하고 아내마저 집을 나가자 밤낮을 못 가릴 정도로 술에 빠져 지냈다고 했다. 그는 자식을 두지 않았다고도 했다. 과부인 엄마가 낳은 동생들의 뒷바라지에 지쳐서 스스로 씨 없는 수박이 돼 버렸다고 했다.

지 엄니한테 질렸다면서도, 진즉 떠났으면 지 꿈인 가수가 되었을지도 모른다면서도, 지 엄니를 버리고 떠날 수는 읎었다고 허면서 술만 마시면 울었어.

암, 달용이는 정말 노래를 잘 불렀응게. 읍내 노래자랑에서두 일등을 혔지. 우리 군에서는 달용이 따라올 사람이 읎쓸 거여.

달용이와 가까이 지낸 동창들이 한 마디씩 그에 관한 얘기를 들려

주었다.

그림을 보며 눈이 왕방울만 해지고 두 볼이 벌겋게 달아오르던 그애의 모습이 눈에 선하게 떠올랐다.

나는 까마득하게 뻗은 강둑 끝, 하늘과 맞닿은 지점을 응시해 보았다. 그 시절처럼 태양이 눈부시게 빛나고 있었다. 모터보트 한 대가 굉음과 함께 물살을 역류해 달려오더니 다리 사이로 사라져갔다.

시선을 끌어당겨 달용이가 빠져들었을 그 지점을 어림잡아 바라보았다. 마치 환영처럼 열세 살의 달용이가 손짓을 하며 물살을 타고 휘돌다 사라지는 것 같았다. 거기서부터 강둑으로 길게 선을 그은 자리, 내 말을 듣지 않으면 물속에 빠져버리겠다고 억지를 부렸던 그 밀밭 속. 열세 살짜리 계집애와 머슴애는 자신들의 나이만큼 절망했었고, 반면 그 절망만한 꿈을 꾸었었다. 키가 큰 밀대는 아무 일도 아니라는 듯이, 모두 다 이해하고 감싸줄 수 있다는 듯이 바람에 흔들리며 서 있던 그 자리. 그러나 아무리 살펴보아도 이제 더 이상 밀밭은 없었다. 나의 사춘기, 호기심 가득한 키들거림, 그 비틀리고 풋풋한 반항의 몸짓은 없었다.

나는 발길을 돌리려다 말고 손을 들어 올려 강물을 향해 흔들었다.

나처럼 여자아기라는 대답이 분명한데도, 나는 돌아오는 버스 안에서 줄곧 생각했다. 나를 닮았다니 무슨 말인가? 선생님은 정말 나를 좋아하기나 한 것일까? 나를 동생으로 생각했던 건 아닐까? 나는 내 가슴 속에 살고 있던 윤선생님을 비로소 채을경에게 돌려주었다. 그리고 그 빈자리에 새로운 꿈들을 그려 넣었다.

첫사랑, 그리고 편지

그 때 하숙집 근처 길에서 마주친 과학 선생님이 너의 집에 혹시 비어있는 방이 있냐고 내게 물었다. 그리고 이내 다시 고쳐 물었다. 그럼 네가 있는 하숙집엔 빈 방이 있냐고. 얼떨결에 나도 하숙생이라고 말했기 때문이었다. 나는 뜻밖의 질문을 받고는 우두망찰 선생님의 얼굴을 바라보고 서 있었다. 그러자 갑자기 옮기려니 하숙집을 구하기가 쉽지 않다고 멋쩍은 듯 미소 지었다. 선생님의 반듯한 이마가 하얗게 빛났다.

　내 말을 들은 하숙집 아주머니는 욕심이 생기는 모양이었다. 없는 방을 만들려는 궁리를 했다. 내가 있던 하숙집은 방이 모두 네 개였는데, 방 두 개에 부엌이 딸린 한쪽은 세를 놓았고, 안채의 방 두 칸 중 하나는 이미 내가 쓰고 있었기 때문에 사실 여유가 없었다. 주인아주머니는 혼자서 어린 아들을 키우는 과수댁이었다.

　"네가 딸처럼 안방에서 우리와 함께 지내고 그 방을 내드리면 안 될까?"

　아주머니는 간절한 표정으로 내 의사를 타진했다.

애초에 나를 그 집에 소개해 준 은실이 어머니의 말을 들어서 나는 아주머니의 사정을 모르지 않았다. 내가 내는 하숙비로 두 사람의 생계를 근근이 이어가는 눈치였다. 날마다 해가 지면 분주하게 밖으로 나가 밤늦게 들어오는 걸로 보아 하숙을 치는 것 외에 뭔가 부수입을 모색하는 듯 보이기는 했다. 하지만 늘 경제적인 압박을 받고 있다는 느낌은 곳곳에서 배어났다.

우리 학교 선생님과 한 집에서 하숙을 한다고 생각하니 나는 좀 어색한 느낌이었지만 꼭이 나쁘지만은 않았다. 그렇게 해서 윤주원 선생님과 나는 한 집에서 장지문을 사이에 두고 아래 윗방에 기거하게 되었다. 내가 중학교 2학년이던 해 늦가을이었다.

내 친구 최은실은 저녁을 먹은 뒤엔 곧바로 내가 하숙하고 있는 집으로 건너오곤 했다. 은실이네 집과 내가 하숙하는 집과는 큰 길 하나를 사이에 두고 있었다.

저녁을 먹고 나면 주인아주머니는 나갈 준비로 분주했다. 화장을 하고 평소보다 화려한 옷을 차려 입으면 눈에 띄게 고운 자태로 변하곤 했다. 하숙이나 치며 조신하게 사는 사람에게 어울리지 않는 은근한 교태가 엿보였다고나 할까. 한 집에 살다보니 눈치로 어림잡아 알게 된 건데 죽은 남편과는 나이차가 상당히 많이 나는 후처였던 듯 싶었다.

주인아주머니가 지그시 닫아놓은 나무판자 대문을 은실이가 살며시 밀치고 마당을 걸어 들어오는 소리는 단박에 알아차릴 수 있었다. 은실이가 걸을 때마다 싹싹싹 다우다 치마 스치는 소리가 났기 때문이었다. 은실이는 으레 안과 겉을 다우다 천으로 맞붙여 만든 자기 어머니의 긴 치마를 뱅뱅 돌려 휘감아 입고 고무신까지 신고 엉덩이를 흔들며 걸어오곤 했다.

내가 있는 안방으로 스며들 듯 들어온 은실은 쉿! 소리와 함께 입에 검지를 갖다 댔다. 예고도 없이 나타나는 자신을 보고 화들짝 놀라 소리치려는 내 인사를 무지르기 위한 제스쳐였다.

"내가 온 거 윤 선생님이 모르게 해."

은실은 내게 들릴락 말락 작은 소리로 속삭였다.

"알았어."

나는 고개를 까딱거리는 걸로 맞장구를 쳐 주었다.

은실은 자기 어머니 다우다 치마 자락을 다시 휘감아서 자신의 몸을 꽉 조이게 만들었다. 마치 긴 타이트 스커트를 입은 것처럼 그녀의 몸매가 드러났다. 키가 큰 편인 그녀의 몸매는 성인처럼 성숙해 보였다. 은실은 엉덩이를 돌리며 춤을 추는 시늉을 했다. 그러다 건넌방을 향해 한 번씩 혓바닥을 길게 빼고는 '메롱!' 하며 눈짓을 보내기도 했다. 내가 웃음을 참을 수 없어서 입을 손바닥으로 가린 채 키들거리면 잽싸게 손가락으로 조용히 하라는 사인을 다시 보내곤 했다. 그녀가 엉덩이를 움직이는 대로 다우다 천 스치는 소리가 사각거렸다. 십여 분쯤 지났을까, 장지문 틈으로 선생님의 나직한 목소리가 건너왔다.

"난 누가 와서 뭐하는지 다 안다."

진즉 눈치를 채고 있었다는 선생님의 말에 우리들은 얼굴이 홍당무로 변해서 부끄러운 척 하지만 이내 마주보며 키들거렸다.

"놀러왔으면 이리 건너오너라."

선생님의 말에 은실이는 기다렸다는 듯이 신이 나서 그 방으로 냉큼 건너가 앉았다. 나도 뒤따라 선생님 방으로 갔다. 선생님이 이사 온 뒤로 내가 선생님의 방에 들어간 건 그때가 처음이었다.

"이쪽으로들 앉아."

윤 선생님은 아랫목에 깔아놓은 담요를 들추고 우리들을 앉게 했다. 날씨가 차츰 추워지는 때라서 우리들은 따끈한 담요 속에 두 다리를 뻗고 편하게 앉았다. 우리는 선생님이 내놓은 안성의 집에서 보내온 한과를 먹으며 즐거워했다. 은실이는 선생님과 마주 앉아 계속 재잘거렸다. 선생님에 대해서 많은 관심을 드러냈다. 나는 가끔 선생님이 묻는 말에만 대답을 하는 정도였다. 선생님은 우리 아버지의 직업과 형제들에 대해서 물었다. 나는 속으로 형제들의 숫자에 대해 어떻게 대답을 해야 하나 머뭇거렸으나 곧 언니가 하나 있고 아래로 남동생이 셋에 여동생이 하나 있다고 대답했다. 선생님은 '형제가 여럿이구나.'라고 말했다. 정확하게 말하면 나와 동배 형제는 언니 하나뿐이었다. 아래로 있는 동생들은 모두 새어머니가 들어와 낳은 형제들이었다. 한 집에 있다 보면 내 집안 환경을 알게 될 터이지만, 그렇다고 처음부터 졸졸 말해 버리고 싶진 않았다.

은실이도 형제가 많았다. 위로 넷이나 되는 오빠들이 줄지어 있고 맨 아래로 고명딸인 은실이가 있었으니, 재력까지 갖춰진 집안에서 은실이는 공주처럼 떠받들리며 자라고 있었다. 그런 은실이가 원하는 것이라면 무엇이든지 가능할 것 같지만 실상은 그렇지만도 않은 듯 싶었다. 네 명의 오빠들이 치는 보이지 않는 보호막이 주는 압박감과 구속감이 만만치 않은지 은실이는 늘 그들의 간섭으로부터 벗어나기 위해 안간힘을 쓰곤 했었다.

우리는 선생님의 형제들에 대해서도 궁금증을 보였다.

"난 아래로 여동생이 하나 있어."

선생님은 지나가는 말투로 대수롭지 않게 말했다. 선생님은 우리들의 꿈에 대해서도 물었다. 은실이는 장래 현모양처가 되는 게 꿈이라고 말했다. 좋은 신랑을 만나 아들딸 낳고 잘 사는 게 부모님의 소원이니 자신도 그렇게 되고 싶다면서 부끄러운 듯 얼굴을 붉혔다. 은실이가 부끄러움을 탈 때에는 꼭 내숭을 떠는 것처럼 보였다. 그 애는 오빠들 틈에서 자라서 그런지 남들 앞에서 언제나 활달했기 때문이었다. 나는 한참을 뜸들인 끝에 소설가가 되고 싶다는 말을 조심스럽게 했다. 선생님은 잠시 생각에 잠긴 듯 내 얼굴을 말없이 바라보았다.

선생님은 서울에서 대학을 졸업하고 우리 학교가 첫 부임지라고 했다. 우리가 입학하던 때부터 우리 학교에서 가르쳤다고 했으니…….
나는 속으로 선생님의 나이를 가늠해 보았다. 아직 삼십을 넘기지 않은 나이일 듯 싶었다.

우리는 밤늦은 시간까지 선생님 방에서 시간 가는 줄 모르고 얘기를 나누었다. 은실이는 자기 집으로 돌아가고 나는 아랫방으로 내려와 자리에 누웠으나 잠이 오지 않았다.

"영인아, 아주머니 아직 안 들어오셨지?"

성대가 턱에 눌린 듯 깊게 퍼지는 목소리 톤으로 보아 선생님이 잠자리에 든 상태로 건네는 말이라고 여겨졌다.

"네."

나도 자리에 누운 채 대답했다.

방 안에는 주인아주머니의 초등학교 이 학년짜리 어린 아들만 일찍부터 잠들어 있었다.

은실이는 나와 학교에 같이 가기 위해 아침에도 부리나케 책가방을 들고 내 하숙집으로 들이닥치곤 했다. 윤 선생님이 오고부터는 아침에 대문을 들어서기가 바쁘게 선생님을 먼저 찾았다.

윤 선생님을 찾는 사람은 또 있었다. 가까운 곳에서 함께 하숙을 하던 수학 선생님이었다. 수학 선생님은 주로 아침에 대문 앞을 말없이 기웃거렸다. 그러면 윤 선생님은 기다리고 있었다는 듯이 가방을 들고 대문 밖으로 나갔다. 우리들은 쪼르르 뒤따라 나가 두 선생님들과 함께 앞서거니 뒤서거니 학교로 향했다. 오후에 학교에서 돌아올 적에도 우리들의 모습은 비슷했다. 수학 선생님은 가끔 볼 일이 있다고 빠지기도 했는데, 윤 선생님과 우리는 언제나 함께 다녔다.

윤 선생님의 방을 처음 방문한 이후로 은실이와 나는 거의 매일 선생님 방에 가서 놀았다. 거의 은실이가 원하는 모양새였으나 기실 내마음 속의 바람도 같았다. 그래서 나는 공부하는 시간을 학교에서 돌아온 직후로 정해 두었다. 은실이는 공부와는 담을 쌓은 지 오래였다. 그런 이유로 은실이 부모님은 은실이가 나와 어울리는 것을 매우 반기는 눈치였다. 아무리 우등생과 어울린다고 해서 저절로 성적이 올라갈 리는 없는데도 무조건 좋아하는 것 같았다. 나는 은실이와 어울리면서 공부하는 시간을 많이 빼앗기고 있었다. 그러나 윤 선생님과 함께 하는 시간은 즐거웠다. 은실이는 조금 더 적극적이었다. 나는 적어도 은실이가 오지 않는 시간에는 공부에 집중하려고 노력했다. 하지만 내 머릿속에는 어느새 윤 선생님의 생각으로 가득 차기 시작했다. 바로 장지문 하나를 사이에 두고 있으면서, 선생님의 일거수일투족에서부터 숨소리까지 온통 신경을 곤두세우게 되었다.

선생님도 아랫방에 있는 내게 신경을 모으고 있는 건 마찬가지인 듯 싶었다. 내가 선생님 방에서 건너와 밤늦은 시간에 책상 앞에 앉아 남은 숙제를 마저 하노라면, 선생님은 아직 안 끝났니 묻고는 어서 자라고 나직한 목소리를 내려 보냈다. 선생님의 숨소리는 언제나 고르고 고왔다. 잠꼬대 한번 없이 어린 아기처럼 쌔근거리는 소리를 들을 수 있었다.

아침저녁으로 주인아주머니가 밥상을 차릴 때에는 내가 부엌으로 나가서 도왔다. 밥상은 선생님 것과 나를 포함한 안방식구들이 먹을 것을 따로 차렸다. 먼저 상에 수저를 놓고 아주머니가 음식을 만들어서 주는 대로 받아 상에 올려놓는 간단한 일이었다. 전에는 하지 않던 일이었다. 나는 아주머니의 손이 닿기 전에 재빨리 선생님의 밥상을 들어다 선생님 앞에 놓았다. 선생님은 언제나 등교 준비를 마친 상태로 밥상을 받았다.

"영인이가 갖다 주는 밥상이라 더 맛있을 거 같구나."

선생님은 그렇게 말하고는 기분 좋은 얼굴로 숟가락을 들었다.

"너 밤마다 선생님 방에 드나든다며? 그러면 안 된다. 조심해야지."

어떻게 알았는지 아주머니는 약간 근심스런 표정을 지으며 내 눈치를 살폈다. 아마도 은실이의 입에서 나온 말이 은실이 어머니에게로 가고 아주머니에게까지 흘러든 모양이었다.

"은실이와 함께 가는 걸요."

"정말 너 혼자는 들어가지 않는겨?"

"그럼요."

아주머니는 안도하는 듯 곧 얼굴을 폈다. 나도 가슴에 일격을 맞은 듯 두근거리는 마음을 조용히 다독였다.

아주머니가 빨아서 빨랫줄에 널어놓은 선생님의 옷도 내가 먼저 걷어 내렸다. 그리고는 터진 곳은 없는지, 단추는 제대로 달렸는지 살펴서 단추를 달아놓거나 터진 곳을 꿰맨 다음 얌전하게 접어서 선생님 방에 들여놓곤 했다. 선생님은 자신의 옷을 손질한 사람이 나라는 걸 참으로 빨리 알아챘다. 그리고 고맙다고 했다. 그뿐이 아니었다.

"너 시집가도 되겠다."라고 덧붙여 말했다.

그 말은 가벼운 농담이 분명한데도 내 양 볼은 핫핫 달아오르고 가슴은 몹시 콩닥거렸다.

어느 날 선생님은 여자를 데려 왔다. 안성의 본가에 다녀온 뒤에 두어 번 약속이 있다고 늦게 들어온 다음이었다. 곧 초등학교에 발령을 받을 예비 선생님이라고 소개했다. 이름이 채을경이라고 했다.

"저어…… 김영인입니다."

나는 고개를 숙여 인사했다.

"네가 그렇게 선생님께 잘해 드린다면서? 고맙다."

그 말은 여운이 묘했다. 내 마음속에 부루퉁퉁 뿔 하나가 돋아나고 있었다. 내 귀에는 그녀가 선생님의 아내 노릇을 하고 있는 것처럼 들렸다. 이미 선생님과 결혼한 듯이 말하는 게 싫었다. 아마도 선생님한테 들은 모양인데, 고맙다니, 그건 그녀가 할 인사가 아닌데 무슨 오지랖인가 싶었다. 내가 선생님을 위해서 하는 일에 대해 그녀가 나설 일이 아니라는 생각이었다. 그러나 내색은 하지 않으려고 나름 참고 있었다.

"예비 선생님이 저한테 고마워하시지 않아도 됩니다."

아차, 실수였다. 속을 드러내지 않으려고 비틀린 마음을 누르고 있었는데 나사가 풀린 듯 비어져 나오고 말았다. 결혼을 안 했으니 아직은 선생님과 나 사이에 끼어들지 말라는 노골적인 말을 뱉어내고만 셈이었다. 순간 내 입을 콩 쥐어박고 싶었다. 예비 선생은 당돌하다는 듯이 그래? 하는 표정으로 나를 빤히 응시했다. 내 안에 도사린 모호한 감정의 실체를 꿰뚫어 보려는 거 같았다. 나는 그녀에게서 한 걸음 뒤로 물러났다. 어색한 침묵이 흐르자, 윤 선생님은 그녀를 데리고 자신의 방으로 들어갔다.

나도 내가 기거하는 아랫방으로 들어갔다. 내 책상 앞에 쭈그리고 앉아서 두 사람의 동정을 살피기라도 하듯 건넌방 쪽으로 귀를 활짝 열었다. 그런 행동은 내가 원하는 건 아니었다. 그러나 저절로 내 귀가 기울여지고 온 신경이 다 쏠리는 데는 어쩔 수 없었다. 이런 때 아무엇도 할 수 없는 나 자신이 한없이 초라하게 느껴져서 어딘가로 뛰어 나가고 싶은 충동을 억눌렀다. 나는 책상 위에 머리를 박고 엎어졌다. 그러다가 그냥 밖으로 나와 대문간을 서성였다. 그때 방문이 열리고 예비 선생이 나왔다. 윤 선생님도 배웅을 하려는 듯 뒤따라 나왔다. 나는 무슨 잘못이라도 한 것처럼 얼른 부엌으로 들어가 숨었다.

그녀가 돌아가고 윤 선생님이 나를 불러 방으로 들어오게 했다.

"집안에서 소개한 사람이야."

선생님은 공연히 묻지도 않은 말을 했다.

"어쩌면 결혼하게 될지도 모르겠다."

나는 누가 물어 봤나요 하는 표정으로 입을 삐죽 내밀었다. 하지만 시선을 다른 곳에 둔 채 말은 하지 않았다. 절대로 선생님을 원망하는 것이 아닌데, 골을 내려는 것도 아닌데, 뭔지 모를 감정이 뒤엉켜서 분위기가 무겁게 가라앉았다. 한참 만에 그저, 네. 하는 대답을 겨우 하고는 내 방으로 내려왔다.

예비 선생은 그 뒤로 가끔 우리가 하숙하는 집에 다녀가곤 했다.

며칠 뒤에 이번에는 주인아주머니의 아들이라는 사람이 서울에서 내려왔다. 은실이는 마침 할머니의 임종을 보러 시골 큰집에 갔다가 장례까지 치르고 오느라 장기 결석을 하고 있을 때였다.

내 짐작에 전 남편과의 사이에 낳은 아들인 듯 한데 스무 살쯤 돼보였다. 인상이 말끔하고 착실해 뵈는 타입은 아니었다. 그렇다고 심하게 불량 끼가 보이지도 않았다. 공부하는 학생 같지도 않고 무얼 하는 사람인지 도무지 종잡을 수 없는 차림과 외모였다.

"네가 불편하겠지만 한 방에서 잠시 쉬었다가 가도 되겠지? 내가 있으니까 괜찮아. 내가 가운데에 이렇게 눕고 너는 내 뒤쪽에, 쟤는 이쪽에 누워서 자면서 내가 잘 지킬 테니까."

아주머니는 내게 허락을 받으려는 것처럼 말은 했으나 이미 그 청년은 와 있어서 싫다고 할 수만은 없는 상황이었다. 게다가 모자가 아주 오랜만에 만난 듯 보였다. 그 청년과 한 방에 있으려니 앉아있는 것도 서 있는 것도 드나드는 것도 모두 불편했다.

첫날 저녁에도 아주머니는 저녁밥을 먹고 상을 치우더니 늘 하던 대로 밖으로 나갔다. 아주머니의 어린 아들은 참으로 순둥이여서 학교에 갔다 오면 혼자서 밥을 먹고 혼자서 숙제하고 혼자서 뒹굴다가 잠들었다.

청년은 밖으로 나갔다가 자기 어머니가 들어오기 직전에 들어왔다.

"영인아, 이부자리 가지고 이리 와서 자라."

그가 들어와 채 앉기도 전에 선생님은 불안감이 어린 목소리를 내려 보냈다. 아마도 귀를 이쪽으로만 열어놓고 있는 모양이었다. '이리 와서 자라'는 말은 참으로 뜻밖이어서 순간 나는 깜짝 놀람과 동시에 내 귀를 의심했다. 그러나 다시 생각해 보아도 분명 이리 와서 자라, 고 아주 예사롭게 말했던 거였다.

"괜찮아요."

나는 애써 평온한 목소리로 대답했다.

"정말 괜찮겠니?"

"네."

"알았다. 그럼 잘 자거라."

"선생님도 안녕히 주무세요."

선생님과 내가 이야기하는 동안 그 청년은 자신이 들어온 방문 쪽을 바라보며 누웠다. 나는 아주머니가 들어오기 전까지는 자리에 누울 수가 없어서 책상 앞에 앉아 공부하는 척 기다렸다. 어색한 시간이 흘렀다. 잠시 뒤 아주머니가 돌아와서 분위기는 한결 누그러졌다. 아주머니는 나와 청년 사이를 가르고 경계선을 긋 듯 모로 누웠다. 모자 사이엔 아무 말도 없었다. 낯선 청년과 나는 그렇게 한 방에서 아무 일 없이 이틀을 지냈다.

사흘 째 되던 날은 내가 학교에서 돌아오자 청년은 온종일 방 안에서 뒹굴다가 내가 오는 소리에 발딱 일어나 앉은 것처럼 몸을 꼿꼿이 세우고 앉아 있었다. 선생님은 여느 때와 같이 나와 함께 하숙집으로 돌아왔다. 나는 책상 앞에 앉아 다시 숙제를 하는 척했다. 내 어깨너머로부터 그 청년의 시선이 넘어 왔다.

"이 책 좀 봐도 되나요?"

그 청년은 낯가림이 누그러진 듯 한결 부드러워진 목소리로 물으며 내 사전으로 손을 뻗었다. 하지만 나는 여전히 어색하고 불편했다.

"네. 보세요."

내가 겨우 대답했다.

그날따라 문틈으로 내려오는 선생님의 숨소리가 거칠게 들렸다. 이쪽으로 온통 신경을 곤두세운 채 긴장하고 있음이 분명했다. 청년은 내 사전을 가지고 조금 떨어져 앉아 보는 척하더니 이내 도로 가져다 놓았다.

그리고 밤이 되었다. 아주머니는 여전히 밖으로 나갔다가 늦게 돌아와 골아 떨어졌다. 나는 새벽녘에야 겨우 잠이 들었는데, 이상한 느낌에 스르르 눈이 떠졌다. 내 눈에 시커먼 그림자가 들어왔다. 직감적으로 그 청년이라는 걸 알 수 있었다. 잠결에 그가 내 손을 잡았다고 느꼈었다. 나는 이불을 두 팔로 단단히 고정한 채 두 손을 반듯하게 내려놓고 잠들었었다. 깜짝 놀라 발딱 몸을 일으켜 앉았다. 청년이 온 뒤로 나는 평상시 옷을 그대로 입고 자리에 누웠던 게 그나마 다행이었다. 하마터면 소리를 지를 뻔했다. 침착해 지려고 했지만 두려움이 밀려오고 온몸이 떨려왔다.

청년은 곧바로 자신의 위치로 돌아가지 않고 머뭇거렸다. 아주머니는 깨어나지 않았다. 내가 엉겁결에 엉덩이를 뒤로 물리다가 윗방 장지문을 건드렸다. 그제야 청년은 자신의 자리로 물러갔다. 순간 장지문이 열리고 선생님이 내 팔을 끌어당겼다.

"괜찮니? 내가 깜빡 잠이 들었어. 정말 아무 일 없는 거지?"

선생님은 작은 소리로 내 귀에 대고 말했다. 선생님은 그동안 나를 지키느라 잠을 자지 않았단 말인가? 그런 생각이 내 뇌리를 관통해 지나갔다.

"괜찮아요."

아직도 내 목소리는 떨고 있었다.

"이놈을 가만 두지 않을 테다. 지금은 우선 쉬어라."

어둠 속에서도 선생님의 두 눈은 청년을 향해 날카로운 빛을 뿜어내고 있었다. 선생님은 내게 자신의 이불을 둘러 주고는 두 손으로 다독였다. 나는 선생님의 이불을 두룬 채로 벽에 기대앉았다. 떨리던 몸이 조금씩 안정을 찾아갔다. 나는 선생님이 있어서 든든하고 고맙게 생각되었다. 언제까지나 이렇게 선생님 곁에 있고 싶다는 생각을 그때 처음으로 해 보았다.

선생님도 담요를 꺼내 몸에 두르고 나와 조금 떨어져 앉았다. 우리는 그렇게 앉아 잠을 자는 둥 마는 둥 밤을 지새웠다.

새벽에 일찍부터 아무 일도 없었다는 듯이 학교에 갈 준비를 서둘렀다. 선생님은 청년을 뒤꼍으로 불러내 주먹을 한 방 날렸다. 그리고 아주머니에게 조용하고도 단호하게 항의했다.

"죄송합니다. 얘가 그렇게 나쁜 애는 아니에요. 별 생각 없이 동생 같으니까 그랬을 거예요. 바로 돌아가라고 하겠습니다."

아주머니는 두 손을 마주대고 빌듯이 사정했다. 그리고 내게도 미안하다고 대신 사과했다.

"전 그냥 동생 같아서 손만 한번 만져보고 싶었어요. 정말입니다."

청년도 변명을 늘어놓았다.

오후에 학교에서 돌아왔을 때에도 청년은 그대로 있었다. 아주머니는 오늘은 돌아가지 못하고 내일은 반드시 돌아갈 거라고 힘주어 말했다. 이젠 절대 그런 일이 없을 것이니 하룻밤만 더 참아 달라고 아침에 손을 마주 비벼 애원했듯이 부탁했다. 하지만 나는 청년이 있는 방 안에 계속 함께 있어도 되는지 판단이 서지 않았다.

그날 밤은 정말 이부자리를 가지고 선생님 방으로 갔다. 선생님은 내 이부자리를 받아 아랫목에 깔아 주었다. 그리고 잠시 마루로 나가 뭔가 생각하는 듯 서성이더니 다시 방으로 들어와 내게 말했다.

"나는 수학 선생님 방에 가서 하룻밤 신세를 질 수는 있어. 그런데 안심이 안 된다. 그러니 불편해도 오늘밤은 함께 여기서 지내야겠구나."

"네."

나는 그렇게 대답할 수밖에 달리 할 말이 없었다. 하지만 지난밤처럼 선생님에게 의지하고 싶은 마음이 들었던 것도 사실이었다.

선생님은 나와 조금 떨어져서 윗목에 자리를 폈다. 방은 그리 크지 않았지만, 책상 두 개를 붙여 놓고 두 사람이 함께 쓸 수도 있는 크기였다. 선생님과 내가 동시에 손을 뻗으면 맞잡을 수 있을 것 같았다.

선생님과 나는 각각 자리에 누웠지만 잠이 오지 않았다. 내가 오랫동안 뒤척이자 선생님이 몸을 비스듬히 일으켜 내게로 손을 뻗었다.

"내가 재워줄 테니 어서 자라."

선생님은 손바닥으로 내 이불 위를 토닥였다. 나는 이런 상황이 당혹스러웠음에도 거부감은 들지 않았다. 내 의식은 더욱 말똥거렸다. 잠이 든 것처럼 눈을 감고 숨소리를 고르게 하려고 노력했다.

"난 일찍 어머니를 여의고 보채는 여동생을 이렇게 토닥여서 재우곤 했어."

그 말이 조금은 놀라웠지만 나는 속으로만 그랬었구나 생각했다. 한편으로는 나와 비슷한 환경 속에서 자라느라 많이 외로웠을 선생님에 대해 안쓰러운 마음이 들었다.

"그럼 새어머니가 계세요?"

조심스럽게 물었다. 이런 경우 십중팔구는 나처럼 새어머니가 있는 게 당연하다고 여겼던 것이다.

"아니, 아버지는 지금도 혼자셔."

"네에."

나는 아무 말도 못하고 속으로 또다시 아, 그렇구나, 자식을 위해서 온전히 희생하는 훌륭한 아버지가 계셨구나, 감탄하게 되었다. 뒤이어 나는 가느다란 내 심장의 떨림을 느끼고 있었다. 숨소리를 아무리 고르게 하려고 해도, 토닥임의 따뜻한 느낌과는 달리, 내 마음의 떨림은 계속되었다. 그 떨림은 전날 아랫방에 있는 청년 때문에 두려워서 떨었던 감정과는 다르다는 걸 깨달았다. 그렇게 떨고 있음에도 나는 선생님과 함께 있는 시간이 좋았다.

선생님은 어떤 상황에서도 진실 되고 바른 마음을 가졌다는 생각이 들었다. 또한 나와 비슷한 환경에서도 참으로 훌륭하게 자란 분이라고 생각하니 선생님이 존경스러웠다.

선생님은 자신의 자리로 돌아갔지만 나처럼 잠이 오지 않는 모양이었다. 생각해 보니 선생님과 나는 청년이 온 후로 나흘 동안 잠을 제대로 자지 못했다. 내 심장의 떨림은 좀처럼 멈추어지지 않는데 내 머릿속에는 온갖 생각들로 가득 찼다. 그리고 곧 예비 선생이 버티고 있다는 걸 의식하게 되자 갈등이 시작되었다.

새벽녘에 잠깐 잠짓을 했던가, 밤을 거의 뜬 눈으로 새우고 아침이 되어 학교에 갈 준비를 서둘렀다. 아주머니가 밥상머리에 마주앉은 내 몸을 이상한 눈초리로 훑는다는 걸 느꼈지만 무시했다. 누가 뭐라고 하든 꺼릴 게 없었다.

말한 대로 청년은 떠났다. 하지만 내게는 또 다른 문제가 시작되었다. 나는 마음속으로 채을경과 끊임없이 싸우고 있었다. 모든 걸 갖춘 채을경은 참으로 강적이었다. 내가 예비 선생을 물리치고 윤 선생님과 사랑에 성공할 수 있는 조건은 하나도 없었다. 선생님을 사랑한다는 이유 하나만으로 선생님 앞에 나설 수 없다는 걸 나는 잘 알고있었다. 그럼에도 나는 어떻게 해서든 그 예비 선생을 윤 선생님에게서 떼어 버리고 싶었다. 그러나 방법은 떠오르지 않았다. 억지인지 아니면 철부지의 착각인지 모르지만 선생님도 분명 나를 사랑한다고확신했다. 예비 선생은 말 그대로 맞선을 본 상대일 뿐이라고 생각했다. 그냥 맞선을 보고 겨우 몇 번 만났을 뿐이지 선생님의 마음속에사랑이라는 감정은 없는 게라고 여겼다. 선생님이 예비 선생과 언제만나서 데이트를 하는지 도무지 알 수 없는 것도 내가 그렇게 단정 짓는 이유 중 하나였다. 선생님은 언제나 나와 함께 있었다. 함께 등교하고 함께 하교하고, 주말에도 버스로 두 시간 거리 정도 떨어진 본가에 가는 건 고작 한두 달에 한 번 정도밖에 되지 않았다. 분명 사랑하는 감정은 없이 집안에서 권하는 여자니까, 가끔 연락이나 하는 정도일 게라고 여겼다.

나는 은실에게 그동안에 있었던 얘기를 하지 않았다. 얘기해봐야이해하지 못할 수도 있었다. 또한 선생님과 나만의 비밀로 하고 싶은 것도 그 이유였다. 아주머니도 은실이 어머니에게 그 얘기는 하지 않을 거라고 예상했다. 그런 얘기를 스스로 퍼뜨리면 더 이상 하숙을 할 수 없게 될 것이다. 내 예상대로 은실이 어머니는 아무것도 듣지 못한 거 같았고 따라서 은실이도 끝까지 모르는 눈치였다.

겨울 방학에도 나는 집에 가지 않았다. 방학 동안 학원에 다닌다는 핑계로 선생님과 떨어져 집에 가 있는 시간을 줄였다. 방학 동안에도 여러 가지 일을 해야 하는 선생님의 사정과 비슷하게 맞췄던 것이다.

복잡한 감정 속에서 삼 학년이 되었다. 본격적으로 고등학교에 진학할 준비를 해야 할 때였다. 그럼에도 나는 공부를 할 수가 없었다. 그나마 학교 성적은 많이 떨어지지 않고 유지하는 게 다행이었다.

은실이는 가끔 요즘 이상해졌다면서 '무슨 비밀 있지?' 하고 정곡을 찌르듯이 한 마디씩 툭 던졌다. 그럴 때마다 '비밀은 무슨 비밀?' 하고 정색을 하면, 왜 그리 정색 하냐고 고개를 갸웃거리는 시늉을 하며 짓궂게 말하곤 했다.

"그동안 많이 생각해 보았는데 너를 다른 곳으로 옮겨주고 나도 이사해야겠다. 이곳은 네가 있기에 좋지 않아. 아주머니도 밤마다 나가서 무슨 일을 하는지 모르겠고……. 내가 알아보고 있다. 그렇게 알고 있어."

어느 날 선생님이 갑작스럽게 내게 말했다. 나는 싫다는 말을 하지 못했다. 선생님과 함께 가는 거라면 어디든 좋겠다는 생각이었지만 그 얘기도 차마 꺼낼 수 없었다. 뒤집어 생각하면 선생님과 떨어지는 거야말로 마음 놓고 선생님을 좋아할 수 있는 기회일 수도 있었다. 하지만 선생님을 자주 볼 수 없다는 점이 서운했다.

"니가 놀러오면 돼. 아주 헤어지는 건 아니야. 나도 가까운 데로 갈 테니까."

선생님은 그렇게 나를 위로했다.

며칠이 지나서 나는 윤 선생님이 다른 선생님을 통해 알아낸 곳으로 하숙을 옮겼다. 생물 선생님의 사촌 동생인 고등학교 삼학년 언니와 같은 방을 쓰게 되었다. 언니는 대학에 들어가기 위해 공부에만 전념하는 착실한 학생이었다. 나는 은실이와 윤 선생님과 떨어져 우리 학교 바로 옆에 있는 고등학교로 가는 그 언니와 함께 등교하게 되었다.

윤 선생님도 내가 이사한 하숙집에서 가까운 곳에 새로 하숙을 정하고 이사했다. 선생님과 나는 함께 등교하지는 못했지만 하교 때에는 전처럼 함께 걸어올 수 있었다. 방향이 같고 집 근처에 이르러서야 헤어져 각각 집으로 들어가는 위치였다. 그렇지만 이제 저녁 시간에 자주 선생님 방에 놀러가지는 못하게 되었다. 은실이와도 자주 만날 수 없었다. 은실이는 하교 때에 우리와 함께 걸어 나오다가 다리를 건너자마자 곧바로 방향을 틀어 헤어져야 했다. 주말에 가끔 시간을 내서 만나는 수밖에 없었다. 어쩌면 이것이 선생님이 의도한 것이었는지도 모른다는 생각이 들었다. 겉으로는 완벽하게 내가 공부할 수 있는 환경이 마련된 셈이었다.

날씨가 더워지면서 전국에 전염성 피부병이 유행했다. 우리 학교에도 피부병에 걸려 결석하는 학생들이 많았다. 나와 한 방을 쓰는 언니가 피부에 물집이 생기고 가렵다고 하더니 결국 나한테도 전염이 되었다. 처음엔 엉덩이와 팔 위쪽에 물집이 생겨 가렵기 시작했다. 그러다가 손등과 얼굴까지 앵두알 같은 물집이 생겨 흉하게 보였다. 특히 윤 선생님에게 얼굴을 보이기가 창피해서 내 마음은 움츠러들었다. 며칠 동안 집에 가서 쉬면서 치료를 하기로 했다. 정확한 날짜는 발표되지 않았지만 곧 학기말 고사가 있을 예정이라서 나는 책을 대충 몇 권 챙겨갔다.

일주일이 지난 뒤쯤 얼굴과 손등에 희미한 흉터는 남았지만 증세는 가라앉았다. 나는 집에서 돌아온 즉시 윤 선생님의 하숙에 먼저 들렀다.

"내일부터 기말고사인 거 알고 있니?"

선생님은 나를 보자마자 기말고사 얘기부터 했다. 하루도 여유가 없다니 나는 속으로 낭패라는 생각이 들었다. 이미 예상은 했지만 집에 가 있는 동안 공부를 거의 하지 못했다.

"전 날짜는 모르고 갔는데 언제 발표된 거예요?"

"지난 월요일에. 그리고 내일 첫 시간에 과학 시험이 있어."

과학 시험을 첫 시간에 본다니까 나는 더 난감해졌다. 순간 밤을 새워서라도 과학 시험은 잘 봐야 한다고 생각했다.

"시험 범위는요?"

"너무 걱정하지 마. 네가 배운 데까지니까."

"정말 다행이다."

당황스럽던 가슴을 쓸어내리며 약간은 안도감이 들었다.

부랴부랴 하숙집으로 돌아온 나는 과학책을 펼쳐놓고 공부를 시작했다. 어렵진 않았다. 평소에 배우는 대로 대충은 공부를 해 놓았으니 전체적으로 기억을 새롭게 하는 정도면 될 듯 싶었다.

잠은 조금밖에 못 잤어도 시험 준비는 턱없이 미비했다. 그나마 과학은 그런 대로 괜찮다는 느낌이 들었다. 교실에서 만난 은실이는 나를 보더니 반갑다고 화들짝거리며 다가와 물었다.

"너 오늘이 시험인 거 알고 있었니?"

"어제 도착하자마자 윤 선생님 댁에 갔다가 들었어."

나는 있는 사실 대로 아무렇지 않게 대답했다.

"그래?"

은실이는 짧게 되물었다. 돌이켜 보면 그 물음 속에 뭔가 찜찜한 의구심 같은 게 엿보였던 것 같았다. 그러나 나는 은실이의 마음속 생각 같은 건 전혀 신경 쓸 여유가 없었다. 발등에 떨어진 불을 먼저 꺼야 하는 상황이었다. 얼른 내 자리로 돌아온 나는 책을 펼치고 고개를 처박았다.

엄벙덤벙 기말고사는 끝났다. 학교 전체가 들썩거리는 사건이 벌어진 건 과학 시험 점수가 알려진 직후였다. 내가 삼 학년 전체에서 제일 높은 점수를 받았다고 윤 선생님이 아이들 앞에서 말했던 거였다. 아무리 내가 일주일 동안 학교에 나오지 못했어도 다른 아이들이나 선생님들은 그 결과에 대해서 의구심을 갖는 사람은 없었다. 왜냐

하면 내 성적은 언제나 상위 몇 명 중에 들었기 때문이었다. 은실이만 달랐다. 어떻게 공부를 하지 않고 최고 점수를 받을 수 있냐고, 그것도 과학 점수를, 그러니까 의심스럽다는 얘기였다. 다른 과목이었으면 아마 수긍했을 것이다. 하지만 나는 과학 과목이었기에 최고 점수도 가능했다. 어떤 상황에서도 내가 좋아하는 선생님을 실망시키고 싶지 않은 내 노력의 결과였기 때문이었다.

그때부터 은실이는 돌변했다. 마치 친구가 아니라 나와 원한이 맺힌 사이가 된 것처럼 행동했다. 나와 말을 하지 않는 건 물론이고 아침마다 한 발 먼저 와서는 아이들을 모아놓고 내 험담을 하는 눈치였다. 무슨 얘기인지 아이들이 둥그렇게 둘러서 있는 가운데에서 은실이가 열변을 토하듯 얘기하다가 내가 들어서면 갑자기 하던 얘기를 중단하고 힐끔거리며 각자 자기 자리로 흩어지곤 했다. 그리고 반 아이들은 아무도 나와 상대하려 하지 않았다. 은실이는 마치 대장이 된 것처럼 아이들 무리를 달고 다니며 계속 쑥군댔다. 나는 몹시 당황스러웠다. 그렇게 며칠이 지난 어느 날 윤 선생님이 학교에서 나를 찾았다.

"네가 과학 과목에서 최고 점수를 받은 건 내가 점수를 올려줬기 때문이라는 소문이 학교 전체에 돌고 있는데 혹시 알고 있니?"

"요즘 뭔가 이상하긴 해요. 얼마 전부터 아이들이 저만 빼고 은실이와 모여 앉아서 쑥군거리는 게 보여요. 그렇지만 그런 얘기를 은실이가 했다고 생각하고 싶진 않아요."

직감적으로 무슨 일이 생겨도 크게 생겼다는 생각이 들었다.

"누가 퍼뜨린 말인지 꼭 찾아내서 혼내줘야겠다. 선생이 특정 학생의 성적을 올려주는 일은 절대로 있을 수 없는 일이야. 그러니 내가 네 성적을 마음대로 올려준 게 사실이라면 이건 보통 문제가 아니란다. 내가 사표를 쓰고 학교를 그만 둬야 하고, 헛소문이라면 그 헛소문을 퍼뜨린 사람이 벌을 받아야 하는 중대 사안이란다."

"선생님, 어떡해요? 저 때문에……."

어떻게 이런 일이 일어날 수 있는지, 나는 선생님의 말을 듣고 갑자기 온몸이 떨려왔다. 나 때문에 과실이 없는 선생님한테 누가 되진 않을지 걱정이 태산이었다.

"내 염려는 하지 마. 난 네 성적을 올려준 사실이 없으니 헛소문을 퍼뜨린 사람을 반드시 찾아내서 밝히면 되니까."

나는 선생님과 헤어져 교실로 돌아온 뒤로 아무리 생각해도 믿기지 않았다. 은실이와 내가 과학 선생님과 수학 선생님까지 어울려 함께 다니는 걸 본 사람은 많았다. 하지만 내 사생활을 일일이 알고 과학 선생님과 연결시킬 수 있는 사람은 은실이 뿐이었다. 여러 가지 정황으로 볼 때 은실이가 의심이 가지만, 나는 은실이는 아닐 거라고 믿고 싶었다. 은실이는 나와 가장 친한 친구였다.

이튿날 점심시간에 윤 선생님이 은실이를 복도 구석으로 불러냈다. 나는 몇 걸음 떨어진 곳에서 그들이 주고받는 얘기에 귀를 기울이고 있었다. 아무래도 윤 선생님은 은실이를 의심하는 모양이었다. 그래도 나는 끝까지 은실이가 아니기를 바랐다.

"은실이가 제가 꾸며서 퍼뜨린 일이라고 훈육 주임과 교무 주임 선생님 앞에서 실토했다. 나는 은실이한테 사실을 확인하고 난 뒤에도 조용히 수습할 수 없을까 망설였어. 은실이는 너와 가장 친한 친구이기 때문이다. 그렇지만 이제 더 이상 미룰 수가 없게 되었어. 모든 선생님이 알았고, 교감 선생님한테까지 보고가 들어가서 그 학생을 처벌하라는 말씀이 있었어. 내일 오후에 교무회의가 열릴 거야. 아마도 퇴학이 아니면 정학처분이 내려질 것 같아."

윤 선생님이 쉬는 시간에 나를 다시 불렀다. 은실이를 만나 이야기를 나눈 지 이틀쯤 지난 뒤였다.

"퇴학요?"

퇴학이라는 말에 당황해서 내 목소리가 갑자기 커졌다.

"너도 알고 있어야 할 것 같아서 말해 두는 거야. 그렇게 알고 있어."

할 말을 잃고 어벙벙하게 서 있는 내게 선생님이 다시 말했다. 학교에 있는 내내 머리가 무거웠다. 이를 어쩌면 좋을까, 퇴학을 당한다면 앞으로 은실이 인생은 어떻게 되는 것일까 하는 근심으로 내 머릿속은 터질 것 같았다.

나는 은실이가 밉지 않았다. 내 열다섯 살 인생에서 은실이만큼 나와 친한 사람은 없었다. 내게 생모가 없었으니 그때까지 내 속엣말을 나눌 사람 역시 없었다. 언니도 멀리 떨어져 있어서 나는 항상 외로웠다. 나는 은실이를 잃고 싶지 않았고, 무엇보다도 은실이의 앞날이 걱정되었다.

윤 선생님과 헤어져 하숙집으로 돌아왔지만 어떡하면 좋을지 몰라 공부를 할 수 없었다. 저녁을 먹고 나서 선생님의 하숙집으로 향했다.

"이리 앉아라. 은실이가 많이 걱정되는 모양이구나."

선생님은 내 마음을 다 알고 있다는 듯이 말했다.

"선생님, 은실이한테 꼭 벌을 주셔야 하나요?"

많이 생각해 본 결과는 이것이 내 진심이라는 거였다. 선생님과 내가 입은 마음의 상처를 생각하면 은실이의 잘못이 결코 작은 건 아니었다. 게다가 나는 학교에서 왕따까지 받고 있었다. 하지만 그건 시간이 지나면 치유될 수 있을 거라고 생각되었다. 그러나 은실이는 비록 스스로 자초한 일이라 해도 자신의 인생에 평생 지울 수 없는 오점을 남기게 될지 모를 일이었다.

"벌은 선생님이 은실이를 미워해서 주는 게 아니라 사랑하는 마음이 있기 때문에 주는 거야. 학교 규정이기 때문에 내 마음 대로 할 수 있는 문제도 아니고. 영인아, 악을 선으로 돌리는 방법은 두 가지가 있어. 선은 물론 반드시 선으로 대해야 한다. 그러나 악은 선으로 대해서 선으로 돌리는 방법이 하나 있고, 때로는 악을 악으로 대해서 선으로 돌리는 방법이 있단다."

선생님은 내 얼굴을 바라보며 조근조근 말했다.

"네에."

나는 선생님의 말을 듣고 어찌 말을 해야 할지 몰랐다. 잠깐 동안 나눈 얘기에서 내가 알아들은 건 벌은 잘못을 깨닫고 좋은 사람이 되라는 뜻에서 주는 것이라는 말이었다. 하지만 나는 은실이가 잘못은 했어도 선을 통해서 자신의 과오를 깨닫게 하고 싶었다.

시간이 늦기 전에 나는 서둘러 내가 지내는 하숙집으로 돌아왔다. 새로 이사한 하숙집 아주머니는 언니와 나의 관리에 철저했다. 날마다 몇 시에 나가고 들어왔는지 확인해서 언니의 사촌 오빠인 생물 선생님한테 보고하는 것 같았다.

잠자리에 누워서도 잠이 오지 않았다. 언니가 무슨 걱정거리가 있냐고 물었지만, 나는 아무 일도 아니라고 말했다. 어떻게 하면 은실이가 이 위기를 무사히 넘기게 할 수 있을지 눈을 감고 계속 궁리했다.

이튿날 점심시간이 끝날 무렵, 나는 교무실 앞에 서서 교무실 안을 기웃거렸다. 많은 선생님들이 점심식사를 끝내고 오후 수업을 위해 책상 앞에 돌아와 앉아 있었다. 과학 선생님은 자리에 없었다. 나는 교무실 안으로 들어가서 먼저 교무주임 선생님 앞으로 가서 공손히 머리 숙여 인사한 다음 말했다.

"선생님, 제 친구 은실이가 처벌받지 않게 해 주세요. 진심으로 부탁드립니다."

그리고 나서 훈육주임 선생님의 책상 앞으로 옮겨갔다. 조금 전에 한 것처럼 똑같이 고개를 숙여 은실이를 처벌하지 말아달라고 말했다. 그렇게 삼 학년을 맡고 있는 모든 선생님들에게 돌아가며 사정했다.

사흘 쯤 지나 집으로 돌아오는 길에 윤 선생님이 말해 주었다.

"네가 바라는 대로 되었어. 은실이를 처벌하지 않기로 교무회의에서 결정했다. 은실이가 처벌받지 않기를 바란다는 네 의견이 참작되었지. 다만 은실이 어머니를 불러서 다시는 그런 일이 없도록 잘 타이르게 할 거야."

나는 선생님의 말을 듣고 뛸 듯이 기뻤다.

은실이 문제가 잘 수습 되었는데도 은실이와 나는 예전처럼 지내지
못했다. 은실이는 여전히 나와 말을 하지 않았고 얼굴을 마주보지도
않았다. 하교 시간에도 우리와 함께 걷지 않았다. 나는 은실이 때문
에 쓸쓸했지만 윤 선생님과는 더 가까워졌다. 수학 선생님도 다른 방
향으로 이사해서 이제 정말 윤 선생님과 둘이서만 나란히 걷게 되었
다. 비가 오는 날에는 우산도 함께 썼다. 날마다 선생님과 걸으면서
많은 이야기를 나눴다. 선생님은 인생과 미래의 꿈에 관한 이야기를
들려주었다. 나는 주로 일상적인 이야기를 했다. 내가 새어머니의 손
에 자랐다는 것도 말했다.

"네 담임 선생님한테 들어서 알고 있었어."

아, 그랬구나, 나는 또다시 속으로 생각했다.

선생님은 꼭 소설가가 되라는 말도 했다. 선생님과 함께 걷는 시간
이 꿈결처럼 느껴졌다. 아이들이 선생님과 나에 관해서 쑤군거리는
것 같았다. 그러나 아이들이 뭐라고 하던 나는 상관하지 않았다. 귀
를 닫은 것처럼 신경 쓰지 않았다. 그러나 선생님들은 모두 나를 신임
했다. 내가 선생님과 걷는 건 너무나 자연스러운 일이었고 그러지 말
라고 내게 말하는 사람은 없었다.

여름 방학도 지나고 가을이 깊어 가는데 나는 공부에 몰두하지 못
했다. 머릿속에는 오로지 선생님만 들어 있었다. 그럴수록 내 마음은

외롭고 고통스러웠다. 그런 내 마음을 다독이기 위해 틈나는 대로 학교 도서관에 앉아 책을 읽었다. 고등학교 입시와는 거리가 먼 소설을 읽었다. 국어 시간에 배운 고전을 읽다가 어느 날은 여고생이 썼다는 『살얼음을 딛은 소녀』를 읽고 있었다. 그때 윤 선생님이 도서관으로 들어왔다. 내가 있는 자리로 다가와 갑자기 읽고 있는 책을 빼앗듯 집어 올려 제목을 본 다음 돌려주면서 혼잣말처럼 말했다.

"넌 너무 조숙하구나."

한숨을 토해내듯 하는 그 말 속에는 깊은 괴로움이 배어 있는 것 같았다. 나는 아무 말도 하지 않았다. 마치 그 말 속에 깃든 한숨이 내 마음처럼 느껴졌기 때문이었다.

"저녁 먹고 우리 집에 들러라. 내가 부탁하고 싶은 일이 있어."

그날 오후에 나와 헤어지는 골목길에서 선생님이 말했다. 선생님이 내게 뭔가를 부탁하는 일은 극히 드물었다. 기말고사나 월말고사 등 시험을 치른 직후에 학교에서 채점하는 걸 도와 달라는 것 외에는 없는 일이었다.

나는 궁금증으로 가득 차 저녁을 먹는 둥 마는 둥 마치고 선생님의 하숙집으로 달려갔다. 사위는 벌써 어두웠다. 윤 선생님은 내게 딱지처럼 접은 쪽지 편지를 건네주었다. 접힌 편지의 꼬리처럼 조금 길게 내려온 부분에 '채을경 선생에게'라고 쓰여 있었다. 주소는 뒷면에 작은 글씨로 적혀 있었다.

"채을경 선생의 새 주소야. 이 주소로 찾아가서 채을경 선생에게 이 편지를 전해 주었으면 좋겠다. 오랫동안 연락이 안 돼서. 뒤돌아보지 말고 곧장 앞만 보고 걸으면 돼. 절대로 돌아보지 말아라."

웬일인지 윤 선생님의 목소리에서 비장함마저 느껴졌다. 선생님은 주소지를 찾아가는 길을 알려 주었다. 주소지는 내가 이 도시에서 삼 년을 살았어도 거의 듣지 못한 외곽의 새 동네였다. 나는 선생님에게 다녀오겠다고 인사했다.

그런데 이 미묘한 감정은 뭘까. 나는 고개를 갸웃거리며 주소지를 찾아 걷기 시작했다. 선생님은 왜 직접 찾아가지 않고 내게 편지 배달을 시키는 것일까? 나는 이유를 모른 채 종잡을 수 없는 묘한 감정으로 발걸음을 옮겼다. 큰 길을 한참동안 걷다가 구불거리는 골목길로 들어서 걷기도 했다. 골목길을 빠져나오니 시골길처럼 한적한 길이 나왔다. 도로는 가로등도 없이 캄캄했다. 가끔씩 자동차 불빛 속에 시골 길의 정경이 나타났다가 이내 사라지곤 했다. 길 주변에 거무스레 서 있는 가로수들이 꼭 내게 덮치려는 괴물 같아서 한껏 몸을 웅크렸다.

걸으면서 나는 많은 생각을 했다. 가만히 생각해 보니 윤 선생님이 채을경 선생을 만나지 못한 게 오래인 듯 짐작되었다. 아마도 채을경 쪽에서 의도적으로 선생님을 멀리한 것이 아닌가 싶었다. 무슨 오해가 있었던 건 아닐까. 막연히 떠오르는 것은 내가 선생님을 빼앗기지 않으려면 당장 여기서 채을경에게 가는 걸 중단해야 한다는 생각이었다. 그리고 선생님에게 달려가 내 마음을 고백해야 하는 게 아닐까? 그러나 나는 발길을 돌리지 못했다.

편지 내용이 궁금했다. 편지를 슬그머니 훔쳐본다고 해도 아무런 흔적이 남지 않을 것이었다. 편지는 봉해져 있지 않고 그냥 접혀 있을 뿐이었다. 하지만 읽지 않기로 마음먹었다. 편지에 담긴 진실이 무엇이든 알게 된다는 것이 두려웠다.

내 마음의 소리는 끊임없이 발길을 돌려서 선생님에게로 돌아가라고 했다. 그럼에도 나는 여전히 발길을 돌리지 못했다. 뭔가 선생님의 속뜻을 알 듯 뇌리를 스치는 게 있었다. 괴로움이 목울대를 치받고 올라왔다. 내 눈에서 눈물이 흘러 내렸다. 선생님은 어쩜 나를 시험하고 있거나 기회를 주고 있는지도 모른다고 여겨졌다. 선택의 기회. 만일 이대로 걸어서 편지를 채을경에게 전하고 나면 선생님과 나는 오늘을 마지막으로 헤어져야 할 것만 같았다.

어쩌면 나와 선생님에 관한 소문이 채을경의 귀에까지 들어간 게 아닐까? 그래서 채을경이 먼저 관계를 끝내겠다고 한 건 아닐까? 두 사람 사이에 오해가 있다면 전화를 하거나 선생님이 직접 찾아가서 풀 수 있을 것이다. 그런데도 굳이 내 손에 편지를 쥐어주어 위험할 수도 있는 이 캄캄한 길을 걷게 하는 이유는 무엇일까? 이건 어쩌면 선생님과 나의 소문에 대한 결백을 증명하는 방법일 수도 있을 것이다. 편지 배달은 두 사람을 다시 내 손으로 이어주는 중간 역할인 셈이 될 것이다.

내 추측은 그럴듯한 시나리오였다. 거기까지 생각하자 내 눈에서는 더욱 눈물이 쏟아졌다. 되돌아가자, 되돌아가자, 가슴은 그렇게 끈질기게 요구했다. 그러나 나는 앞으로 나아가는 것을 멈추지 못했다. 그때까지 키운 내 머릿속 이성과 판단은 마음과 달랐다. 나는 이제 겨우 열다섯 살이다. 이 나이에 선생님을 위해서 할 수 있는 게 무엇인가? 나는 고등학교에 진학해야 하고 대학에도 가야 한다. 그리고 선생님을 사랑하는 일이 아닌 다른 꿈을 실현해야 한다. 이것이 선생님이 원하는 일이다. 뒤를 돌아보지 말고 앞만 보고 걸으라는 선생님의 목소리가 계속 들려왔다. 꼭 소설가가 되라는 당부도 떠올랐다. 나는 흐느껴 울며 그 주소지의 집 대문 앞에 다다랐다. 한참을 망설인 끝에 초인종을 눌렀다.

"기다리고 있었어. 네가 와 주어서 진심으로 고맙다."

채을경 선생이 내게 말했다. 내 상상의 시나리오가 사실로 확인되는 순간이었다. 나는 윤 선생님에게 좋아한다는 말도 못했다. 내 속마음에 대해선 아무 표현도 해본 적이 없었다. 편지를 전하고 그 길로 곧장 내 하숙집으로 돌아왔다.

얼마 동안 시간이 흘렀다. 나는 더 이상 선생님과 함께 하교하지 않았다. 때맞춰 함께 있는 언니가 하숙을 옮기자고 했다. 주인아주머니가 우리의 사생활을 일일이 언니의 사촌 오빠인 생물 선생님에게 보고하는 것을 참을 수 없다는 거였다. 나는 선뜻 좋다고 말했다. 이번에는 윤 선생님의 하숙집과는 반대 방향에 있는 집이었다. 거리도 좀 더 멀리 떨어졌다.

겨울 방학을 앞두고 나는 걱정이 컸다. 방학이 끝나면 고등학교 입학시험을 치러야 하기 때문이었다. 공부할 시간은 겨우 한 달 남짓 남았을 뿐이었다.

어느 날 은실이 어머니한테서 하숙집으로 전화가 왔다.

"이번 주말에 중앙극장 앞으로 나올래? 내가 너한테 하고 싶은 말이 있어."

은실이 어머니의 목소리를 듣자 반가웠다. 주말이 되자 나는 모든 일을 뒤로 하고 중앙극장 앞으로 향했다. 내 짐작대로 은실이 어머니는 은실이와 함께 극장 앞에 서 있었다. 우리는 함께 영화를 보고 유명한 베이커리에 가서 맛있는 빵도 먹었다.

"너희들이 예전처럼 친하게 지냈으면 좋겠다."

은실이 어머니는 은실의 손과 내 손을 마주 쥐어 주었다. 그렇게 해서 은실이는 다시 나를 보고 웃게 되었다.

"내가 너한테 너무 잘못해서 가까이 갈 수 없었어."

"넌 여전히 내 친구야."

내 마음에 끼었던 구름을 한 겹 걷어 낸 것처럼 나는 한결 밝아졌다.

나는 C시를 떠나 아버지가 원하는 D시에 있는 여자고등학교에 진학하기로 마음먹었다. 사실 경쟁이 센 그 학교에 합격하기에는 내 실력이 부족했다. 그동안 공부를 소홀히 한 탓이었다. 많은 선생님들이 내가 같은 재단의 여고에 진학하기를 바랐다. 하지만 나는 아버지를 핑계로 D여고를 선택했다. 그 학교는 전통이 깊은 명문 여고였다.

방학이 되자마자 나는 주머니에 남은 돈을 몽땅 털어 입시 준비용 책을 한 보따리 사들고 집으로 갔다. 우리 집에는 방이 많았다. 가끔 손님들이 와서 머물다 가곤 했던 작은방이 비어 있었다. 나는 그 방에 책과 짐을 풀고 새어머니에게 연탄불을 넣지 말아 달라고 부탁했다.

겨울방학 동안 냉방에서 잠도 자지 않고 책과 씨름했다.

이듬해 봄에 나는 그 학교의 학생이 되었다. 새로운 각오로 출발해서 열심히 공부하고 있었다. 윤 선생님이 보고 싶었지만 꾹 눌러 참았다. 절대로 만나지 않겠다고 결심을 단단히 하고 지냈다. 상업학교로 진학한 은실이와도 연락이 소원해졌다.

다시 가을이 깊어가고 있었다. 나는 상사병에라도 걸린 것처럼 윤 선생님이 궁금하고 보고 싶어서 더 이상 견딜 수가 없게 되었다. 아무리 마음을 다잡아도 공부를 할 수가 없었다. 학교 선생님들의 얼굴이 모두 윤 선생님의 얼굴로 보였고, 책을 보아도 윤 선생님의 얼굴이 있었다. 사방 어딜 보나 온통 그 선생님의 얼굴뿐이었다. 이대로는 도저히 어떻게 할 수가 없다는 생각이 들었다.

주말에 결국 C시로 가는 버스에 몸을 실었다. 마지막으로 하숙했던 집 근처에 이르렀을 때 학생들이 삼삼오오 무리지어 몰려가고 있는 모습이 눈에 들어왔다. 그곳에는 공설운동장이 있었다. 나도 그곳에서 내려서 그들의 무리에 섞여 걸었다. 지나가는 말을 들으니 축구 경기가 있는 모양이었다. 중학교 동창생들이 눈에 띄었다. 반가운 마음에 한달음에 달려가 그들과 만났다. 그들은 다른 여고의 교복을 입고 온 나를 축하해 주었다. 그리고 윤 선생님의 안부를 전해 주었다.

"너 과학 선생님 결혼하신 거 아니? 작년 겨울에 하셨어. 그리고 아기도 낳았는걸. 아마 여기에 응원하러 오셨을 거야. 우리 학교 선생님들과 다른 학교 선생님들이 친선 경기를 하거든."

선생님의 결혼 소식을 듣는 순간 내 가슴은 무너져 내렸다. 하지만 그건 내가 예상했던 일이었다. 내가 일 년 전 편지를 손에 쥐고 밤길을 울면서 걸어 전해준 그 순간 이미 결정된 일이었음을 나는 인정해야 했다. 그렇다면 나는 무엇 때문에 그토록 선생님을 그리워했을까? 그 사실을 내 눈으로 확인하기 위해서였던 걸까? 나는 쿵쾅거리는 내 가슴을 진정시켰다.

"얘, 저기 과학 선생님이 오신다."

동창생이 소리치는 곳을 바라보니 정말 윤 선생님이 걸어오고 있었다. 옆에는 강보에 싸인 아기를 안고 걷는 채을경 선생이 보였다. 선생님은 혼자만 다른 디자인의 교복을 입고 있는 내가 누구인지 곧 알아보았다. 찰나 설핏 굳은 표정이 선생님의 얼굴에 스치는가 싶더니 곧바로 미소를 띠고 내가 다니는 여고의 베레모와 가슴에 달린 배지를 바라보았다.

"우리 집에 가서 놀다 저녁 먹고 가라. 여기서 가까운 곳이야."

선생님은 약간은 어색한 듯한 목소리로 말했다. 나는 점심도 거른 참이었다. 배에선 쪼르륵 소리가 났다.

"네에."

처음엔 선생님과 채을경이 어떻게 살고 있는지 보고 싶은 마음이 일어서 따라 걸었다. 채을경 선생은 우리보다 한걸음 먼저 골목길로 사라졌다. 아마도 집안을 정리하고 저녁 준비를 서두를 겸 해서 앞서 간 모양이었다.

"바로 저 집이다. 셋집에 살고 있어."

선생님이 가리키는 골목 끝에 집이 보였다. 그 한쪽 처마 끝에 부억을 이어낸 모퉁이가 윤 선생님이 채을경과 꾸민 둥지인 듯 싶었다. 여기서 나는 갑자기 마음을 바꾸었다. 집안에까지 들어가지 않기로 했다.

"저 그만 가 볼게요, 선생님. 저녁은 먹었다고 생각할게요."

나는 잊은 것이 있는 것처럼 부랴부랴 골목을 되돌아 걸었다. 골목 끝쯤에서야 뒤돌아서서 소리쳐 물었다.

"아참, 선생님! 아기는 뭐예요?"

"너 닮았어."

그때까지 나를 바라보고 서 있던 선생님이 내 물음에 대답했다.

나처럼 여자아기라는 대답이 분명한데도, 나는 돌아오는 버스 안에서 줄곧 생각했다. 나를 닮았다니 무슨 말인가? 선생님은 정말 나를 좋아하기나 한 것일까? 나를 동생으로 생각했던 건 아닐까? 나는 내 가슴 속에 살고 있던 윤 선생님을 비로소 채을경에게 돌려주었다. 그리고 그 빈자리에 새로운 꿈들을 그려 넣었다.

침대 위에 몸을 부렸다. 아늑하고 편안한 반면에 모든 현실이 마치 악몽을 꾸고 있는 것처럼 비현실적으로 느껴졌다. 갑작스런 독립에 따른 삶과 미래가 조금은 두렵기도 했다. 하지만 아버지의 변신을 지켜보는 것보다 더 큰 두려움은 아니었다.

아버지의 변신

어머니가 세상을 떠난 뒤에도 물건들은 그대로 제자리를 지키고 있었다. 옷장 속의 옷가지들과 화장대 위에 놓인 화장품들, 열 켤레의 신발과 아홉 개의 핸드백, 열 몇 개의 장신구 등이었다. 주방의 붙박이장에 정리되어 있는 그릇들과 장식장 속의 기념품들도 먼지를 하얗게 뒤집어 쓴 채 어머니의 손길을 고스란히 담아내고 있었다. 주인이 없다는 것 외에는 달라진 게 없었다. 마치 집안 어딘가에 숨어 있다가 금세 나타날 것처럼 어머니의 손때 묻은 물건들은 태연하게 어머니의 내음을 뿜어내고 있었다.

가끔 아버지와 나의 안부가 걱정이 되어 들르는 할머니가 어서 어머니를 잊고 새 출발하라는 뜻에서 물건들을 정리하려고 해 보았는데, 완강한 아버지의 반대에 물러서고 말았다. 어머니의 물건에 두 번다시 손을 대면 아무리 할머니라도 안 보겠다는 투로 역정을 냈다. 아버지의 반응에 뜨끔할 정도로 놀란 할머니는 그 후로 드물게 전화로만 우리의 안부를 묻고는 한숨으로 전화를 끊었다.

어머니와 아버지는 집안은 물론 동네에서도 금슬 좋기로 이름난 부부였다. 집에서 한 블록 거리의 사거리 코너에서 편의점을 운영해온 아버지는 언제나 어머니와 함께 출퇴근했다. 일주일에 육일을 일하고 일요일 하루는 함께 외출하거나 집에서 쉬곤 했다. 일주일 내내 붙어 있으니 지겨울 법도 했으나 언제나 오순도순 큰소리 내지 않았다. 역세권에 자리를 잡아 장사가 잘 되어 재산도 제법 불어났다.

입맛도 같아서 음식점에 가면 거의 백 프로 같은 메뉴를 골랐다. 입는 것과 자잘한 소지품들도 같은 색이거나 같은 디자인으로 된 것들이 많았다. 눈여겨보면 아버지가 어머니의 취향에 일부러 맞추기 때문이라는 걸 알아챌 수 있었다. 하지만 부부간에 서로 맞추고 사는 건 전혀 이상할 게 없다고 생각되었다.

좀 지나치다 싶을 때도 있었다. 내가 사춘기에 접어들고 키가 장대만큼 커버린 뒤에도 내 앞에서 좀 진하다싶은 애정표현도 예사롭게 했다. 아, 아버지의 일방적인 기습이었다고 할까? 그럴 때마다 어머니는 내 눈치를 보며 질색하곤 했다. 하지만 겸연쩍은 듯하다가도 뒤이어 깔깔 웃어댔던 모습은 나쁘지만은 않은 모양새였다.

그랬기에 어머니를 잃은 내 아픔은 내색조차 못하고 안쓰러운 마음으로 아버지의 눈치만 살폈다. 시간이 지나면 시나브로 홀로 서는 노력을 할 것이라 여겨 아버지의 입장을 이해하고 조금도 의아해 하지 않았다.

어머니는 특별한 재능이 있는 사람이 아니었고 자랑할 만한 미모를 갖춘 것도 아니었다. 돈을 벌겠다고 억척을 부리거나 졸부들처럼 거만을 떨고 무례하게 행동하지도 않았다. 아주 수수하고 평범한 주부였다. 그저 이악스럽지 않고 두리뭉실하게 인간관계를 맺고 더불어 살 줄 알았다. 다시 말해 보통의 서민 수준에서 소비하고 즐기고 때로는 이웃들과 시시덕거리며 이야기하고, 가족을 위해 적당히 봉사하고 희생하는 사람이었던 것이다. 그러니 자식의 교육도 적당히 중간선에서 타협점을 찾곤 했다. 보통의 아이들이 누리는 만큼은 내게도 허용이 되었다는 얘기다. 남들 다 가는 학원이니 당연히 나도 다니고 스마트폰으로 친구들과 문자를 주고받고, 한 켤레쯤은 비싼 나이키 운동화도 신을 수 있었다. 그 외 좋아하는 간식을 챙겨주고, 사춘기가 되자 엇나갈까봐 신경을 곤두세우는 등, 내 또래 아들을 둔 다른 어머니들과 다를 바 없었다.

언젠가 어머니는 이런 말을 했다.

"현준아, 사람은 말이다, 평범하게 사는 게 좋은 거야. 넘치지도 않고 모자라지도 않게. 근데 그 평범하고 적당하게 사는 게 쉬운 건 아니란다. 항상 정신 똑바로 차려야 가능한 거야."

그러고 보니 이것이 어머니의 인생관이었고 가치관이었던 셈이다.

아무튼 아버지는 좀체 어머니를 잃은 슬픔에서 벗어나려는 의지를 보이지 않았다. 혹 마음속으로는 잊지 못하더라도 시간이 지나면 어머니가 쓰던 물건들은 치우는 게 당연한 처사일 터인데, 오히려 드러내 놓고 잊지 않으려고 어머니의 물건들 속에서 추억을 되새김질 하는 것 같았다. 내가 학교에 다니면서 해 주는 밥을 먹고는 식탁도 치우지 않은 채 다시 그 자리로 돌아가 붙박여 있곤 했었다. 어느 때는 아예 안방 장롱 속으로 들어가 옷에 밴 어머니의 냄새 속에 잠겨 있는 것 같았다. 그럼에도 나는 아버지를 말리지 못하고 지켜볼 뿐이었다. 세월이 약이라고 시간이 지나면 슬픔은 희미해지고 현실을 직시하겠지 여겼던 것이다. 나 역시 어머니가 그리워 아버지 몰래 눈물을 흘리곤 했으니 동병상련의 아픔을 알기 때문이기도 했다.

네 계절이 지나 다시 봄의 문턱에 들어선 어느 날이었다. 내 인내심은 바닥난 지 오래였고 자포자기 상태로 가출까지 생각하고 있을 때였다. 학교에서 돌아온 나는 주방에서 들려오는 소리를 듣고 다가갔다가 깜짝 놀랐다. 어머니가 평소와 다름없이 저녁식사 준비를 하고 있는 줄 알았던 것이다. 얼핏 영락없는 어머니의 뒷모습이었다. 하마터면 나는 엄마! 하고 부르며 뛰어들 뻔했다.

머리는 뒤로 묶어 꽁지머리를 하고 어머니가 입던 기름 자국까지 그대로인 앞치마를 두르고 주방에서 일하는 아버지를 나는 어머니인 줄로 오인하고 말았다. 어머니를 그리는 마음 때문이었을까, 순간적인 착각에 신기한 눈으로 아버지를 앞뒤로 자세히 살폈다. 수염 자국이 희미하게 남아있는 틀림없는 아버지였다.

원래 어머니와 아버지는 얼굴까지 닮았다는 말을 들었었다. 특별히 중요한 행사가 아니면 커플룩을 입고 외출하기를 좋아했는데, 이웃사람들이 머리 모양만 아니면 쌍둥이 자매 같다고 농담을 건네곤 했었다. 여자로서는 큰 키였던 어머니와 남자치고는 인상이 부드럽고 몸매가 야리한 편인 아버지는 체구도 엇비슷했다. 그래서인지 어머니의 티셔츠나 스웨터를 아버지가 입기도 하고 아버지의 겨울 재킷을 어머니가 입고 다니기도 했었다.

"어때? 괜찮아 보이지?"

아버지는 천연덕스럽게 말했다.

"나쁘지 않네요."

오랫동안 웅크리고 어머니만 생각하며 슬퍼하던 아버지여서 나는 반가웠다. 아버지가 이제야 마음을 추스르고 나와 둘이서 살 궁리를 하려나 보다고 여겼다.

아버지는 삼 년 전 어머니가 뇌종양 진단을 받고 항암 치료를 받을 때 비즈니스를 접었다. 다행히 여윳돈이 있을 때 사둔 오피스텔이 있어서 생활비는 거기서 나오는 월세와 통장에 있는 잔고로 충당하고 있었다.

처음에는 어머니의 앞치마를 두르는 것으로 시작한 아버지는 날마다 어머니 흉내 내기를 즐겼다. 화장대 앞에 앉아 어머니가 쓰던 빨간색 립스틱으로 입술을 그렸다. 얼굴이 립스틱 하나로 남자에서 여자로 바뀌어 버렸다.

"에이, 아버지! 그건 좀 심하잖아요?"

나는 아버지가 장난삼아 발라보는 거라고 여겼다.

"이왕이면 네 엄마와 닮게 해 보는 것이 좋을 것 같아서 말이야."

아버지는 한 발 더 나아가 눈썹까지 그렸다. 눈썹을 정리하는 작은 눈썹 칼로 아버지의 숱 많은 눈썹을 가지런히 정리하자 어머니의 일자 눈썹이 되었다. 이번엔 액체를 사용하여 어머니의 쌍꺼풀눈을 만들었다. 그리고 아이라인을 그리니 어머니의 눈처럼 커졌다. 파운데

이션까지 바르고 콤팩트로 마무리했다.

화장하는 법은 어머니가 아픈 동안 익힌 거였다. 깔끔한 성격인 어머니가 지인들이 문병을 온다고 하면 아버지에게 부탁해서 몸을 씻고 간단히 화장까지 하고 단정한 모습을 보이곤 했었다.

아버지는 옷장에서 어머니의 쫄바지와 겨울 코트를 꺼내 입었다. 밖은 아직 이른 봄이어서 꽃샘추위가 이어지고 있었다.

"우와! 정말 똑같다. 하하하, 히히히."

내 말은 좀 과장된 말이었지만 참으로 오랜만에 우리 부자는 밝게 웃었다.

"어딜 갈 거예요?"

"글쎄다, 너도 어서 따라 나서."

아버지는 신발장에서 어머니가 신던 종아리까지 올라오는 부츠를 꺼내 신었다. 아버지의 분장 솜씨는 뛰어났다. 어떻게 그렇게 머리끝에서 발끝까지 이미지를 포인트만 잡아내 바꿀 수 있는지 실로 감탄스러웠다. 십 프로 정도 모자라나 거의 비슷한 어머니의 모습이 되었다. 십 프로는 내 눈에 보이는 차이일 뿐이었다. 다른 사람들의 눈에는 그 차이가 보일 리 없었다.

아버지와 나는 어머니와 했던 것처럼 팔짱을 끼고 나란히 걸었다. 주말의 희끄무레한 저녁이었다. 구름에 가려진 석양 빛 줄기가 작은 구멍으로 터져 나오는 물줄기처럼 길게 뻗었다.

아버지와 나는 어머니가 평소 즐겨 찾았던 베트남 쌀국수 집에 가서 국물이 있는 국수를 먹었다. 어머니는 항암치료 중에도 이 국물이 느끼하지 않고 개운하다고 좋아했었다. 내 입맛에도 맞아서 따라오곤 했었다. 그리고 아버지는 나를 데리고 커피 전문점에 들렀다. 나란히 커피를 주문했다.

"아메리카노 작은 걸로 두 개요."

아버지는 내게 묻지 않았다. 나는 어머니가 좋아했던 스타일이라는 걸 금세 알아차렸다.

"하두 오랜만에 오셔서 누구신가 했어요. 오늘은 남편 분과 오시지 않고 아드님과 오셨군요."

역시 십 프로를 보지 못하는 종업원이 눈 삔 인사를 했다. 이쯤 되면 아버지의 분장은 완전 성공이었다.

"아, 네."

작은 소리로 대답한 아버지는 얼굴 가득 흐뭇한 미소를 지으며 여자처럼 고개를 까딱했다. 아버지는 커피 두 잔을 받아들고 프림과 슈가가 준비되어 있는 곳으로 갔다. 아버지는 자신의 커피에 프림 두 개와 슈가 한 개를 찢어 넣고 스틱으로 저은 다음, 내 것도 똑같이 해 주었다. 이번에도 내게 묻지 않았다. 그 이유를 금세 알 것 같았다. 어머니가 즐기던 입맛대로 비율을 맞추었을 것이다. 아마도 아버지는 예전에 무조건 어머니를 따라 커피 취향도 같게 했으리라 상상할 수 있었다. 우리는 창가의 하이체어에 앉아서 커피를 마셨다. 커피향이 기분 좋게 콧속으로 흘러들었다.

커피 전문점을 나온 아버지와 나는 밤늦게까지 어머니의 십팔 번인 '백만 송이 장미'를 흥얼거리며 거리를 돌아다녔다. 오랜만에 어머니와 걷는 기분도 들고 한 번 쯤이야 아버지의 연극에 동참해서 분위기를 만끽한다고 해도 나쁠 것 없었다. 우리 부자의 기분은 그동안의 음울했던 기분을 한 번에 몽땅 날려버리고도 남을 만큼 좋아졌다. 나는 구름 사이로 아파트 빌딩 꼭대기에 걸린 만월을 바라보았다. 한가위 보름달은 아니지만 더도 덜도 말고 꼭 오늘만 같기를 빌었다.

아버지의 연극은 한 번으로 끝난 게 아니었다. 이튿날도 그 이튿날도 날마다 이어졌다. 어머니로 분장하고 살아가는 게 아버지의 새로운 즐거움이 된 듯이 보였고, 날마다 어떻게 하면 정말 어머니와 똑같이 될지 궁리하는 것 같았다. 그런 것들이 아버지가 홀로 서는데 도움이 된다면 그리 반대할 생각은 없었다. 집안 분위기가 한결 밝아진 것도 긍정적인 이유였다. 내겐 아직 아버지의 따뜻한 위로와 보살핌이 필요한 시기였다.

아버지는 이제 속옷까지 어머니의 것으로 바꾸어 입는 것 같았다. 건조대에 어머니의 것으로 보이는 브래지어와 조그만 삼각팬티가 걸려 있었다. 브래지어는 빨간색의 얇은 천에 레이스가 달려 야시시해 보이는 것으로 좁은 끈에 둥글고 풍성해 뵈는 유방 모양이 두 개 붙어 있었다. 팬티도 브래지어와 한 세트로 앞뒤 주요 부위만 겨우 가릴 수 있게 디자인된 것이었다. 그것들은 훔쳐보기에도 민망한 느낌이었다. 게다가 너무 앙증맞게 작아서 살집은 없어도 작지 않은 체격이었던 어머니가 생전에 입었으리라고는 상상이 가지 않았다.

그렇게 어머니의 옷을 입어보고 액세서리를 걸치고 나다니던 아버지의 어머니 흉내 내기는 점점 더 구체성을 띠었다. 어머니에 대한 그리움의 도가 지나쳐서 병이 된 것일까. 아버지는 조금씩 어머니로 변해가고 있었던 것이다.

어떻게 관리한 것인지 아버지의 얼굴 피부는 어딘지 여자의 그것처럼 보드라워지고 수염도 말끔해진 것 같았다. 팔다리에 난 체모도 줄어들어 매끈해 보이고, 그러고 보니 몸매도 달라진 듯 했다. 어머니 흉내를 내다 못해 이제는 아예 여자로 변신하려는 것이 아닌지 의심스러웠다.

내 마음에 그런 의혹이 생기자 활기를 되찾는 아버지를 보며 어머니를 만난 듯 즐거웠던 마음은 사라졌다. 그러다 아버지의 행동에 대해 고개를 내두르게 되었고 슬며시 혐오감마저 들기 시작했다. 어머니를 생각하면 슬프지만 산 사람은 살아야 한다고 할머니가 한 말을 떠올리며 아버지와 둘이서 서로 아픈 마음을 다독이며 살고 싶었다. 언제까지 기다려야 마음을 잡고 예전의 아버지로 돌아올 것인가. 나는 안중에도 없는 걸까. 대학에 진학도 해야 할 텐데 대체 어쩌자는 것일까 싶어서 한숨이 절로 터져 나왔다.

"아버지, 이제 그만 엄마를 보내 드리세요."

나는 한참을 망설인 끝에 조심스럽게 말을 꺼냈다.

"너의 엄마는 죽지 않았어."

내가 잘못 들은 건지 귀를 의심했다.

"네? 엄마가 죽지 않았다니요? 그럼 어딘가에 살아계신다는 거예요? 그게 무슨 말씀이세요?"

"죽은 건 나야! 죽은 건 나라구!"

"네에?"

나는 그만 아연실색했다. 아버지는 이제 단순한 우울 증세를 넘어서 정신이 이상해져 가고 있는 게 아닐까 의심스러웠다. 그렇지 않고서야 어떻게 죽은 사람은 어머니가 아닌 자기 자신이라고 말할 수 있는가 말이다.

갑자기 두려운 마음이 들어서 아버지한테서 한 걸음 물러섰다. 동시에 이 사태를 어떻게 수습해야 할지 충격으로 하얗게 변한 머리를 억지로 굴렸다.

"아버지가 엄마에 대한 집착에서 벗어나려면 엄마의 물건들을 모두 치워야 해요. 아버지, 이제 그만 정신을 차리고 저를 좀 생각해 주세요. 제가 있잖아요? 저의 미래도 생각해 달라고요."

아버지를 구해야 된다는 생각에서 최대한으로 감정을 자제하고 말했다. 그리고 안방으로 달려가 장롱 문을 열고 어머니의 옷가지들을 끄집어냈다.

찰싹! 내 왼쪽 볼따귀에 아버지의 손바닥이 날아왔다. 나를 쏘아보는 충혈된 아버지의 두 눈에는 살기마저 감돌았다. 이런 일은 생전 처음이어서 나는 몹시 당황스럽고 놀라 주춤주춤 뒷걸음질을 치고 말았다. 공포감이 한차례 내 머리에서 발끝으로 전류가 흐르듯 몸을 관통해 내려갔다.

그 후로 나는 아버지를 슬금슬금 피하게 되었다. 예전의 아버지가 아니었다. 방 세 개짜리 아파트에서 내가 도망칠 공간은 없었다. 고 작해야 학교에서 돌아오면 내 방에 처박혀서 공부를 하는 척 시간을 죽이는 일밖에는 할 수 있는 게 없었다. 식사도 될 수 있으면 아버지 와 같이 하고 싶지 않았다.

아버지는 여전히 어머니의 화장품으로 화장을 하고 어머니의 옷을 입고 어머니의 액세서리로 치장을 했다. 영락없는 어머니로 변신해 있었다. 그런 모습을 하고 어디를 다니는지 수시로 들락거렸다. 아버 지 말대로 어머니는 차츰 살아나고 아버지는 조금씩 사라져가고 있었 다. 나는 그런 상황이 몹시 당혹스럽다 못해 공포감이 들었다. 아버지 에게 어머니는 진정 무엇이었을까, 어떤 존재였을까를 나는 생각하게 되었다. 생각할수록 모든 것이 혼란스러웠다.

아버지와 나는 예전의 자연스러운 감정을 찾아볼 수 없게 되었다. 아버지와는 늘 묘한 느낌의 미묘한 사이가 되었다. 아버지가 생각하 는 건 생전의 어머니와 나 사이처럼 다정하고 의심의 여지가 없는 모 자지간을 꿈꾸고 있는 지도 모를 일이었다. 하지만 그건 어림없는 착 각이라고 단호하게 선을 그었다.

한 마디로 나는 아버지의 변신을 용인하고 싶지 않았다. 이건 평범 한 삶을 지향했던 어머니의 인생관과도 부합하지 않을뿐더러 어머니 가 생존해 있었다면 가당키나 한 일인가 싶었다. 어쩌면 이혼이라도 불사했을지 모를 일이었다. 따라서 어머니가 세상에 존재하지 않는 다는 사실은 슬프지만 인정하고 살길을 찾아야 한다고 생각했다. 내 두 눈으로 어머니의 임종을 지켰고, 여러 친지들이 지켜보는 가운데

장례를 치르고 화장을 해서 납골당에 모셨다. 그런데 아버지는 왜 그런 말도 안 되는 억지를 부리는지 정말 이해할 수 없어서 답답했다.

아버지는 그런 황당한 주장을 하고 어머니로 변신해 가는 것 외에는 아주 멀쩡해 보였다. 처음과는 달리 집안 살림도 빈틈없이 잘 해나갔고 길을 잃고 헤맨다거나 물질적으로든 행동으로든 타인에게 피해를 입히는 일도 전혀 없었다. 사회생활을 하는 데에 아무 지장이 없어 보였다는 말이다. 나는 그런 마음의 갈등 속에서도 평상심을 유지하려 노력했다.

그럭저럭 별 일 없이 지나가던 어느 날, 아버지는 성형수술로 얼굴을 영구히 바꿨다. 쌍꺼풀을 만들고 코 모양을 잡았다. 그리고 턱 선도 약간 갸름해졌다. 십 프로를 채운 완벽한 어머니의 모습이 되었다. 어머니가 세상을 떠난 줄 모르는 사람이라면 아마 틀림없는 어머니로 알았을 것이다. 이제 외모상의 아버지는 완전히 사라지고 어머니는 완벽하게 살아났다.

나는 분장하는 것으로는 모자라 수술로 얼굴을 바꿔버린 아버지에 대해 또다시 혐오감을 느꼈다. 아예 눈을 마주치기도 싫었다.

"아들아, 어떠니? 이만하면 네 엄마가 살아있다는 걸 인정할 수 있겠니?"

아버지가 눈치도 없이 얼굴을 내 코앞에 바짝 들이밀고는 물었다.

나는 기겁을 하고 물어섰다. 어머니가 귀신이 되어 나타난 것 같아서 소름이 쫙 돋았다.

"난 돌아가신 엄마가 살아 돌아오길 바라지 않아요. 난 그냥 건강한 아버지가 내 옆에 있어 주기만 하면 되는 거야. 지금 내게 필요한 사람은 아버지라구!"

나는 두 눈을 감은 채 공포감을 떨쳐버리려는 것처럼 버럭 소리를 질렀다. 그러고는 내 방으로 들어가 방문을 잠갔다.

우리 집은 적막해졌다. 아버지와 나는 더 이상 대화하지 않을 것처럼 말을 끊고 지냈다. 가끔 문틈으로 거실을 살펴보면 아버지는 생전의 어머니처럼 즐거워 보였고 '백만 송이 장미'를 흥얼거리며 집안을 누볐다. 반대로 나는 황폐해져 갔다. 책은 손에 잡히지 않았고 학교에 가도 공부가 머릿속에 들어오지 않았다. 현재도 미래도 없이 캄캄하게만 느껴졌다.

나는 아버지의 몸이 궁금해졌다. 아버지가 남성까지 잘라낸 건 아닐까 생각하게 되었던 것이다. 인터넷에서 트랜스젠더를 검색해 보니 처음에는 호르몬 치료를 하다가 나중에는 유방을 크게 부풀리는 수술을 하고, 맨 마지막으로 남성을 잘라내는 수술을 한다고 했다. 만약 아버지의 그것이 온전하게 남아있다면 그것에 나의 마지막 희망을 걸어 보기로 했다.

거실로 살금살금 나와서 아버지의 방을 문틈으로 엿보았다. 아버지가 잠자리에 들려는지 옷을 벗고 있었다. 아버지는 어머니의 속옷을 입은 채 얇은 이불을 들추고 침대 속으로 들어가 누웠다. 레이스가 달린 예의 그 빨간색 브래지어와 팬티 차림이었다. 브래지어는 좀 작은 듯 가슴을 조이고 있었고 팬티는 아버지의 몸에 꼭 끼어서 곧 끊어질 것처럼 보였다. 그런데 뒷모습만 얼핏 보았기 때문에 그것만 가지고는 알 수가 없었다. 더 살펴보아야 될 것 같았다.

계속해서 아버지의 움직임을 관찰하기로 했다. 다음에는 아버지가 화장실에서 목욕하는 때를 노렸다. 우리 가족들은 예전부터 목욕할 적에 문을 잠그지 않는 게 버릇이 되어 있었다. 예전에는 내가 어렸기 때문에 굳이 잠가야 할 일이 없었을 것이고, 그 버릇이 커서까지 이어져서 그대로 문만 닫은 상태로 볼 일도 보고 샤워도 하곤 했다. 안에 식구 중 누가 무슨 일 중이라는 건 자동으로 알아차리게 돼 있어서 노크를 할 필요도 없었다.

샤워기에서 물 쏟아지는 소리가 요란하게 났다. 아버지가 샤워 중임에 틀림없었다. 분명 문을 살짝 열어도 모를 것이라 여겼다. 내 생각이 맞았다. 그리고 나는 아버지의 모습에 눈이 화등잔만 해졌다. 자욱한 수증기 사이로 아버지의 나체가 드러나고 가랑이 사이에 매달린 남근이 보였던 것이다. 오래 전에 목욕탕에서 보았던 대로 내 것과 꼭 닮은 그 모양 그대로였다. 젖가슴도 약간 도도록하게 보이기는 해도 수술을 한 흔적은 없었다. 나는 안도감으로 가슴을 쓸어내렸을 뿐만 아니라 기분이 가벼워지기까지 했다. 암담하게 느껴졌던 내 미래에 반짝 불이 켜지듯 희망이 솟았다.

오랜만에 아버지와 식탁에 마주 앉았다. 공포스럽게 느껴지던, 이제는 어머니로 바뀐 아버지의 얼굴을 가까이 대해도 소름이 돋지 않았다. 그래, 이 정도까지는 견딜 만 해. 아무리 아버지가 어머니로 변하려고 해도 그건 외모일 뿐이지, 내게는 여전히 아버지인 거야. 나는 그렇게 속으로 스스로를 위로했다.

"기분이 괜찮아 보이는구나."

목소리와 말투까지 달라진 아버지가 어머니처럼 웃었다.

"좀요."

나는 어머니의 얼굴을 보지 않고 아버지의 목소리에 대답했다.

우리는 다시 전처럼 예사롭게 생활했다. 아버지는 내 누그러진 태도에 더욱 신이 나서 맛있는 간식을 만들어 내 방에 들여놓기도 했다.

아버지는 조리사 공부를 시작했다고 했다. 어머니가 결혼 전에 전문대학에서 딴 한식 조리사 자격증을 아버지도 따겠다는 거였다. 어머니는 조리사 자격증을 한 번도 쓰지 않고 안방의 문갑 속에 그대로 넣어 두었었다. 그러나 아버지는 자격증을 따면 실제로 그것으로 생계를 꾸릴 생각이라는 얘기도 했다.

"네겐 이 엄마가 있어. 넌 공부만 열심히 하면 돼."

"켁!"

아버지의 입에서 나온 '엄마'라는 말에 놀라 먹던 음식이 기도에 걸렸다. 순간 구역질이 나려고 했다. 하지만 가까스로 참고 넘어갔다. 이미 거기까지는 참아주기로 마음을 굳혔던 사실을 상기했던 것이다. 아버지가 잠시 나를 바라보았지만, 우리는 아무 일도 없었던 것처럼 식사를 계속했다.

얼마간 아무 일 없이 시간이 흘렀다. 나도 마음을 정리하고 공부에 전념하려고 했다. 대학에 진학하기 위해 이런 저런 계획도 세웠다. 계획 중에는 대학에 진학한 뒤에는 아버지에게서 독립해 따로 살겠다는 것도 포함되어 있었다.

아버지가 집안에 남자를 끌어들인 건 계절이 한 바퀴 돌아 다시 봄이 되었을 때였다. 삼 학년으로 올라가고 얼마 안 되어 공부하느라 밤늦게 귀가한 날이었다. 열쇠로 현관문을 열고 들어서니 웬 낯선 신발이 눈에 들어왔다. 모양과 크기가 남자임에 틀림없어 보였다. 손님이 집에 오기는 어머니가 가신 뒤로 처음이었다. 사실 우리 집에 와서 자고 갈만한 가까운 친척도 없었다.

나는 의아한 마음으로 집 안을 기웃거렸다. 거실에는 아무도 없고 조용했다. 누굴까 싶어 아버지 방 앞으로 다가가서 발걸음을 멈추었다. 이상한 느낌이 들었다. 분명 방 안에 두 사람이 있는 것 같았다. 무엇 때문에 낯선 남자가 아버지와 밤늦은 시간에 방 안에 함께 있는 것인지 생각할 여유도 없이 나는 발칵 방문을 열어 젖혔다. 거기에서 그만 나는 못 볼 것을 보고 말았다.

급하게 대충 몸을 가리고 나온 아버지가 내게 변명이랍시고 떠들었다. 그 남자는 어정쩡하게 내 눈치를 살피며 슬금슬금 집을 빠져나갔다.

"네 엄마도 행복할 권리가 있어."

"그런 말도 안 되는 소리는 집어 치워요! 이젠 신물이 나요."

손에 들고 있던 책가방을 집어 던지며 소리 질렀다. 참을 수 없어 몸서리를 쳤다.

"그래, 솔직하게 말할게. 나는 오래 전부터 여자가 되고 싶었어. 남편으로서보다는 같은 여자로서 진심으로 네 엄마를 좋아했어. 네 엄마와 쌍둥이처럼 똑같은 여자가 되고 싶었던 거야. 하지만 차마 네 엄마 앞에서 그럴 수는 없었다. 네 엄마가 가고 나서 나는 남은 생을 네 엄마로 살기로 했어. 네 엄마를 잃은 건 슬프고 견디기 어려워도, 네 엄마와 똑같은 쌍둥이로 나란히 살지는 못하게 되었어도, 네 엄마로 살 수는 있다고 생각하니 다시 힘이 났어. 그래서 나는 일어설 수 있었던 거야."

"같은 여자로서 엄마를 좋아했다고? 그러니까 내 눈에 보인 아버지의 모든 게 거짓이었다는 건가요? 그럼 난 뭐예요? 내 인생은 안중에도 없나요?"

나는 징그러운 벌레를 보듯이 경멸하며 소리쳤다.

"너는 변함없이 내 아들이다. 달라지는 건 아무것도 없어. 그냥 지켜봐 주면 안 되겠니?"

나 역시 아버지가 사정한다고 해서 달라질 건 없었다. 내 생각은 단호했다.

"위선자! 난 절대로 그럴 생각 없어요. 엄마를 사랑했다면 어떻게 그럴 수 있어요?"

"네 엄마를 사랑한 건 진실이었어. 내가 네 엄마를 사랑했기 때문에 나는 여자가 되고 싶었던 거야. 믿어줘."

"그런 말도 안 되는 궤변은 더 이상 듣고 싶지 않아요!"

나는 아주 진저리를 쳤다. 내게는 더 이상의 인내심이 남아 있지 않았다. 이제는 도저히 아버지와 같은 공간에서 함께 살 수가 없다고 생각되었다.

여행 가방을 꺼내 대충 짐을 챙겼다. 짐이라야 옷가지 몇 벌과 책이 전부였다. 책상 위에 있던 어머니 사진도 가방 속에 집어넣었다. 집을 나오기 전에 마지막으로 아버지를 향해서 퍼부었다.

"엄마를 더 이상 욕되게 하지 말아요. 엄마는 이런 사람이 아니었어. 엄마는 아주 평범한 삶을 원했어요. 아버지는 미친 거예요. 차라리 그냥 여자 흉내를 낸다면 모른 체하겠어요. 그러나 절대로 아버지가 엄마로 바뀌는 건 받아들일 수가 없어요. 그건 내 엄마에 대한 모독이라구요. 내가 집을 나가는 수밖에 없어요. 우리는 이것으로 끝이에요."

참았던 눈물이 쏟아져 내렸다. 나는 아버지도 오늘 이 시간에 죽은 것으로 생각하려고 이를 악물었다.

"이러지 마라. 이 밤에 어쩌려고?"

당황한 아버지가 손을 뻗어 내 팔을 잡았다.

"내가 죽는 꼴을 보고 싶어요?"

나는 팔을 홱 뿌리쳐서 아버지의 손을 떼어냈다. 더러운 오물이라도 날아든 것처럼 끔찍해서 몸이 저절로 부르르 떨렸다. 아버지가 완강한 내 태도에 움찔 놀라는 시늉을 했다.

"미안해. 아버지를 용서해줘. 이걸 가지고 가. 네 엄마가 죽기 전에 널 위해 마련해 둔 모양이야. 자세한 내용은 나도 몰라."

황급히 안방으로 들어갔다 나온 아버지가 서류봉투 하나를 내게 내밀었다. 나는 여자 같은 말투의 아버지 목소리가 싫어서 귀를 틀어막는 시늉을 했다. 그러나 어머니가 마련했다는 말이 들려와 봉투를 낚

아채듯이 받아 책가방 속에 구겨 넣었다.

밖에는 칠흑 같은 어둠이 깔려 있었다. 나는 흐느껴 울며 갈 곳을 몰라 정처 없이 가방을 끌며 걸었다. 내가 평소에 드나들던 독서실이 보였다. 그곳으로 가방을 끌고 들어갔다. 내가 늘 앉던 자리로 가서 잠시 숨을 돌린 후에 책가방에서 서류 봉투를 꺼냈다. 봉투의 뚜껑은 풀로 붙여지고 중앙에 어머니의 인감으로 마무리되어 있었다. 조심 스럽게 봉투를 열었다. 놀랍게도 그 속에서는 서류 한 통과 열쇠와 통장이 나왔다. 내 이름으로 새겨진 도장도 통장집에 함께 들어 있었다. 편지 봉투가 있어서 열어 보니 짤막한 편지가 나왔다.

내 아들 현준아, 여기 있는 열쇠와 통장은 너를 위해서 준비한 거야. 언젠가 급하게 필요한 날이 올지도 몰라서 말이야. 열쇠는 서류의 주소 지에 있는 오피스텔 열쇠이고 서류는 네 명의로 된 등기부등본이란다. 통장에 있는 돈이 충분하지는 않지만 얼마간 도움이 될 거야. 이것이 네 가 대학에 들어간 뒤에 주어진다면 좋겠고, 결혼을 위해서 쓰인다면 더 바랄 것이 없겠는데, 혹시 그렇지 않더라도 아버지를 너무 원망하지 않 았으면 좋겠다. 아무리 평범하고 당연한 걸 원해도 안 되는 수도 있는 거지. 그래도 죽지 않고 살아있으니 감사할 일이잖니. 이해할 수 없으면 이해하려고 하지 마. 그냥 엄마처럼 모든 걸 운명이라고 받아들이면 네 마음이 한결 편안해질 거야. 아버지는 아버지가 원하는 인생을 살 것이 고 너는 네 길을 가면 되겠지. 평범하고 적당하게 말이야. 이런 문제까지도 끌어안아 주는 것이 내가 마지막으로 네 아버지에게 해 줄 수 있는 역할이라고 여겨지는구나. 네게 끝까지 평범한 가정을 지켜주지 못해 미안하다. 사랑하는 내 아들, 이 엄마가 하늘에서 너를 위해 응원하고 지켜볼 테니 힘을 내.

나는 책상에 엎드려 흐느꼈다. 우리 가족에게 닥칠 비극을 어머니는 이미 예견한 듯 싶었다. 드러내놓고 하소연할 수도 없었을 어머니는 얼마나 속으로 마음 상했을까? 어쩜 어머니의 병은 아버지에게서 비롯되었을 지도 모른다고 생각하자 아버지에 대한 원망이 다시 치밀어 올랐다. 당장 집으로 되돌아가 한 대 갈겨주고 싶다는 생각에 주먹을 불끈 쥐었다. 그러나 나는 어머니를 생각하고 꾹꾹 눌러 참았다. 어머니가 원하는 평범한 삶은 어떤 상황에도 아들이 아버지에게 주먹질을 하는 건 아닐 테니까.

죽음을 앞둔 어머니는 나를 위해 작은 공간과 약간의 예금을 마련하는 것 외에 달리 대처할 힘이 없었을 것이다. 그런 어머니의 심정이 아프게 가슴에 와 닿았다. 동시에 아버지에 대한 의혹은 꼬리를 물고 이어졌다. 왜 꼭 어머니 모습이어야 했을까? 혹시 아버지는 미안함 때문에 자신의 변신을 통해 어머니를 되살려내고 싶었던 건 아니었을까?

수없는 의혹과 추측들을 털어내기 위해 나는 고개를 흔들며 중얼거렸다. 어머니에 대한 아버지의 집착은 변명에 불과한 것이라고. 또한 어떤 이유든 나는 결코 아버지를 이해하지 않을 것이고 인정하지도 않을 것이라고.

나는 그곳에서 밤을 새우고 새벽에 어머니가 마련해 놓은 오피스텔로 들어갔다. 화장실이 딸린 원룸식으로 된 공간이었지만 혼자 쓰기에는 충분했다. 세탁기와 냉장고, 그리고 침대와 책상까지 갖춰져 있었다. 밥을 해 먹을 수 있는 간단한 살림도구들도 준비되어 있었다. 어머니의 마음 씀이 배어났다.

침대 위에 몸을 부렸다. 아늑하고 편안한 반면에 모든 현실이 마치 악몽을 꾸고 있는 것처럼 비현실적으로 느껴졌다. 갑작스런 독립에 따른 삶과 미래가 조금은 두렵기도 했다. 하지만 아버지의 변신을 지켜보는 것보다 더 큰 두려움은 아니었다.

죄를 지으면 그때그때, 바로바로 고백성사를 하세요. 하고 또 하고 계속하세
요. 그렇게라도 해야 구원받을 수 있습니다.

아직도 아찔했던 순간의 충격으로 진정되지 않은 심장의 박동을 느끼며 새삼
욕망의 깊이를 재어본다. 밤 아홉 시다. 호텔과 예약한 시간은 이미 넘어섰다.
자동차는 다시 서서히 움직이기 시작한다.

눈폭풍 속에서

구름이 무겁게 내려온 탓에 사위는 아직 잠에서 덜 깨어난 듯 희끄무레하다. 나는 먼저 내비게이션에 예약된 호텔의 주소를 입력한다. 김치를 넣고 끓인 국에 밥을 말아 아침식사도 간단히 해결한 터라 뱃속도 든든하다. 생수 두 팩을 트렁크에 실었고 차 안에서 먹을 수 있는 샌드위치와 간식도 충분히 준비했다. 예정대로 워싱턴의 호텔에 도착해서 여장을 푼 다음 저녁 식사를 하려면 점심시간 외에 잠시 화장실에 들르는 시간도 절약해야 할 참이다.

　아침 일곱 시, 드디어 우리 세 사람은 워싱턴을 향해서 출발한다. 여행할 적마다 그랬듯이 어머니는 차가 움직이는 것과 동시에 묵주를 꺼내 들고 성호를 그었다. 동네를 벗어나 고속도로에 들어서면서 나는 가속 페달을 힘주어 밟는다. 토론토 지역에 눈 예보가 있었지만 부지런히 운전해서 캐나다를 최대한 빨리 벗어나면 눈길은 피할 수 있으리라 여긴다. 혹여 캐나다를 벗어나기도 전에 눈을 만난다면 예정된 시간에 호텔에 도착하기는 어려울 것이다. 융통성이 없는 호텔 종업원이 이쪽 사정은 무시한 채 약속된 시간을 엄격하게 적용한다면 이미 카드로 결재한 숙박비를 날릴 지도 모르는 일이다. 조금은 신경이 쓰인다. 하지만, 그래, 가자, 가! 니가 한 번 고생을 해봐야 다시는 겨울에 자동차 여행하자고 안 하지, 하는 어머니의 밀어붙이는 결단이 먹혀들었던 것도 겨울여행을 하게 된 한 이유였다.

그에게 결별을 선언하고 나서 나는 어디든 떠나고 싶어서 안달했다. 그렇게 한 발 물러서서 마음을 정리하지 않으면 그에게 집착하려는 내 마음을 되돌리기 어려울 것만 같았다.

크리스마스는 다가오는데 나는 갈피를 잡지 못해 안절부절못했다. 크리스마스는 그와 약속한 일 년 기간의 마지막 날이었다. 한 번 연장을 했으니까, 사실 그를 만난 지 이 년이 지나가고 있는 것이다. 마지막 날인 크리스마스가 지나고 하루가 더 갔다. 이제 더는 안 된다고 나 자신에게 굳게 타일렀다. 나는 기분을 전환하고 스스로를 돌아보는 시간을 갖고 싶었다. 그에게 말한 대로 끝내야 한다고, 여기가 마지막 한계점이라고 자신을 다잡았다.

엄마, 사람과 바나나가 60퍼센트가 유전적으로 같다는 말이 사실이에요?

초등학교 삼 학년인 아들 유진이가 뜬금없는 질문을 던진다.

응, 뭐라고?

스미소니언 박물관에 가면 그런 말을 써 놓았대요. 사람과 바나나는 60%의 유전자가 같고, 생쥐하고는 85%, 닭하고는 75%가 같다는 말이에요.

그럼 동물하고 사람하고, 게다가 바나나 하고도 별 차이가 없는 거

네? 그러니까 사람다운 사람이 드문 거지.

사람은 신뢰할 수 없는 동물이라는 말을 자주하는 어머니가 역시 나, 하는 표정으로 농담처럼 말을 무지르고 나온다.

그건 아마도 DNA가 같다는 말이겠지. DNA는 유전자를 구성하는 물질이거든.

엄마, 그럼 얘기가 다른 거예요? 거기 가면 난 그걸 확인해보고 싶어요.

언제나 톡톡 튀는 유진의 질문을 들으니 역시 가족과 함께 나오길 잘했다고 생각된다. 아들과 어머니와 얘기하며 달리니 마음이 조금은 가벼워지는 것 같다.

어머니는 다시 기도로 돌아가 묵주 알을 굴리며 입술을 달싹거린다. 삼십 분쯤 지나자, 뒷자리의 유진은 아예 길게 누워 잠이 들었는지 쌔근거린다.

워싱턴에 있는 호텔 주소를 입력해서 맞추어 놓은 내비게이션가 고속도로를 바꾸어 타라고 지시한다. 나는 지시에 따라 국경도시인 나이아가라로 뻗어있는 QEW고속도로로 들어선다. 이제 이 길만 따라서 달리면 곧 나이아가라 옆에 있는 국경도시인 세인트 캐서린에 닿을 것이고, 길은 다리를 건너 국경을 넘을 것이다.

그 사람도 지금쯤 여행길에 올랐을 것이다. 내 생각은 어느새 그에게로 가 있다.

성탄절 날 만날까?

성탄절은 가족들과 지내야 하고, 그리고 성당에 가서 미사 참례해야 해.

그럼 그 전에는?

나 고백성사 했거든, 다시 또 죄를 지으면 성탄절을 망치게 돼.

그러면 성탄절 지나고 나서는?

우리가 약속한 시간은 성탄절로 끝나잖아? 그리고 이튿날 나는 여행갈 거야, 엄마와 유진이와 함께.

나는 의식적으로 냉정하게 그의 말을 잘랐다.

나도 여행갈 거야, 혼자서……

그는 쓸쓸하게 말미를 흐렸다.

어쩌면 라스베이거스로 갔을지도 모른다. 언젠가 털털털털 하고 돈이 쏟아지는 소리가 스트레스를 해소시켜 준다고 말했었다. 그래서 가끔 회사일로 시달릴 때면 그곳으로 가 아무 생각 없이 시간을 보내며 스트레스를 털어낸다고 했다.

나는 지난 이 년의 시간이 꿈 같이 느껴진다. 캐나다에 온 뒤 처음으로 힘들게 잡은 직장은 토론토 다운타운에 있는 대학의 계약직이었다. 일 년 계약이 끝나갈 무렵, 나는 그 대학에서 정규직을 잡기 위해 애를 썼지만 대학의 일자리는 철밥통이라도 되는 듯이 달려드는, 캐나다 경력이 좋은 경쟁자들에 번번이 밀려 떨어지곤 했다. 계좌의 돈이 점점 줄어드는 걸 보며 나는 피가 마르는 것 같았다. 그때 잠시 만났던 중국계 이민자인 제니가 보내준 메일은 구원자의 계시나 다름없었다. 자신이 근무하는 회사에서 한국말 번역자가 필요하니 지원해 보라는 귀띔이었다. 세계적으로 알려진 아이티 계통 회사였다.

삼 차 인터뷰까지 통과하고 맨 마지막의 관문은 전화 인터뷰였다. 몇 가지 간단한 사항을 확인하는 절차인 듯했다. 잔뜩 긴장하고 있는 나에 비해 그쪽은 매우 느긋한 말투였다.

아마 걱정 안 하셔도 될 거예요. 인터뷰가 끝났구나 싶었을 때, 그의 말은 갑자기 한국어로 바뀌었다. 한국분이세요? 깜짝 놀란 내 입에서 튀어나간 물음이었다. 네. 그의 대답을 듣는 순간, 나는 당황하면서도 한편으로 마치 인터뷰에 통과라도 된 듯이 긴장이 풀렸다. 합격하시면 이 회사의 유일한 한국여자 분일 겁니다. 그는 전화기를 놓기 전에 한 마디를 덧붙였다.

내가 IT회사에 입사해서 하게 된 일은 한국어 현지화 작업이었다. 이곳에 오기 전에 서울의 특허 사무실에서 번역 일을 한 경험이 있어서 일 자체는 어렵지 않았으나, 모든 시스템이 낯설고 서툴렀다. 어려움에 맞닥뜨릴 적마다 컴퓨터를 전공한 전문가인 그는 내게 트레이너 역할을 선뜻 나서서 해 주었다. 알고 보니 그는 나뿐이 아니고 내가 속해 있는 팀원 모두와 가깝게 지냈다. 다른 팀원들도 모르는 게 나오면 그를 불러오라고 내게 부탁하곤 했다.

그는 회사에서 유일한 한국인이었다. 캐나다에서 내가 알고 있는 유일한 한국 남자이기도 했다. 그러나 나는 때로 그가 남자라는 걸 의식하기 어려웠다. 마치 여자와 대화하는 것 같았다. 그의 말투는 부드럽다 못해 얼핏 듣기에 어색할 정도였고, 성격은 자상하고 섬세했다. 대화 내용이나 관심사도 보통 여자들이 나누는 잡다한 것들이었다. 칠리 만드는 방법에서부터 잔디 깎는 방법, 심지어 전자제품 세일하는 곳을 찾아내서 알려 주고, 겨우내 자동차 안에 낀 소금을 녹여내는 방법까지, 집안 살림과 생활에 필요한 자질구레한 정보들이었다. 그는 이상할 만큼 내 일거수일투족을 놓치지 않고 기억했다.

헤어진 전남편과는 판이하게 달랐다. 전남편은 부부 사이가 마치 주종관계라는 듯이 내게 터무니없는 요구를 해 왔다. 날마다 바지를 구김살 하나 없이 다려서 준비하길 바랐고, 출근 때엔 구두코가 반짝반짝 빛나길 원했다. 그는 내가 미국의 대학과 대학원에서 공부한 능력 있는 사람이라는 걸 절대 인정하지 않았고, 나는 내 능력이 오로지 집안 살림으로만 평가 받는다는 걸 참을 수 없었다.

캐나다에서 처음으로 만난 그는 나를 항상 자상하게 살펴 주었다. 가슴속으로 언제나 찬바람이 스미는 듯 춥고 외로운 내 마음을 따뜻하게 감싸 주었다. 사랑에 굶주린 나는 그것이 늪이 될 수도 있다는 걸 생각하면서도 자연스레 빠져들고 있었다. 그가 나보다 세 살 아래라는 걸 알았을 때, 우린 서로 편하게 말을 놓기로 했다.

그는 날마다 조그맣게 구운 빵이나 사과 파이 같은 걸 만들어 가지고 와서 내게 먹어보라고 했다. 어느 날은 쿠키를 한 개 들고 와서 반으로 쪼갠 다음 한 조각을 내밀기도 했다. 요리하는 게 취미라면서.

나는 그토록 친절하고 부드럽고 섬세한 남자의 아내가 궁금해졌다. 그런 남자에게도 아내가 불평할 수 있을까, 싶었다.

와이프는 어떤 사람이야? 어떤 날은 밥 해 놓을게, 라고 문자가 와, 그래서 집에 가보면 정말 밥을 해 놓았어, 딱 밥만. 그래서 언제나 식사 준비는 내가 해. 빨래도 내가 해. 청소도 내가 해. 걔는 정리하는 걸 모르거든. 그럼 와이프가 하는 게 뭔데? 간호사로 일하는 거 한 가지. 그것도 내가 만들어준 거나 다름없지. 어학연수 와서 나를 만나고 간호사 공부할 적에 내가 숙제 다 해주었으니까. 난 어린애와 살고 있는 거 같아. 그가 자신의 아내에 대해 그저 무덤덤하게 낮은 목소리로 말했다. 그 말을 듣는 순간 나는 아직 본 적도 없고 얼굴도 모르는 그의 아내에 대해 질투심 같은 걸 느꼈다. 늘 살아남기 위해 헐떡거려야 하는 나에 비해 그녀의 삶은 거저먹기 방식이라고 생각되었다. 나는 어느 새 그의 아내와 동등해져야 한다는 생각을 하고 있었고, 그런 호사를 누리지 못하는 나 자신이 억울하게 생각되었다. 난 너처럼 자기 손으로 모든 일을 다 하는 여자가 멋있어 보여. 낯선 나라에 와서 혼자서 집 사고 자동차 사고 게다가 큰 회사에 입사해서 일하고. 이 말을 하면서 그는 처음으로 나를 안았다. 회사 주차장에 세워놓은 그의 자동차 안에서였다.

세인트 캐서린이 가까워지자 간간이 눈발이 날리기 시작한다. 자동차 앞 유리에 날아와 부딪치는 눈송이가 제법 굵다. 자동차는 곧 국경을 넘게 될 것이다. 눈이 거세지기 전에 될 수 있는 한 몇 킬로라도 더 달려야겠다는 계산으로 가속 페달을 힘주어 밟는다.

엄마는 왜 아빠 생전에 이혼하지 않으셨어요? 이혼했으면 엄마의 인생이 달라질 수도 있었잖아요? 나는 언젠가 어머니한테 그런 질문을 했던 기억이 떠오른다. 어머니의 꿈은 소설가였다. 실제로 내가 고등학교에 다닐 때 어머니는 반대하는 아버지 몰래 모 출판사의 신인상 공모에 응모해서 당선되었던 적이 있었다. 그때 어머니는 결사반대하는 아버지 때문에 힘들어 했다. 아버지와 자주 싸우는 바람에 집안 분위기가 냉랭하다 못해 살벌했다. 그땐 이혼까지도 생각했었다고 어머니가 나중에 말했다. 나는 네 외할아버지와 외할머니께서 이혼하셔서 상처 받고 큰 사람이잖니? 그런데 어떻게 내가 또 이혼을 하겠어, 절대로 이혼만큼은 하지 말아야겠다고 결심했지. 결국 어머니는 소설을 포기하고 말았다.

참 이상한 일이지, 왜 불행은 반복되는 것일까?

기도를 끝낸 어머니가 마치 내 속을 꿰뚫고 있기라도 한 듯이 묻는다.

무슨 말이에요?

네 외할아버지하고 외할머니께서 이혼하셔서 난 절대로 이혼하지 않는다고 꿈을 포기하면서까지 가정을 지켰는데, 네가 이혼하고 말았잖니?

어머니는 깊은 숨을 내쉬고 나서 다시 말을 잇는다.

유진이를 그놈한테 보내지 않고 돌보는 것도 상처 입은 나 자신을 돌보는 거래.

누가 그런 말을 했어요?

나는 정면을 응시한 채, 그러나 조금은 생경하게 들려서 묻는다.

음, 신경정신과 의사가. 네가 그렇게 되고 불면증 때문에 병원에 다녔잖니? 그놈이 너와 그렇게 끝낼 때도 난 유진이만 빼앗기지 않으려고 너한테 위자료 챙기라는 얘기도 미처 못 했어. 유진이한테 엄마와 살게 해 주는 것이 내가 해 줄 수 있는 최고의 혜택이라고 생각했거든. 그랬는데, 지금은 네가 유진이…… 때문에 발목을 잡혔구나. 그래도 후회는 안 해. 너도 그렇지?

어머니는 중간에 망설이는 듯 약간의 틈을 주다가 뒷자리의 유진이를 힐끗 돌아보고 나서 작은 목소리로 조심스럽게 말한다.

후회하거나 발목 잡혔다고까지는 생각하지 않아요. 하지만 평생 혼자 살게 될지도 모른다고 생각하면…….

나는 말끝을 흐리고 만다.

어머니는 또다시 한숨을 길게 내쉬며 나를 돌아본다. 표정이, 왜 안 그러겠나, 말하지 않아도 다 안다, 라고 말하고 있다.

그를 알게 된 후로 나는 마음이 조급해졌다. 어떻게 된 일인지 곧 누군가 내 앞에 나타나 줄 것만 같은데도 남자는 그림자도 얼씬거리지 않았다. 그가 내게 가까이 다가올수록, 나는 애가 탔다. 그는 유부남이다, 라고 나 자신에게 경계의 선을 그으며 저지하려고 하면 할수록 조급증과 갈증은 더해서 속이 바싹 타들어 갔다. 누군가 나타나 줘야 그를 힘껏 밀쳐낼 수 있을 것 같았다. 하지만, 그림자라도 밟혀야 어찌 해 볼 게 아닌가. 몸부림치던 나는 그 앞에서 무력하게 무너지고, 어느 새 그는 내 마음속에 들어와 둥지를 틀고 있었다.

도로는 곧장 나이아가라 강 위로 뻗어 있고, 자동차는 도로를 따라 강물 위로 돌진해 나아간다. 다리 위 중간 지점에 표시된 국경선을 사뿐히 넘어선다. 미국 쪽의 이민국도 수월하게 통과해서 구십 번 고속도로로 들어선다. 시간은 벌써 오후 두 시를 넘기고 있다. 이민국 건물에서 한 시간을 기다리며 화장실을 사용한 것 외에는 줄곧 자동차를 타고 달린다. 점심도 집에서 준비해온 샌드위치로 차 안에서 해결한다.

눈발은 한층 거세진다. 자동차 바퀴를 따라 눈송이가 하얗게 날린다. 나는 도로에 눈이 쌓이기 전에 뉴욕 주를 벗어나리라 마음먹고 속력을 낸다. 자동차가 사방이 산으로 둘러싸인 시골길로 접어든다. 도로가 왕복 이 차선으로 좁아지고 구불구불 동네를 관통하고 있다. 고속도로를 벗어나 지방도로로 들어선 것이다. 아마도 내비게이션는 돌아서 가는 고속도로보다는 지름길인 지방도로로 안내하고 있는 듯싶다. 지름길이라고는 해도 이렇게 시골길로 달리다가는 제 시간에 도착할 수 있을지 의심스러워진다. 길이 더 위험할 수도 있다.

동네 안에 제법 큰 식품을 파는 마켓이 보인다. 나는 그곳의 주차장에 잠시 차를 세운 다음 안으로 들어가 뉴욕 주에서부터 워싱턴 디시가 있는 버지니아 주까지의 도로가 표시되어 있는 지도를 한 장 산다. 자동차 안에서 지도를 펼쳐들고 어머니와 함께 도로를 확인한다.

제가 내비게이션만 믿었던 게 문제였네요. 이렇게 시골길로 안내할 줄 몰랐어요.

이래 가지고는 오늘 밤 안에 호텔에 도착하기 어렵겠다.

고속도로로 나가려면 이 도로를 따라 더 가는 수밖엔 없겠는걸요. 더 가면 육 번 고속도로를 만나게 돼요. 엄마가 이 지도를 잘 보고 계세요.

나는 지도를 어머니에게 맡기고 어머니가 지시하는 대로 차를 몬다.

자동차 여행을 하다보면 언제나 예정된 길로만 가게 되지는 않는다. 더구나 땅덩이가 큰 캐나다나 미국에서는 정해진 코스에서 벗어나기가 예사였다.

　그와의 만남도 그랬다. 다른 남자가 생길 때까지 우선 만나다가 생기지 않으면 일 년만 만나보자고 서로 합의를 했었다. 그러나 다람쥐 쳇바퀴 돌듯, 자동차로 회사와 집만 왕복하는 내겐 별스런 일이 생기지 않았다. 또한 모든 일을 컴퓨터로 메신저를 통해 일하는 회사 안에서도 사람을 만날 일이 없기는 마찬가지였다. 같은 팀원들이라도 얼굴을 마주 대하지 않고 캐나다 내에서도 동과 서로, 또는 멀리 미국과 영국에 거주하면서 일하는 시스템이다.

　회사에서 쉽게 마주치는 유일한 남자, 유일한 한국인, 대화가 잘 통하고 호흡이 맞는 한 사람인 그 외에는 누구도 눈에 띄지 않았다. 그는 눈치가 빠르고 센스가 있어서 나의 가려운 곳을 정확하게 알아 긁어주는 듯, 필요한 정보와 도움을 제때 맞춰 제공해 주곤 했다. 시월이 되면 어김없이 타이어를 스노타이어로 갈아 끼워주고, 사월이면 다시 일반 타이어로 갈아 주었다. 자동차 보험은 어디가 싼지, 또는 전자제품을 살 때 AS를 위해 드는 보험 형식의 다운페이는 하는 게 좋은가, 아니면 군이 할 필요가 없는가, 등 소소하지만, 누군가 꼭 의논해 주면 좋을 일을 그는 말하기 전에 알아서 챙겨 주었다. 그때마다 나는 고마우면서도 두려움을 느꼈다. 이건 아니야, 결국 나는 헤어나지 못할 거야, 라고 고개를 가로저었다.

　왜 아이를 갖지 않는 거야? 그의 집에 들어서자마자 내가 물었다.

그의 집은 아담하고 깨끗했다. 현관에서부터 화장실까지 정돈이 잘 되어 있었다. 그의 아내는 한 달이면 절반은 야근을 한다고 했다.

그가 등 뒤에서 나를 감싸 안으며 말했다. 진심으로 사랑하는 여자한테서 아이를 낳고 싶어. 나한테 사랑하는 여자가 생기면 우린 언제고 헤어진다는 전제 하에 살고 있는 거니까. 나는 날마다 그걸 상기시키고 있지. 십 년 동안이나 살았으면서? 우린 그냥 룸메이트나 같아. 그의 얼굴에 엷은 그림자가 스쳤다. 세상에 행복은 없는 거라고 여기며 살았어. 하지만 행복해질 수도 있을 것 같아. 네가 오래도록 곁에 있어주기만 한다면. 그의 말을 들으며 내 머릿속은 혼란스러웠다.

지도와 도로 표지판을 살피고 있던 어머니가 소리쳤다.

육 번 고속도로 사인이 나왔어. 잘 보고 갈아타야 돼. 자, 여기야!

나는 산골길에서 방향을 틀어 고속도로로 진입한다. 내비게이션에서 즉시 방향을 바꿔 다시 그 길로 돌아가라고 반복해서 지시한다.

사실 이 길은 돌아서 가는 길이라서 제 시간에 도착하지 못할 거야. 우린 지금 남쪽으로 가지 못하고 동쪽으로 가고 있거든. 계속해서 남쪽으로 가야 워싱턴이 나오는데 말이야.

어머니가 옆에서 중얼거리듯 말한다.

이제 길은 완전히 눈 속에 묻혀 버렸다. 유리창 밖이 뿌옇게 흐려져서 앞이 잘 보이지 않는다. 차들이 설설 기어간다. 나도 어쩔 수 없이 속력을 줄인다.

내비게이션에서 흘러나오는 여자 목소리는 포기하지 않고 돌아가라고 끈질기게 재촉한다.

잠에서 깬 유진이는 좌석에 길게 누운 채 닌텐도 게임에 빠져 있다. 배가 고픈지 집에서 준비해온 과일과 과자를 넣은 비닐 백을 풀어서 집어 먹기도 한다.

카 라디오를 튼다. 기상 캐스터가 빠른 말로 날씨에 관한 예보를 들려준다.

눈폭풍이 몰려오고 있대요. 이게 아마도 눈폭풍이 시작되는 건가 봐요.

나는 은근히 걱정이 되어 어머니께 전한다.

할 수 없지. 그대로 뚫고 나가는 수밖에.

엄마는 눈폭풍이 무섭지 않으세요?

무섭긴, 눈이 세차게 쏟아지는 경관이 아주 멋있는 걸. 어떡하겠어? 그대로 서 있으면 자동차가 눈 속에 파묻힐지도 모르는데, 계속 가야지. 주유소가 나오는 대로 기름이나 여유 있게 채우고. 바퀴가 미끄러진다 싶으면, 기아를 D1으로 놓고 운전해.

운전경력 삼십 년의 베테랑 기사인 어머니가 여유로운 표정으로 말한다.

역시 엄마하고 오길 잘했네.

나는 어머니의 모습에서 불안감을 잠재우고 주파수를 교통 방송에 맞춘다.

엄마는 아빠랑 끝까지 산 걸 후회하지 않으세요?

다소 여유가 생겨서 내가 다시 묻는다.

솔직히 말하면 어떤 땐 후회가 되기도 하지. 내 인생에서 한 일이 뭔가 싶은 때 말이야. 만약 다시 태어난다면 난 결혼하지 않고 일찍 소설가가 될 거야. 하지만, 어느 쪽을 선택해도 결국 후회는 남겠지. 그러니까 지금 우리가 해야 하는 일은 이 눈폭풍을 헤치고 무사히 워싱턴에 가야하는 것처럼, 순간순간을 잘 살 수 있는 선택을 하는 거야.

네, 그런데 하느님을 믿는 사람에게 다시 태어나는 게 어딨어요? 아쉽게도 인생은 일회성인데요.

그렇지? 우리 영혼은 하느님께로 돌아가면 끝인데…… 말이야.

어머니는 회한이 어린 목소리로 말한다.

내비게이션의 여자는 여전히 포기하지 않고 돌아가자고 하더니, 이젠 타이르다 못해 조르고 있다. 이번에는 다른 우회도로를 이용해서 먼젓번의 산골길로 돌아가자고 한다.

둘 중 하나는 분명 바보지요? 이미 되돌릴 수 없을 만큼 와 버렸는데도 돌아가라고 자꾸 종용하는 저 여자거나, 아니면 돌아가라는 말을 들으면서도 확신이 없어서 돌아가지 못하고 엉뚱한 길로 가는 나거나 말예요.

흐흥, 냉소적으로 웃는다.

나는 되돌려야 한다고 수없이 생각하곤 했었다. 이렇게 나아가다가는 되돌릴 수도 없는 지경에 다다를 것이고, 결국은 스스로 늪에 빠지고 말 것이라고 생각했다. 내가 감당하기 어려울 만큼 거센 폭풍을 만나게 될 것임을 예견했었다.

우리 헤어져. 넌 아무것도 할 수 없잖아, 이혼하고 나한테 올 수 있냐구! 끝까지 넌 와이프를 버리지 못해. 내 눈앞에서 사라져줘. 그래, 그렇게 하지, 그럼 내가 다른 회사로 가면 되겠지. 멍 하니 나를 바라보던 그가 화를 냈다. 제발, 그렇게 해줘. 내 말이 얼마나 공허한지 알면서도 두 손으로 머리를 움켜쥐고 몸서리치듯 소리쳤다. 그의 얼굴은 굳어졌다. 연락을 끊고 재택근무를 하면서 정말 다른 회사를 알아보는 것 같았다. 원서를 내고 인터뷰까지 끝내고 나서 합격소식을 들었다고 내게 말했다. 곧 떠날 것처럼 분주하게 움직였다. 그러자 내 가슴은 후회하는 마음으로 요동치기 시작했다. 그를 떠나보내고는 살 자신이 없었다. 무엇으로 그 빈자리를 채울지 막막했다. 잠시도 그가 없이는 숨을 쉴 수 없을 것 같았다. 안 돼, 가지마. 나는 그를 잡았다. 그럴 거면서…… 그는 금세 밝아졌다. 그리고 다시 회사에 나타났다.

그런데 말이야, 나를 키운 계모도 여러 번 외할아버지하고 안 살겠다고 집을 나갔었어. 하지만 그때는 이미 너의 외삼촌이 태어난 뒤였어. 아들을 낳은 자신을 선택하라는 일종의 시위인 셈이었지. 결국 네 외할머니를 밀어내고 그 자리를 차지하고 말았어.

어머니가 또다시 내 상념을 자르고 들어온다. 시선을 멀리 창밖에 두고 먼 과거 속으로 잠시 들어가는 듯이 보인다.

네?

나는 어머니의 말에 놀란다.

네 외할아버지하고 외할머니 말이야. 내 계모가 그랬다고. 세상에 못할 짓이 남의 여자 자리 빼앗는 거야. 한평생 살면서 그런 짓은 절대로 하면 안 되는 거지.

어머니의 말에 나는 가슴을 한 대 세게 얻어맞는 기분이 들어 얼떨떨하다. 더 이상 아무 대꾸도 하지 못하고 우리 사이엔 잠시 침묵이 흐른다.

나의 외할아버지는 외할머니가 딸만 셋을 낳자, 더 이상 기다리지 못하고 첩을 들여 아들을 낳았다. 그러자 첩으로 들어온 여자의 친정 쪽에서 난리를 쳤다. 본처를 버리고 아들을 낳은 사람을 호적에 올리라는 거였다. 집안이 발칵 뒤집혔다. 결국 외할아버지는 외할머니를 버리고 새 여자를 호적에 올렸다. 어머니는 그 후로 계모 밑에서 자랐다. 그것이 어머니에게 큰 상처로 남았다. 내 가슴이 쓰려왔다. 어머니가 왜 그토록 외손자인 유진이에게 집착하고 챙기는지 이미 알고 있었다. 자신이 받은 설움을 외손자한테는 받지 않게 하려고 애쓰는 모습을 나는 충분히 이해할 수 있었다.

와이프가 대성통곡을 했어. 통곡하는 걸 보니 마음이 아팠어. 그가 각방을 쓰기 시작했다고 내게 말하고 얼마 지나지 않아서였다. 그래서 그는 다시 이불을 가지고 아내의 방으로 갔다고 했다. 그가 더는 어떤 일도 벌이지 못할 것임을 나는 짐작할 수 있었다. 이제 내 편에서 어떤 결단을 내릴 차례라고 생각했다. 그에게 크리스마스 날을 최종 날짜로 통보했다. 더는 유예의 시간을 갖지 않으리라 결심했다. 나는 고개를 가로 저었다.

내비게이션 여자는 이젠 완전히 포기한 건지, 아니면 강압적인 내 요구에 굴복한 건지, 잠잠하다.

엄마, 얼마나 더 가면 십오 번을 만나게 돼요? 벌써 한참 달린 거 같은데 나가는 길도 나오지 않고 한없이 동쪽으로만 달리니까, 이러다 밤새 길도 못 찾고 헤매게 되는 건 아닌지 걱정되네요.

내 마음속에 슬그머니 불안감이 일었다.

그러게 말이야. 가만히 있어 봐.

어머니는 자동차 천정의 실내등을 켜고 앞에 펼쳐놓은 지도를 다시 살핀다.

조금만 더 가면 십오 번 도로를 만날 거 같아. 그 길을 따라 남쪽으로 내려가다 보면 팔십 번 고속도로를 만나게 되니까, 놓치지 않도록 표지판을 잘 보면서 운전해.

어머니는 자신 있게 안내한다.

장시간의 운전으로 나는 피로감을 느끼지만, 이 눈길에 내가 줄곧 몰고 다닌 새 차를 어머니에게 몰게 하는 것도 무리라고 여겨진다. 가는 데까지 내가 몰아야겠다고 생각한다. 저녁 식사를 하려고 해도 어디에다 차를 세우고 식사를 해야 할지 사위를 분간하기 어렵다. 다행히 군것질 거리는 많이 남아 있다. 나는 속이 타서 물병을 옆에 놓고 수시로 물을 마신다. 그러나 어머니는 물을 마시면 소변이 마렵다고 갈증을 맨입으로 견디고 있다.

길에 상당히 많은 눈이 쌓여 있다. 겨울해가 짧은데다 날씨가 궂으니 밤이 일찍 시작되는 거 같다. 진작부터 주변의 사물들이 모두 거무스름하다.

유진이는 어른들의 근심과는 상관없이 흥이 나는지 크리스마스 캐럴을 흥얼거린다. 반짝이는 크리스마스트리가 드물게 시야에 들어온다.

타이어가 미끄러지면서 차가 살짝 흔들릴 적마다 나는 움찔 놀란다. 그러나 이내 자세를 바로 잡고 안정을 찾곤 한다. 자동차들이 차선이 안 보이는 도로를 모두 점거한 채 설설 기면서 한 줄로 늘어서서 가고 있다. 반대 차선도 똑같은 움직임이다. 도로는 아마 왕복 사 차선일 것이다. 가끔 제설차량이 지나가지만 거센 바람과 함께 눈발이 워낙 세차게 쏟아지는 바람에 별 효과가 없다. 도로 가장자리에 미끄러져 처박힌 차량들이 자주 눈에 띈다.

어디서 좀 쉬어갈까?

글쎄요, 저녁은 먹어야 할 거 같은데 휴게소도 없고 레스토랑 사인도 눈에 띄지 않네요. 어떡하죠? 이러다 오늘 밤에 못 들어가는 거 아닌지 몰라요.

정 힘들면 근처 모텔에서 자고 가지 뭐.

안 돼요. 이미 호텔에 낸 돈이 얼만데요. 이백 불이나 냈어요.

그래? 아깝구나. 워싱턴에는 눈이 오지 않을 텐데.

연신 주변을 두리번거린다. 하지만 아무것도 보이지 않는다. 레스토랑이 눈에 띈다 해도 쉽사리 들어가게 될 것 같지 않다. 날씨 때문에 마음이 조급한데다 왠지 을씨년스럽다.

조용하던 내비게이션 여자가 결국 그녀의 의도대로 도로를 바꿔 타라는 멘트를 준다.

너도 별 수 없어.

나는 그 여자를 향해 비웃음을 날린다.

그 여자의 지시대로 십오 번 도로에 진입한다. 이제부터 남쪽으로 내려가서 80번 고속도로를 만나 또다시 동쪽으로 달리다 팔십일 번으로 갈아타고 곧장 남쪽으로 내려가면 될 것이다. 남쪽으로 방향을 잡았다는 생각에 조금은 안도감이 든다.

막 십오 번으로 들어서고 나서 휴게소 사인이 나온다. 사인을 따라 도로에서 빠져나간다. 내비게이션 여자는 다시 유턴해서 바로잡으라고 난리다. 나는 그녀의 안달에 씽긋 웃으며 맥도날드 주차장에 차를 세운다.

맥도날드에서 나오니 천지가 온통 새하얗다. 도로변의 가드레일이 아니면 어디가 어딘지 분간이 안 갈 정도다. 도로는 산 중턱을 달리는 모양인지 캄캄한 시야에도 멀리 모여 있는 불빛이 한참 아래로 느껴진다. 시커멓게 웅크리고 있는 산봉우리가 바로 앞으로 보인다.

저 차는 아직도 여길 가고 있네. 버팔로에서부터 줄곧 같은 길로 온 것 같은데 말이야. 우리가 식사할 동안 저 차 운전자도 식사했나?

어머니가 창 너머로 사이드 미러를 바라보며 말한다.

무슨 차인데요?

나도 백미러를 흘깃거린다.

지금은 안 보여. 뒤차가 끼어들었거든.

길도 미끄러운데 엄마는 왜 쓸데없는 얘긴 하고 그래요.

알았다. 운전이나 잘 해라.

그런데 뉴욕도 이 길로 가겠지요?

토론토에서 가려면 아마도 이 길로 가다가 80번을 타고 동쪽으로 빠지겠지.

어머니의 말을 들으며 나는 마음속으로 고개를 갸웃한다. 이민국을 통과해서 버팔로를 벗어날 무렵부터 계속 뒤따라오던 일제 렉서스가 아무래도 마음에 걸린다. 하지만 이내 그럴 리 없다고 고개를 젓는다. 뉴욕에 갈 리는 없다. 뉴욕이라면 지난봄에 다녀온 걸로 기억한다. 그렇다고 몰래 워싱턴까지 따라온다는 건 말이 안 된다.

여름휴가 때도 그는 와이프와 함께 유럽을 다녀왔다. 그는 아이가 없으니 아이에게 들어갈 만큼 경제적으로나 시간적으로나 여유가 있다. 자신만의 시간을 가질 수 있고 느긋하게 즐기기에 홀가분하다. 그런저런 이유로 그는 계절마다 여행을 다닌다.

유럽에 가서도 그는 호텔에서 밤늦게 메시지를 보내왔다. 루브르 박물관에 갔었다고, 몽마르트 언덕이라고, 그 다음에는 프랑스에서 이태리로 가는 중이라고 하더니, 또 그 이튿날은 베니스라고, 또는 바티칸 성당이라면서 사진과 함께 메시지를 전송해 왔다. 때론 잠이 안 온다면서, 칭얼거리듯 메시지를 보내기도 했다. 그의 아내가 곁에 있다는 사실을 나는 떠올릴 수 없었다. 마치 이 세상에 우리 둘만이 존재하는 듯 자유롭게 행동했다. 그는 유진의 존재에 대해서도 부담감을 가지지 않는 듯 했다. 오히려 거저 생기는 아들이라고 환영하는 것처럼 보였다.

나는 그에 대해 자꾸만 욕심이 생겼다. 바짓가랑이를 부여잡고라도 매달리고 싶은 마음이 샘솟았던 것도 사실이었다. 그를 떠나보내고 나서 내 생전에 그처럼 잘 맞는 상대를 다시 만날 수 있을 지를 생각하면 도저히 잡은 손을 놓을 수 없을 것 같았다. 어딘가 멀리 도망을 가서라도 그와 한 번 살아보고 싶었다.

앞서 가던 차가 미끄러지면서 차가 지그재그로 움직인다. 즉시 차간 거리를 넓힌다. 자칫하면 미끄러지는 차와 부딪히게 된다. 그 자리에 가자 내 차도 앞의 차량처럼 미끄러진다. 나는 무의식적으로 차를 반대로 꺾는다. 순간 자동차가 기우뚱한다. 놀라움으로 머리 밑이 쭈뼛 일어선다. 다행히 차는 곧바로 나간다.

헤드라이트 불빛에 드러난, 차량을 향해 날아드는 눈발이 장관이다. 마치 별똥별이 한꺼번에 쏟아지는 거 같다. 벚꽃 잎이 바람에 날려 한꺼번에 떨어지는 거 같다.

와, 멋지다!

뒷자리의 유진이가 탄성을 올린다.

별천지에 온 거 같다. 눈폭풍이 위험하기만 한 건 아니네.

어머니도 감탄사를 연발한다.

나는 지난여름의 불꽃놀이를 떠올린다. 캐나다데이였다. 호수 위로 펼쳐지던 오색찬란한 폭죽의 향연. 그와 함께 보는 아름다운 정경이라서 더더욱 환희로웠다. 호수 위로 소록소록 내리는 어둠에 나는 감사했었다. 그땐 밤이 있어서 인생이 감미롭다고, 화려하게 빛나는 게라고 생각되었다. 나는 그 시간이 영원히 멈추지 않기를 바랐었다.

아 앗!

어머니와 내가 동시에 소리친다.

뒤따라오던 마즈다가 갑자기 왼쪽으로 빠지는가 싶더니 우리가 탄 차를 추월하려다 미끄러진다. 자칫 우리 차와 충돌할 위기에 처한다. 핸들을 반대편으로 살짝 틀었다. 이번에는 우리 차가 반대쪽으로 미끄러진다. 큰일이다. 순간적으로 핸드브레이크를 들어올린다. 그러나 자동차는 멈추지 않고 미끄러져 가드레일을 들이받고 나서야 겨우 멈춘다. 놀라움에 내 가슴은 쿵쾅거리고 정신이 아득하다. 어머니도 가슴을 쓸어내린다. 등줄기로 서늘한 기운이 훑고 지나간다.

잠깐 마음을 가다듬고 나서 어머니와 내가 차에서 내려 상황을 살핀다. 유진이도 따라 내린다. 차에서 내린 우리는 자동차 불빛에 비친 상황을 보고 나서 더욱 놀란다. 자동차 바퀴가 걸려 있는 가드레일 아래는 천 길 낭떠러지다. 어둠 속에 묻혀 있어서 정확하게 알 수 없으나 깊이를 모를 나락이 입을 벌리고 있는 듯하다. 산 중턱을 깎아 만든 도로는 오른쪽으로 산의 가장자리 바깥을 달리고 있다. 자동차는 앞쪽으로 쏠려 있어서 뒷바퀴가 약간 들려 있다.

어머니는 가슴에 성호를 긋는다. 다른 차들도 정지하고 차에서 내려 우리 주위로 모여든다. 누군가 재빨리 911에 신고한 모양이다. 곧바로 근처에 있던 경찰차가 사이렌 소리를 내며 달려온다. 경찰은 다행이라고 위로의 말로 안심시킨다. 간단한 절차 후에 경찰관은 자동차에 올라 차를 후진시키려 한다. 그러나 자동차는 뒷바퀴가 들려 있어서 빼낼 수가 없다. 그는 차에서 내려 일부 다른 자동차들을 먼저 보내고 나서 곧장 달려온 견인차에 우리 차를 연결한다. 차는 마침내 제 방향을 잡아 도로 한 복판에 옮겨진다. 헤드라이트 불빛 속에서 자동차에 들이받힌 가드레일에 움푹 팬 자국이 선명하게 드러난다. 우리 차 앞머리에도 긁힌 자국이 생겼다. 아마도 내일 아침에 자세히 살펴보면 더 큰 상처가 드러날 것이다.

우리 가족은 다시 자동차에 오른다.

엄마, 침팬지의 유전자는 사람하고 98퍼센트가 같다고 하잖아요? 그러면 사람은 나머지 2퍼센트만 사람인 거네요, 그렇죠?

자동차에 오르자마자 유진이가 또다시 그 유전자 얘기를 꺼낸다.

응?

그렇잖아요? 그 작은 차이만 아니면 사람도 침팬지와 다를 게 없잖아요, 그러니까 아주 조금의 차이, 그 2퍼센트가 중요한 거잖아요? 우리가 조금 전에 자동차 바퀴의 반에서 반 정도 차이로 낭떠러지에 떨어지지 않은 것처럼요.

으 응, 그렇지, 그렇고말고.

어머니가 감탄어린 눈빛으로 유진을 돌아본다.

나는 유진의 엉뚱함에 말문이 막히는 동시에 머릿속에는 갑자기 신부님께 고백성사 했던 것이 떠오른다.

죄를 지으면 그때그때, 바로바로 고백성사를 하세요. 하고 또 하고 계속하세요. 그렇게라도 해야 구원받을 수 있습니다.

아직도 아찔했던 순간의 충격으로 진정되지 않은 심장의 박동을 느끼며 새삼 욕망의 깊이를 재어본다. 밤 아홉 시다. 호텔과 예약한 시간은 이미 넘어섰다. 자동차는 다시 서서히 움직이기 시작한다.

그녀는 이곳에 올 때처럼 산모롱이를 걸어 나가 버스를 탈 생각이다. 산모롱이를 돌아 나오다 뒤돌아보니 그곳은 어머니의 묘소처럼 산속에 안락하게 자리 잡은 작은 분지이다. 바람은 분지 안을 휘-익 휘돌아 그녀의 코트 자락을 날린다. 그녀는 얼핏 어머니의 환영을 본 듯하여 소스라쳐 돌아본다.

바람소리

택시가 막 산모롱이를 돌았을 즈음 여진은 차에서 내린다. 동네 초입이다. 그녀는 어린 시절의 희미한 기억을 한발 한발 눈앞으로 끌어당겨 확인하면서 동네로 들어가는 큰길을 따라 천천히 걷는다.

이 산이 아미산이었지. 그녀는 길 왼쪽에 가파르게 솟아 있는 산을 바라본다. 산은 옛날과 다름없이 군데군데 붉게 물들어 있다. 유년 시절, 막내외삼촌과 진달래 꽃 속에서 함께 뛰놀던 모습이 뇌리를 스친다. 감회에 젖어 쏟아지는 햇빛을 받으며 잠시 걸음을 멈춘다. 눈이 부시다. 어디선가 휘익 휘파람소리가 들리는 듯 하더니 한줄기 바람이 그녀의 얼굴을 어루만지듯 부드럽게 스친다. 순간, 그녀는 자신의 발길을 잡아 끈 것이 '바로 이것이었나?' 싶어 고개를 갸웃한다.

그녀는 항상 어딘가로 떠날 준비를 했다. 해마다 이삿짐을 싸고 채 풀기도 전에 다시 이사 갈 곳을 물색하곤 했다. 한 곳에서 일 년을 넘겨 살기가 어려웠다. 나중에는 아예 짐을 다 풀지도 않고 한쪽에 쌓아 놓고 임시로 머물러 있는 것처럼 웅크리고 지냈다. 곧바로 이사를 할 수 없을 때엔 무작정 집을 나서 어디든 헤매고 다니기도 했다.

남편은 그런 그녀를 이해하지 못했다. 처음에는 흔히 말하는 역마살이라는 게 아닐까 하더니, 급기야는 일종의 병증이라고 환자 아닌 환자 취급까지 하게 되었다.

"당신의 그 병을 고치기 위해서 이사를 아예 멀리 가야겠어. 미국으로 말이야. 이번에 우리 회사에서 미국 서부에 지사를 냈는데, 부장님이 마침 나를 추천하겠다고 해서 좋다고 했거든. 미국에 가면 더이상 이사하자는 말은 안 하겠지."

남편은 묘책이라도 된다는 듯이 해외 파견근무 소식을 가져왔다. 그리고 그것을 실행하기 위한 준비는 순조롭게 진행되고 있었다.

그녀가 이곳에 한번 다녀가야겠다는 생각을 하게 된 것은 그때부터라고 할까. 아니, 그 이전부터, 좀 더 정확하게 말한다면 꼭 짚어 언제라고 말할 수 없을 것이다. 그녀는 이사할 곳을 찾아다니는 일 대신에 틈만 나면 지도를 펴놓고 외가가 있는 충청도 산골 마을을 찾아 서울에서부터의 거리를 재곤 했다. 그러나 망설여지기만 할 뿐, 선뜻 행동으로 옮겨지지 않던 참이었다.

아침에 잠자리에서 일어나 창문을 열고 살포시 몸에 와 감기는 바람을 느꼈을 때, 갑자기 그녀의 마음은 걷잡을 수 없이 조급해졌다. 무엇인가가 자신을 재촉하는 것만 같아 서둘러 집을 나서고 말았다. 그때까지 아침잠에 빠져 있던 남편에겐 간단한 메모만을 남겨 둔 채로.

남편은 다시 한숨을 길게 내쉴 것이다. 어쩌면 하루라도 빨리 미국으로 가야겠다고 푸념을 늘어놓고 있을 지도 모를 일이다. 이젠 아주 멀리 떠나야 이 병을 고칠 수 있을 거라고 단정적으로 생각하고 있는 모양이니까.

남편의 그런 생각도 무리는 아니었다. 그녀 역시 자신의 내면에 깊이 웅크리고 있는 것의 정체가 궁금해지곤 했다. 자신의 마음을 늘 잡아끌어 떠돌게 하는 것이 무엇인지.

큰길을 벗어나 아미산 쪽의 밭둑길로 들어선다. 밭둑이 끝나는 지점에 냇물이 아미산 자락을 끼고 휘돌아 흐르고 있다. 냇물로 다가가서 물속에 손을 담가 본다. 물속은 아주 맑아서 조약돌에 엷게 앉은 물이끼의 흔들림까지 들여다보인다. 조약돌 하나를 건져서 건너편 산자락을 향해 던진다. 툭, 소리와 함께 연두색을 띠고 있는 잡목 사이로 사라진다. 어느 틈에 나타났는지 물총새 한 마리가 수직으로 급강하하는가 싶더니 재빨리 수면을 박차고 솟구쳐 오른다.

그녀는 새의 날갯짓을 따라 긴 잠에서 깨어나는 유년의 상을 본다.

이른 봄날, 어머니의 손을 잡고 냇둑을 따라 걷고 있는 계집아이를 본다. 어머니의 머리 위에는 커다란 짐이 얹혀 있다. 짐의 무게가 그녀의 마음에 전해져 온다. 길 위엔 바람이 드세다. 바람은 휘-익 휘-익 휘파람소리를 내며 불어온다. 어머니와 아이는 바람 속을 걷는다. 젊고 고운 어머니의 등 뒤에 그림자처럼 따르던 그 바람. 어머니의 치맛자락은 바람에 날려 자꾸만 다리를 휘감는다. 어머니는 의지와는 달리 힘에 겹도록 부대꼈을 것이다.

그녀는 큰 길로 되돌아 나와 마을을 향해서 발걸음을 옮긴다. 마을은 멀지 않다. 산모롱이를 돌아 나와 동네를 관통하고 지나가는 이 길은, 몇 안 되는 집들을 양쪽으로 가르고 있는 모양이 전과 다름이 없어 보인다.

왼쪽으로 산 밑에 한 폭의 수채화처럼 외갓집이 서 있다. 외갓집은 찾기가 쉽다. 물레방앗간을 지나 마을 초입에 효자문이 있었고, 외갓집은 바로 효자문 옆에 있었다. 그리고 커다란 감나무 두 그루가 있었다는 것을 기억하고 있다. 효자문은 변함없이 서 있다. 그런데 늙은 감나무는 보이지 않는다. 대문을 나서면 몸통이 갈라져 텅 빈 속을 드러내 놓고 있는 늙은 감나무 한 그루가 길을 가로막고 서 있었다.

큰길에서 외갓집 방향으로 나 있는 좁은 길을 따라 효자문 앞에 다다른다. 그녀는 그 앞에 멈추어 선다. 효자문이라고 쓴 현판이 가슴에 단 이름표처럼 정면을 차지하고 있다.

그녀는 어머니가 들려 준 이야기를 잊지 않고 있다. 이 고을에 살았던 한 효자가 어머니의 병을 고치기 위해 자신의 아들을 고아 먹이려고 하자, 효성에 감동한 산신령이 동자삼을 아들로 변하게 하여 보내 주었다는 전설이었다.

어머니를 버린 아버지는 동네에 소문난 효자였다. 효자였기에 친할머니의 주장에 반대하지 못하고 어머니를 친정으로 가 머물게 했고, 본처가 있음에도 새 여자를 들여 아들을 낳았다고 했다.

어머니와 헤어진 뒤로 외가를 떠올릴 때면 어김없이 효자문은 등장했고, 그녀는 커다란 가마솥에 이복동생을 집어넣는 아버지의 모습을 상상하곤 했었다.

그녀는 외갓집으로 곧장 들어가지 못하고 효자문 앞의 돌층계에 걸터앉는다. 외삼촌들을 만나면 무슨 말부터 할까. 서로 알아볼 수나 있을까. 그녀의 마음은 착잡하기만 하다. 한숨을 후- 내쉰다. 걸어 들어와서 그런지 이마에 땀이 축축이 배어있다. 시선을 멀리 아스팔트 길 끝쯤으로 던진다. 회오리바람 한 줄기가 아래 동네로부터 논밭을 가로질러 달려오는가 싶더니 먼지와 종잇조각을 휘익 공중으로 날리고 사라져 버린다.

얼마나 시간이 지났을까, 더는 앉아 있기 어려울 즈음 외갓집의 대문을 살며시 밀고 안으로 들어선다. 집 안은 인기척 하나 없이 적막하다. 이 집에 엉뚱한 사람이 살고 있는 것은 아닐까? 마당으로 들어서서 조심스럽게 집 안을 살펴본다. 헛간이 있던 자리에 방이 들여져 있고 본채에 딸린 부엌을 현대식으로 개조해 반쯤 열려 있는 문틈 사이로 식탁과 의자가 보인다.

뒤란으로 돌아간다. 거기엔 정겨운 감나무가 수많은 세월에도 변함없이 자리를 지키고 있다. 그녀는 감격에 겨워 나무 둥치를 어루만진다. 나무는 많이 늙어 굵은 뿌리가 땅 위로 굽어 올라와 완고한 고집을 한 눈에 보여 주고 있다. 나뭇가지 끝을 올려다본다. 가지는 바람에 살랑살랑 흔들리고 있다.

'팔자란 나무 가지에 불어대는 바람과 같은 거란다.'

팔자가 뭐냐고 묻는 어린 그녀에게 외할아버지는 이렇게 말했다.

어른들은 그녀가 어머니와 헤어져야 하는 것은 순전히 자신의 팔자 소관이라는 거였다. 어린 그녀는 외할아버지의 말을 듣고 곧 감나무를 생각했었다. 언젠가 바람이 거세게 불었을 때에는 감나무 가지가 바람에 생으로 찢겨져 나간 적이 있었다. 어린 그녀는 바람에 생가지가 찢겨지는 것도 나무의 팔자인가 보다고 생각했다.

바람은 여전하다. 나뭇가지를 흔들어 대는 모습이 아주 낯익어 보인다.

그녀가 이곳을 떠나던 날에도 바람이 불었다. 어머니의 손을 잡고 산모롱이를 걸어 나가던 계집애의 종아리에 진달래색 치마를 휘감아 날리던 바람. 그 바람은 오랜 세월 동안 쉬지 않고 불어댔다.

그녀는 밭에서 돌아오는 주인 부부와 마주친다. 큰외삼촌과 그의 아내이다. 그들은 서로를 첫눈에 알아본다. 그녀는 누가 보아도 어머니의 모습을 쏙 빼 닮았다고 했었다. 그녀 역시 남자의 주름진 얼굴에서 어렴풋이 어머니의 그림자를 느낄 수 있다. 따뜻한 눈매에서, 도도록한 입매에서 얼핏 낯익은 모습이 스친다. 큰외삼촌은 금세 그녀를 수십 년 안쪽으로 끌어들인다. 그의 눈에 물기가 어리는 것이 보인다.

"저, 이제야 왔어요."

그녀의 목소리가 입 안으로 기어든다.

"언젠가 한번은 찾아 오것지 생각은 혔는디……."

큰외삼촌도 말끝을 흐린다.

그녀의 시선은 애써 담담한 척, 큰외삼촌의 어깨를 넘고 감나무를 넘어 돌담에 가 닿는다. 돌담 뒤에 선 아미산이 그녀의 시선을 턱 가로막고 다가온다. 가슴이 먹먹하다.

"그럼 돌아가신 큰성님 딸이란 말여유? 어이구!"

잠시 분위기를 살피던 큰외숙모는 두 손으로 그녀의 손을 덥석 잡는다.

"어서 방으로 들어와."

외숙모는 그녀를 이끌고 마루로 올라선다. 큰외삼촌은 두 손바닥을 탈탈 털며 마당가로 가서 펌프 물을 퍼 올려 손을 씻는다.

"외할머니가 얼매나 보고 싶어 하셨는지 몰러. 돌아가실 때두 여진 이 이름만 부르다 가셨어. 진작 한번 오잖구. 지금이래두 이렇게 와 줘서 고맙네."

외숙모는 방으로 들어가자마자 넋두리하듯 말을 쏟아 놓는다. 그리고는 옷소매로 눈물을 찍어낸다. 외숙모의 말에 그녀는 아랫입술을 지그시 깨문다. 외할머니에 대한 그리움이 가슴 가득 밀려온다.

"왜 그리두 무심했냐? 허기사 누님이 팔자가 사나워서 그렇지 누굴 탓하겠니? 어린 네가 그동안 얼마나 마음고생이 심했것냐? 인자 다 지난 일이다."

큰외삼촌은 이내 맺힌 마음을 풀고 짐을 내려놓는 듯 안도의 숨을 쉰다.

"잘 왔다, 잘 왔어. 너 울던 기억나남? 참 많이두 울었지."

그의 얼굴에 차츰 허허로운 웃음기가 번져온다.

늘 찐득하게 그녀의 마음속에 눌러 붙어 있던 불안감. 어머니를 붙들지 않으면 어디론가 떠나버릴 것 같은 불안감이 어린 그녀를 짓눌렀다. 그럴 때마다 하루가 기다란 울음으로 이어지다 저물곤 했다.

"임자, 어서 저녁밥 허지."

큰외삼촌은 잊고 있던 일이 갑자기 생각났는지 서둘러 일어나 마당으로 내려간다. 그리고 아래채 옆에 딸린 헛간에서 낫과 삽을 챙겨

126

들고 나간다.

그녀는 큰외숙모를 따라 부엌으로 간다.

"막내외삼촌은요?"

진즉부터 궁금했던 막내외삼촌의 안부를 묻는다. 그녀의 머릿속엔 어머니가 장사 나가서 돌아오지 않는 밤이면 동갑내기인 막내외삼촌과 외할머니의 젖을 서로 차지하려고 싸우던 기억이 선연하다. 그럴 때면 외할머니는 양쪽에 하나씩 나누어 눕히고 젖을 한 쪽씩 공평하게 분배하곤 했다.

"살기는 요 아래에서 살지. 그런디 그 집 얘기는 허구 싶지두 않구먼. 툭 허믄 계집 찾으러 사방팔방 헤매구 다닝게."

큰외숙모는 무엇 때문인지 막내외삼촌에 대한 서운한 감정을 내비친다.

그녀는 큰외숙모의 말이 얼른 이해되지 않아 눈으로만 '왜요?'라고 묻는다.

"계집이 바람기가 있어서 반반헌 남정네만 보면 환장헌당게. 화냥기가 발동허면 속이 다 비치는 원피스를 입고, 머리는 길게 풀어서 늘어뜨리고, 고개를 푹 숙이고 냇둑을 천천히 걷는당게. 그려서 서방님 속을 어지간히 썩였지. 서방님뿐이간, 즈이 시숙이나 나까장 허구헌 날 속을 썩고 살지. 그려서 갈라서라고 혀두 서방님이 말을 안 들어. 절대루 그렇게는 못 헌다네. 인자 우린 아예 사람 취급을 않허구 살기루 혔어. 자그들 끼리 살던지 말던지 상관을 안 헌당게."

더 이상 캐묻기가 어렵다. 내막은 몰라도 왠지 가만히 듣고 있기에도 민망하다.

해는 아직 아미산의 반대편 산에 걸려 있다. 그녀는 큰외삼촌의 설
명대로 막내외삼촌의 집을 찾는다. 막내외삼촌댁에 대한 얘기를 듣
고 난 후라 발걸음이 가볍지 않다. 그렇다고 막내외삼촌을 만나지 않
고 그대로 돌아갈 수도 없는 일이다. 비록 소원하게 살아오긴 했어
도 그녀는 늘 막내외삼촌에 대한 그리움을 안고 있었다. 그것은 단순
히 핏줄의 의미를 넘어 어떤 특별한 감정이었다. 쌍둥이 남매와 같
은 느낌이랄까.

막내외삼촌은 소주병을 옆에 놓고 마루에 걸터앉아 있다. 옆에는
사내아이 둘이 저녁밥을 먹고 있던 참인지 밥상이 어지럽게 놓여있
다. 큰애는 열 살쯤 돼 보이고 작은애는 그보다 조금 더 어려 뵌다.

막내외삼촌은 나이보다 더 늙어 보인다. 이목구비나 체격에선 외
할아버지의 모습이 보인다. 그러나 피로감이 가득한 눈언저리와 절
망으로 구겨진 표정에서 그가 아내로 인해 받는 고통을 한눈에 읽을
수 있다.

"참으로 챙피스럽구먼. 얼마 만에 만나는디 이런 모습을 보여서
……."

그는 부끄러워하며 시선을 아래로 떨어뜨린다.

"남이…… 아닌데 뭘. 찾아보긴 했어……요?"

그녀는 어떻게 말을 해야 할지 몰라 어색하게 묻는다.

"이젠 찾아다니는 것도 지쳤어. 집 나간 지 닷새가 되었으니께 지

발로 들어올 때가 되었구먼. 걱정은 안 혀. 마실 줄 아나?"

그는 그녀에게 소주잔을 건네준다. 좀 서먹한 감정이 없지 않지만, 그렇다고 잔을 사양할 수 있는 분위기도 아니다. 그들은 외할머니 젖을 서로 차지하려고 사정없이 움켜쥐고 빨아대며 싸웠던 사이가 아닌가. 막내외삼촌과 그녀는 긴 세월의 공백도 단숨에 뛰어넘을 수 있는 추억을 공유하고 있는 셈이다.

"내가 왜 이 여자를 버릴 수 없는지 아남?"

몇 잔의 술이 오가고 난 뒤에 그가 분명한 어조로 묻는다.

"글쎄, 아직도 사랑하기 때문에? 아니면 아이들 때문에?"

그녀는 두 가지 중 하나가 틀림없는 그 이유라고 생각한다. 그러나 그의 입에서 나온 답은 예상 밖이다. 그렇다고 아주 터무니없는 건 아니지만.

"너 때문이여. 난 네가 누님과 헤어져 어떻게 자랐을 지를 알거든. 얼마나 큰 응어리가 네 가슴속에 남아 있을지를 알고 있으니께. 우리 집안에 또 다른 너를 만들고 싶지 않단 말여."

그녀는 아무 말도 나오지 않는다. 입 속에서 아주 작게 '외삼촌'이라고 부르고 있다. 그가 눈물을 흘리는지 눈을 비빈다. 그녀는 그 모습이 낯설다. 차라리 다른 사람들마냥 어머니와 헤어지게 된 것이 다 제 팔자라고 하는 편이 더 익숙하다.

"기억나남? 초등학교 4학년 때인가, 어머니랑 큰누님이랑 형 군대 면회 갔다 오는 길에 우연히 너의 동네 차부에서 만났던 일 말여."

언제 켜 놓았는지 기둥에 매달린 백열전구 하나가 빛을 발하고 있다.

그녀는 대답을 하지 않은 채 고개를 돌려 이미 어둠 속에 잠기기 시작한 아미산 기슭을 바라본다. 그때의 일이 너무나 선명하게 다가온다.

그것은 참으로 우연한 마주침이었다. 지금처럼 화창한 봄날이었는데 그녀는 부여 읍내에 아버지 심부름을 다녀오던 길이었다. 그녀가 먼저 차에서 내려 동네로 들어오기 위해 막 걸음을 떼어놓으려는데, 등 뒤에서 누가 황급히 그녀의 이름을 불렀다. 돌아보니 외할머니와 어머니, 그리고 막내외삼촌이 차에서 내려 그녀에게로 달려오는 것이 보였다.

"아이구 여진아, 내 새끼야, 이렇게 만나게 되다니 이게 꿈이여, 생시여?"

외할머니는 그녀의 손을 잡고 이내 울음을 터뜨렸다.

그러나 그녀는 아무 말도 하지 않고 잠깐 서 있다가 그대로 도망쳐 버렸다.

"왜 그렇게 도망가 버렸는지 물어봐도 되는겨?"

그는 마치 오늘을 위해 이 말을 품고 있었다는 듯이 묻는다.

까만 어둠으로 무겁게 앉아 있는 아미산에서 한줄기 바람이 불어와 그녀의 몸을 감고 돌더니 사라진다.

막내외삼촌은 그녀의 잔에 다시 소주를 따른다. 그녀는 우선 그 소주를 천천히 마시고 나서, 크게 심호흡을 한 뒤, 입을 연다.

"외삼촌, 나 얼마나 엄마를 기다렸는지 몰라. 엄마와 헤어지고 나서 일 년이 넘도록 난 엄마만 기다렸어."

그녀는 마음을 가라앉히고 담담하게 말한다.

"집 뒤 언덕에 있는 소나무 위에 올라앉아서 신작로를 내려다보며 버스를 기다리는 내 모습을 상상할 수 있겠어? 학교에서 돌아오면 날마다 그렇게 엄마를 기다렸어."

어머니와 헤어져 아버지에게로 온 뒤로 이 년 가까이 그녀는 그렇게 어머니를 기다렸다. 어머니가 그녀를 보러 꼭 올 거라고 믿었기 때문이었다. 나무 위에 올라앉아 있다가 외갓집이 있는 방향에서 버스가 오면 그녀는 재빨리 나무에서 내려가 정류장으로 달려가 버스에서 내리는 승객들을 일일이 살펴보았다. 그러나 승객들이 다 내려도 어머니의 모습은 보이지 않고 버스는 흙먼지만 날리고 가버리곤 했다. 매번 허탕을 치면서도 혹여 한눈을 파는 사이 어머니가 찾아왔다가 그냥 돌아갈까 봐 기다림을 멈출 수가 없었다. 그러나 어머니는 끝내 오지 않았다.

"언제부턴가 더 이상 기다리지 않게 되었어. 그런데 어느 날 갑자기 내 눈 앞에 엄마가 서 있는 거야. 기다림에 지친 내게 그런 일은 현실이 아니었어. 금세 깨어나면 허망하게 사라지고 말 꿈인 거였어."

사막의 신기루처럼 사라져 버릴 지도 모르는 꿈이 싫어서, 꿈으로부터 도망친 거였다. 길고 지루한 기다림 끝에 확인한 깊은 실망감, 그것마저 포기하고 난 뒤에 찾아온 헛된 꿈을 그녀는 도저히 믿을 수가 없었다.

그녀의 목소리는 가느다랗게 떨린다. 새삼스레 눈물이 볼을 타고 흘러내린다.

"이젠 눈물이 말라서 울지도 않는데, 또 눈물이 나네."

그녀는 멋쩍게 미소를 지으며 손가락을 구부려 눈가를 찍어낸다.

말없이 그녀의 말을 듣고 있던 막내외삼촌은 두 손으로 얼굴을 쓸어내린다. 그리고는 작은 소리로 '그렇지'라고 중얼거리고 나서 말한다.

"그래, 우린 아무도 네게 이유를 물을 수는 없다니께. 너보다 더 큰 피해자는 없다는 걸 알어. 누님도 너보다 더 큰 피해자는 아녀. 아니구 말구."

그때서야 그녀는 정신이 든다. 어떻게 해서 막내외삼촌댁에 대한 얘기를 하다가 그녀 얘기로 바뀌었을까. 그녀는 화제를 다시 외삼촌댁으로 돌리기 위해 화들짝 묻는다.

"아참, 애들 엄마가 집을 나가는 이유를 물어도 돼?"

그녀는 그의 문제가 자신의 문제와 얽혀서 해석되는 걸 바라지 않는다. 그의 인생이 어째서 자신 때문에 달라져야 하는가. 결코 그럴수 없는 일이라고 생각한다.

"다 내가 못난 탓이란 말이지. 애시당초 이 여자를 만나지 말았어야 혔어."

"어떻게 만났……는데?"

이제 처음에 느꼈던 서먹한 감정 같은 건 완전히 사라지고 외할머니 젖을 가지고 싸우던 옛날의 피붙이 소꿉동무 시절로 돌아가 있다. 비로소 주위를 둘러본다. 아이들은 어느새 방으로 들어가 자는지 보이지 않고 밥상은 빈 밥그릇과 먹다 남은 반찬이 서로 포개진 채 마루한 구석으로 밀쳐져 있다.

그가 마지막 남은 소주병 뚜껑을 비틀어 딴다. 이어서 아직 술이 남아 있는 그녀의 잔을 채우고 자신의 잔에도 부어 한입에 털어 넣고는 다시 따른다.

"벌써 십 년이 다 되었구면. 십 년이믄 강산도 변한다는디, 이 여자는 어째서 변허지두 않는지 몰러. 그런디 처음에 한 삼 년 동안은 별일 없이 살었어."

이렇게 그는 자신의 얘기를 털어놓는다.

내가 스물일곱 살 때였지. 내 직업이 트럭 운전기사가 아닌가. 스무 살 적부터 트럭을 몰았으니까 그래도 시골에선 궁색하지 않게 살림을 꾸려나갈 수 있었어. 그 날은 새벽에 예산 시내 정미소에서 짐을 싣고 장이 서고 있는 홍성까지 가야 혔지. 거리로 치자면 가까웠지만 전날 군산항까지 장거리 야간운전을 한 참이라서 잠이 모자란 탓에 임시 숙소에서 오 분만, 오 분만 하며 뭉개다 나와 아침 식사할 겨를도 없이 트럭을 몰기 시작혔어. 그 사람을 발견한 건 차가 홍성 방면 국도로 막 들어설 즈음에서였지. 시내 도로와 국도로 갈라지는 공터에서 손을 흔들어 차를 세우더라구. 시골서는 길가는 사람이 차를 세우고 얻어 타는 건 흔한 일이잖남. 손에는 조그만 여행 가방을 들고 있더라구. 그래서 태웠지. 그리고는 물었어.

"어디서 세워드리면 되겠시유?"

그런디 아무 대답이 없는 거여. 재차 물었지만 이번에도 말없이 바깥만 내다보고 있어. 무슨 사연이 있는 모양이다 싶더라구. 그래서

"어디서 내리시냐구 물었는디 못 들으셨남유?"

하고 이번에는 조금 더 큰 소리로 물었어. 그때서야 그 사람은 나를 쳐다보더니

"아저씨는 어디까지 가시나유?"

하고 되묻잖아.

"홍성 장까지 가는디, 아가씨두 거기까지 가시나유?"

행색으로 보나 새벽에 집을 나와 어디론지 가고 있다는 점으로 보나 영 예사롭지 않아서 나는 좀 무뚝뚝하게 대했어. 옷차림새가, 청바지에 속이 훤히 비치는 검은색 블라우스를 입고 슬리퍼를 끌고 나왔더라구. 좀 보기가 민망스럽대. 그렇다고 뭐 어쩌겠어.

"네, 맞아유. 아저씨 가시는 데까지 가서 내리면 되유."

그렇게 말하대. 조금 전하고는 다르게 눈가에 웃음기까지 띠며 제법 살망스럽게 구는 거여. 그런디 아저씨라고 부르는 것이 기분에 영 뭣하더구만. 그래서

"아저씨라구 허지 말어유. 난 아직 총각이구먼유."

했지. 그랬더니

"그래유? 어쩐지 아저씨같이 보이진 않아유. 그럼 거긴 지금 몇 살이신가유?"

하고 얼른 '거기'라고 바꿔서 말 허더라구.

"남의 총각 나이는 왜 묻는대유?"

"총각 나이는 물으면 안되남유?"

그 사람하구 나는 그렇게 이바구를 하면서 홍성까지 갔거든. 그런디 말야, 홍성까지 간다고 헌 사람이 내가 짐을 다 폈는데도 내리질

않잖어. 그려서 다 왔으니까 내리라고 혔지. 그런디 자꾸 망설망설허더니 언제 예산으루 돌아가냐구 묻질 않겠어. 왜 그러냐구 허니까 글쎄, 도로 돌아가야겠다고 허더라구. 내 참, 기가 막혀서. 난 좀 기다리라고 혔지. 돌아오는 길에 또 다른 짐을 싣고 와야 되는디, 배가 고프니 아침도 먹어야겠고, 그 사람도 아침을 안 먹은 모양인디 혼자만 먹을 수가 있어야지. 국밥 한 그릇 사주구 나두 먹었구만. 그리구 나서 오는 길에 도로 옆자리에 태우고 왔더라니까. 그런디 더 우스운 얘기는 그 다음이여. 그 다음에는 내가 짐을 싣고 가는 곳에 또 따라가면 안 되겠냐고 묻더라구. 이번엔 온양까지 참외를 실어다 주고 저녁까지 돌아와야 되는디, 거기 갔다 오면 밤이 될 텐디 어쩌자구 그러는지, 그려서 아가씨 갈 곳으로 가라고 말혔지. 그랬더니 온양만 따라 갔다 와선 자기 갈 길로 갈 테니까 걱정 말라고 허지 않겠어. 나도 참 한심허다 싶었지만 또다시 옆에 태운 채 온양까지 다녀왔지. 저녁을 먹고 나니까 이미 아홉시도 넘었는디 어떻게 헐 수가 있어야지. 갈 곳이 없는 게 뻔한디 그 밤에 여자 혼자 버려두고 올 수가 없어서 생각 끝에 여관에 가서 방을 잡아 주고 자라고 혔지. 나는 물론 임시 숙소에서 자고. 그리고 이튿날이 되었는디, 아니 이건 완전히 찰거머리가 따로 없는 거여. 아무리 그만 가라고 통 사정을 혀도 되레 그쪽에서 더 매달리며 사정을 허는 디야 마음이 약해서 어쩔 도리가 없더군. 전날처럼 하루 종일 옆에 태우고 다녔어. 하루 세끼 밥 사 먹이면서. 저녁이 되면 여관에 데려다 재워 주구. 결국 닷새 만에 내 수중에 돈이 다 떨어져서 그 사람을 집에 데리고 오게 되었구먼. 그때 난 잘못

헌 거여. 어떡허든 떼어냈어야 되는 건디. 그란디 그 사람도 생각허
면 참 불쌍헌 사람이지. 부모님은 얼굴도 모르고 양어머니 손에 자라
다가 중학교 때에 그 양어머니마저 돌아가셔서 혼자가 되어 여기저
기 떠돌았다는 거지.

막내외삼촌은 한숨을 길게 내쉰다. 그리고는 이미 모두 비워버린
술병 주둥이를 잔에 대고 흔들어댄다. 둘이서 소주 세 병을 비웠는
데도 그들은 취하지 않는다. 그러나 얘기는 끝난 것이 아니다. 그녀
는 그 뒷부분이 몹시 궁금하다. 그러니까 막내외삼촌의 아내가 된 그
녀가 왜 걸핏하면 외간남자를 따라 가출하기를 반복하는지 말이다.

"그래서 고마운 사람한테 왜 그러……는데?"

그녀는 취한 척 흐느적거리며 말한다.

"그 사람이 맨 처음으로 가출헌 건 큰애가 네 살이고 작은 놈이 두
살 때였지. 서울서 낚시하러 온 사내를 따라 갔었어. 어린 자식들을
쳐다보니까 앞이 캄캄허더군. 아이들을 형수한테 맡기고 정신없이 찾
아 다녔어. 그런데 사나흘이 지나니까 제 발로 들어오더라구. 그냥 그
대로 갈라서고 싶었는디 어린것들을 보니 그럴 수 읍썼어. 그나마 돌
아와 준 걸 고맙게 생각할 수밖에. 그리고 네 생각이 나는 거여. 우릴
보구 도망치던 네 모습이…… 가슴이 몹시 쓰려 오더군."

그의 눈길은 캄캄하게 앞을 가로막고 서 있는 아미산 등성이를 쫓
고 있다.

그녀는 더 이상 묻지 않고 작은외삼촌의 시선을 따라 함께 어둠속
을 응시한다. 그는 이야기를 계속한다.

"그 후 일 년 뒤에도 가출했고, 또 이년 뒤에도 그랬지. 거의 일이 년에 한 번 꼴로. 이번이 여섯 번째여. 그런디 내가 이유를 캐물으면 그때마다 대답이 아주 기가 찬 거여. 머릿속에서 뭔 바람소리가 들렸다나…… 무신 귀신이 씌었나벼."

"머릿속에서 바람소리가 들렸다구?"

흐흥, 그녀는 쓴웃음을 지으며 '바람소리라…… 바람소리'라고 입 속으로 되뇌어 본다. 그녀의 머릿속에는 어린 시절 어머니의 손을 잡고 바람 속을 걷던 자신의 모습이 떠오른다. 휘―익 휘―익 휘파람 소리를 내며 불어와 어머니의 치맛자락을 다리에 휘감아 날리던 그 바람이다. 그 바람은 마치 저 괴물처럼 컴컴하게 앞을 가로막고 서 있는 아미산으로부터 불어오는 것처럼 느껴진다.

그녀는 서둘러 자리에서 일어난다. 시계를 보니 11시가 넘은 시각이다.

어머니가 묻혀있는 곳은 아미산 중턱이었다. 외갓집 쪽에서 보기와는 달리 그리 가파르진 않다. 아미산은 외갓집 쪽에서 바라보면 깎아지른 듯 몹시 가파르게 보이지만, 반대쪽에서 보면 산세가 완만해서 마치 어머니의 품속처럼 부드럽고 포근하게 느껴진다.

"네 에미는 재가해서 살고 있으니 찾을 것 없다. 저 하나 좋자고 제 자식까지 버린 년이다."

어머니의 입장과는 상관없이 친가 할머니의 말은 늘 모질었다.

그녀가 계모로부터 뒤늦게 어머니의 사망 사실을 들은 건 대학에 입학한 직후였다. 그녀는 그동안 자신을 속인 할머니가 원망스러웠다. 그렇다고 어머니를 동정하고 싶지도 않았다. 오히려 얼마 살지도 못하고 가버린 어머니를 생각하면 배신감마저 들었다. 그건 틀림없는 배신이었다. 어떻게 아버지에게 버림을 받았는데, 어떻게 자신을 친가로 보내고 택한 재혼이었는데, 그렇게 바보같이 일찍 죽다니. 악착같이 살아서 아들도 낳고 떵떵거리며 살아야 하지 않는가. 버리고 죄지은 사람은 잘도 사는데, 왜 억울하게 당한 사람은 병들어 죽어야 하는지, 그 박복함에 몸서리쳤다. 그럴 때마다 자신은 어머니와는 달리 살아야 한다고 의식적으로 어머니를 외면했다.

묘소에 이르는 길과 묘소 주변은 말끔하게 손질되어 있다. 큰외삼촌이 다듬어 놓은 듯싶다. 그녀는 큰외숙모가 준비해 준 약간의 음식을 차려놓은 다음 술 한 잔을 올리고 절을 한다.

"누님이 너를 많이 기다렸을 거여. 인자 이렇게 왔으니께 기뻐헐 것이구먼."

큰외삼촌이 옆에서 중얼거리듯 말한다.

어머니에게 인사를 끝낸 뒤 눈앞에 펼쳐지는 정경을 내려다본다. 발 아래로 동네가 내려다보이고 오른쪽으로는 두 개의 냇물이 합쳐져 큰 강을 이루고 흐르는 물길이 보인다. 주변의 논밭에는 바쁘게 움직이는 농부들의 몸놀림이 풍경과 어우러져 한층 봄을 무르익게 하고 있다.

"여진아, 누님이 어린 너를 버리고 재가 혔다고 원망허지 말어. 그 속이 오죽했겄냐? 누님은 속이 다 썩어 문드러져서 죽은 거나 마찬가진 게. 오죽 속을 썩었으면 심장에 구멍이 났겠어? 우린 모른당게. 난 지금도 그렇게 떠난 누님을 생각허면 너무도 억울허다."

그는 시선을 멀리 허공에 던지고 말한다.

하늘 한가운데에는 비행기 한 대가 가물가물 떠가고 있다. 바람이 살랑살랑 불어와 상기된 볼을 식혀 준다.

"누님은 참으로 박복헌 사람이었어. 재가를 혔는디, 누가 그렇게 술만 마시면 사람을 개 패듯 패는 줄을 알았것냐. 느이 애비헌티는 아들 못 낳았다구 버림받구 재가한 남편헌티는 허구헌 날 두들겨 맞었으니 골병들어서 죽은겨. 세상을 뜨기 전에 느이 집에 연락을 혔는디 거절 당혔다."

큰외삼촌은 담담한 목소리로 어머니에 대한 얘기를 전한다.

그녀는 이제 할 말이 없다. 그렇게 첩첩이 쌓여있던 원망과 물음들은 다 어디로 가라앉은 것인지, 아무 말도 떠오르지 않는다. 분풀이 할 대상이 없어서 스스로 할퀴고 쥐어뜯어 만든 그녀 안의 상처들은 이제 가려움증으로 남아 종종 그녀의 희미한 기억들을 더듬게 만들 것이다. 그녀의 눈에서는 자꾸만 뜨거운 물기가 흘러내려 앞의 정경이 흐려진다.

"여진아, 넌 잘 살어야헌다. 누님 몫까지 말여."

큰외삼촌은 힘주어 당부한다.

다시 한 줄기 바람이 그녀를 감싸듯 옷자락을 부드럽게 날리곤 사라져간다.

그녀는 묘소 앞에 서있는 백일홍과 측백나무 두 그루를 눈여겨 봐

둔다. 비석 뒷면에 새겨진 딸 윤여진이라는 글자도 몇 번이나 읽는다.

　그곳을 떠나오기 전에 그녀는 막내외삼촌의 집에 마지막 인사를 하기 위해 다시 들른다. 그 사이 막내외삼촌댁이 돌아와 있다. 참 다행스러운 일이라고 생각된다. 그런데 그녀를 어리둥절하게 만드는 장면을 목격하게 된다. 막내외삼촌과 그 여자는 언제 가출 같은 사건이 있었냐는 듯이 아주 다정한 모습으로 시시덕거리고 있다. 혹시 자신이 잘못 본 것일까. 그녀는 잠시 자신의 눈을 의심한다. 그러나 그 분위기는 분명 어젯밤에 그녀가 막내외삼촌에게서 보았던 절망과 고통에 일그러진 모습은 아니다. 그는 쓸개도 자존심도 없는 것일까, 생각해 본다. 의아스런 마음을 간직한 채 그녀는 서울로 향한다.

　그녀는 이곳에 올 때처럼 산모롱이를 걸어 나가 버스를 탈 생각이다. 산모롱이를 돌아 나오다 뒤돌아보니 그곳은 어머니의 묘소처럼 산속에 안락하게 자리 잡은 작은 분지이다. 바람은 분지 안을 휘-익 휘돌아 그녀의 코트 자락을 날린다. 그녀는 얼핏 어머니의 환영을 본 듯하여 소스라쳐 돌아본다. 그러나 거기엔 아지랑이로 모습을 바꾼 한낮의 고요와 평화가 미풍 속에서 파르르 차오르고 있을 뿐이다. 불현듯 그녀의 마음속에 '혹시 막내외삼촌의 머릿속에도 바람소리가 들리는 게 아닐까' 하는 생각이 든다.

송난호는 들고 있던 꽃다발을 호수 위로 던졌다. 그리고 마음속으로 고백했다.
나도 당신을 만난 이후로 다른 남자를 생각하지 않았노라고. 당신을 생각하며
살았고 남은 시간 동안도 그렇게 살겠노라고.

그 겨울의 외출

아들의 말을 들은 송난호는 살다보니 참 별일이 다 있구나 생각되었다. 아들 진우에게 미국에 있는 한 변호사로부터 연락이 왔다고 했다. 엘에이 지역에 있는 병원에서 암으로 죽어가는 자기의 의뢰인이 사후에 유골을 처리해 달라는 유언장을 아들 앞으로 썼으니 수락 여부를 말해 달라는 내용이었다.

그 사람은 한국인 남자라는데 아들과는 생면부지의 낯선 사이라고 했다. 생각할수록 참으로 이해하기 어려웠다. 마치 길가다 공중에서 떨어진 새똥에 맞은 것처럼 황당했다. 이런 막무가내한 경우가 있단 말인가?

고개를 갸웃하게 만들기로는 아들도 마찬가지였다.

"당연히 부탁을 들어 주겠다고 대답했지요."

아들은 전혀 망설임이 없었다는 말투였다. 하긴 아들의 성품으로 보면 전혀 엉뚱한 건 아니었다. 아들은 평소 사정이 딱한 사람의 부탁을 뿌리치는 법이 없었다.

"누군 줄 알고 그렇게 선뜻 대답했어? 그리고 왜 하필 네게 부탁한 거야? 엘에이에는 한국인이 토론토보다 훨씬 많은데."

아들은 그렇다 치고, 그럼 그쪽 남자는 대체 누구기에, 어떻게 살아온 사람이기에 그런 말도 안 되는 부탁을 했을까 싶어 궁금증만 증폭되었다.

"오로지 제가 같은 한국인이라는 이유 하나 때문이래요. 그 분은 한국인하고 교류하지 않고 사셨나 봐요. 그래서 그곳에 아는 사람이 거의 없대요."

그곳에 아는 사람 하나 없다는 것도 말이 안 되는 거 같고, 아무리 그렇다 쳐도 어차피 생판 모르는 사람에게 사후를 맡길 거라면 엘에이가 토론토보단 나을 게 아닌가 싶었다. 그러나 '같은 한국인'이라는 이유 하나 때문이었다는 말에 그녀는 마음을 누그러뜨렸다. 이 넓고 낯선 땅에서 '같은 한국인'이라는 의미는 '같은 핏줄'이라는 뜻에 다름 아니라고. 그러니 모르는 그 사람을 모른다고 냉정하게 거절할 수만은 없는 거라고 생각을 돌리게 되었고, 마침내 가슴 한편에 짠한 연민의 감정이 일었던 것이다.

"실은 저희 교회에 율리아라는 여신도 분, 어머니도 아시잖아요?"

"아, 그 율리아 씨?"

아들은 며느리를 따라 중국계 인도네시아인 교회에 다니면서 비중 있는 역할을 맡아 봉사하고 있었다. 아들을 따라 야유회에 갔을 적에 율리아와 만나 사진을 함께 찍었던 기억이 났다. 그녀가 준비해 간 한국 음식을 교회 사람들에게 대접하고 난 뒤였다. 나이가 엇비슷해 보여서였는지 율리아의 친절과 다정함이 마음에 남아 있었다.

"네. 그 율리아 씨가 인도네시아에 사실 적에 돌아가신 남편과 사업을 함께 하셨던 동업자시래요. 그분은 혼자 사셨는데 뉴질랜드를 거쳐서 미국으로 이주하셨고요. 그래서 가끔 연락을 하고 미국에 가시면 만나서 얘기하고 그러셨대요. 그때 제 얘기를 하셨나 봐요. 우리 교회에서 유일한 한국인이라고요. 물론 좋게 말씀하셨겠지요. 그래서 제게 부탁을 하신 거래요."

"으응, 그렇게 된 거였⋯⋯어?"

아들과의 연결고리가 밝혀지자 그녀는 비로소 고개를 끄덕였다. 율리아가 얼마나 입에 침이 마르도록 칭송을 했으면 혈혈단신의 처지로 자신의 사후를 의지하고 싶은 신뢰감이 생겼을까? 송난호는 자신의 아들이 교회 내에서 한국인으로서 좋은 표양을 보인 결과라는 생각에 마음이 뿌듯하기까지 했다. 그러나 다른 한편으로는 '뉴질랜드'라는 단어가 자신의 마음속에 날아와 박히며 일으키는 그리움의 파문을 그녀는 담담히 받아들이고 있었다.

창 너머로 집 앞에 만발한 무궁화를 말없이 바라보았다. 뉴질랜드의 그 집 앞에 도 무궁화가 피어 있었다. 무궁화와 함께 떠오르는 기억. 그 기억은 그녀가 모진 세월을 홀로 살아오는 동안 그녀를 지탱해준 힘이었다.

아들은 일면식도 없는 그 남자와의 약속을 잘 지켰다. 모든 일정은 율리아와 의논해서 진행했다는 말도 들었다.

그 남자의 유골이 뿌려진 곳은, 북쪽으로 한 시간 정도 올라간 곳에

위치한 크지도 작지도 않은 아름다운 호수라고 했다.

율리아로부터 송난호에게 연락이 온 건 그 후로 일주일쯤 지나서였다. 교회 야유회에서 두세 번 본 뒤로 개인적인 친분은 없었기에 조금은 의외였다. 율리아가 그녀의 집으로 찾아와 조심스레 전해준 건 조그만 상자였다. 뜻밖에도 아들이 유골을 뿌려준 바로 그 남자의 유품이라고 했다. 순간 그녀는 뒤로 물러섰다. 얼른 납득할 수 없는 일이었던 것이다.

"네?"

그녀는 영문을 모른 채 어리둥절한 표정으로 서 있었다.

"미스터 한이 꼭 당신에게 전해 달라고 부탁했어요."

"미스터 한이라고요?"

"네, 한 요 섭, 한 요섭요. 어서 확인해 보세요."

율리아가 그 남자의 이름을 또박 또박 반복해 발음했다.

"한요섭, 한요섭……."

송난호는 몸을 휘청이면서 한 번도 잊어본 적이 없는 그의 이름을 중얼거렸다. 율리아가 얼른 그녀를 부축해 주었다.

아들이 보내준 그 사람이 한요섭이라니……. 믿을 수 없는 일이었다. 갑자기 가슴이 두근거리기 시작했다. 잠시 소파에 멍하니 앉아 있었다. 율리아는 조용히 옆에서 그녀가 정신을 가다듬기를 기다렸다. 이윽고 그녀가 떨리는 손으로 상자를 열었다.

상자 안에는 그가 생전에 착용한 듯한 선글라스 하나와 펜 한 자루, 그리고 작은 크기의 사진첩이 한 권 들어 있었다. 조심스럽게 사진첩을 열었다. 그러고는 말없이 사진들을 들여다보았다. 틀림없는 한요섭이었다. 그녀의 기억 속에 남아 있는 그의 모습. 사춘기로 접어든 아들을 생각해서 그녀는 한 장도 가져오지 않았던 사진들이었다. 그러고 보니 선글라스는 그때 그가 썼던 거였고, 펜의 출처도 생각났다.

그녀는 거실 바닥에 그대로 허물어지듯이 주저앉았다. 지난 이십 년 세월 동안 가슴 속에 품고 살았던 사람. 그를 만난 이후로 그녀의 마음속에서 남편은 지워졌고 그가 새롭게 자리를 차지하게 되었다. 아들을 위해 현실적으로 받아들일 수는 없어도 늘 마음으로 그리워했던 사람이었다.

"어떻게 저를 알아냈나요?"

허공을 멍하니 바라보다가 그녀가 물었다.

율리아는 그들의 사연을 알게 된 경위와 한요섭의 얘기를 차분하게 전해주었다.

"그가 많이 아프다는 연락을 받고 미국에 갔을 때 그의 침상 옆에 놓인 당신의 사진을 보고 많이 놀랐어요. 당신의 젊을 때 모습이었지만 나는 단박에 알아볼 수 있었어요. 그에게 사랑하는 여자가 있다는 사실도 처음 알게 되었는데, 그 사람이 당신이라는 건 정말 상상할 수 없는 일이었지요.

미스터 한은 당신과 헤어지고 나서 줄곧 당신을 그리워하면서 살았대요. 혹시나 뉴질랜드로 오지 않을까 기다렸답니다. 그러나 당신은 끝내 오지 않았다고 했어요. 그렇게 헤어진 걸 후회하다가 한국으로 당신을 찾아갔을 땐 당신과 아들이 이미 그곳을 떠나고 난 뒤였대요. 그 뒤, 십여 년의 세월이 흐른 뒤에 어렵사리 당신이 있는 곳을 알게 되었지만, 마음을 바꿔 당신에게로 가지는 않았답니다. 어머니로서만 살고 싶어 했던 당신의 마음을 끝까지 존중해 주기로 했대요.

저도 고민을 많이 했어요. 이제 와서 두 사람만의 비밀을 아드님이 알게 되는 걸 당신이 원치 않을 것 같았기 때문이었지요. 그래서 그에게 제 생각을 말했고, 아드님 앞으로 그런 유언장을 쓰게 된 거예요. 아드님이 그를 보내준다면 그나마 위로가 될 것 같았거든요. 그리고 당신 사진을 보여 주었어요. 당신의 사진을 보고는 기뻐하면서 눈물을 흘리더군요."

율리아의 설명을 듣고 난 그녀는 깊은 숨을 내쉬었다. 도대체 그에게 무슨 짓을 한 것인가? 시야가 뿌옇게 흐려지는 가운데 그녀의 뇌리에는 한요섭과 함께 했던 뉴질랜드의 거리들이 눈앞으로 다가왔다.

그 겨울은 유난히 추웠다. 마치 온 몸에 구멍이라도 난 듯 속으로 찬바람이 스며들어 왔다. 모진 겨울바람 탓만은 아니었다. 그녀는 지쳐 있었다. 에너지가 모두 소진되어 껍데기만 남은 것처럼 몸과 마음이 헛헛했다. 견디기 어려운 불면의 밤이 찾아왔다. 문득 자신이 사십 고개를 넘어섰음을 깨달았다. 남편이 떠나고 어린 아들을 중학생으로 키울 때까지 앞만 보고 달려온 십여 년의 세월이었다.

어머니에게 아들을 부탁한 다음 무작정 집을 나섰다. 뉴질랜드에 있는 친구가 떠올랐던가, 꼭이 그 친구를 만나려는 건 아니었다. 바람이 부는 대로 자신을 내맡기고 싶었다. 한 번은 그렇게 비틀거려도 나무릇 사람 있겠느냐고 스스로에게 호기를 부려 보고 싶었다.

　그를 만난 건 뉴질랜드의 남섬 크라이스트처치로 가는 비행기 안이었다. 먼저 자리를 잡은 그녀가 통로를 따라 자신의 옆자리로 걸어오는 그를 보았다. 약간 그을린 듯한 피부에도 깔끔한 인상이었다. 크고 따뜻한 눈매가 마음에 들었다. 미지의 여행길이 한층 편안해지는 걸 느낄 수 있었다. 그동안 남자를 경계하고 긴장했던 평소와는 달랐다. 오랜 세월 동안 사람들과 부대끼며 터득한 그녀의 예민하고 정확한 촉이 그에 대한 경계심을 풀게 했다.

　그가 먼저 말을 걸어왔다. 얘기 중에 그는 크라이스트처치에서 사슴농장을 하는 친구를 찾아가는 중이고 뉴질랜드에 정착할 예정이라고 했다. 그는 자신이 체류하던 인도네시아의 날씨와 사람들에 관한 얘기를 주로 했고, 그녀는 한국에 관한 얘기를 했다. 마치 오래 전부터 알던 사이처럼 자연스러웠다.

　그녀는 안쪽에 앉은 자신이 통로를 드나들 적마다 눈치 빠르게 길을 터주고, 식쟁반을 받아주는 등, 남을 배려하는 그의 마음 씀씀이가 마음에 들었다.

　"외국은 처음이신가요?"

　"네, 뉴질랜드 크라스트처치에 사는 친구가 여러 번 오라고 했는데도 그동안 살기 바빠서요."

　그녀는 친구 L을 떠올렸다. 송난호가 지금 연락도 없이 친구가 있는 곳으로 날아가고 있다는 걸 친구가 안다면 아마 황당해할 것이다. 하지만 그녀는 크라이스트처치에 내려 반드시 L에게 연락해야겠다는 계획도 없었다. 혹시 잠잘 곳이 없다면 연락해야지, 막연히 생각하고 있었다. 왠지 모르지만 지금은 주변 사람을 떠나 낯선 곳에서 혼자이고 싶었다.

"우리 함께 여행할까요? 제가 안내하겠습니다. 저도 당분간은 이나라를 살펴보고 싶거든요."

그가 그런 제의를 했다.

"……그럴……까요?"

송난호는 말없이 잠깐 망설인 뒤에 고개를 끄덕이며 그의 제의를 받아들였다. 정말 뜻밖이었다. 지금 뭘 하는 것인가, 그녀는 자신의 행동에 스스로 납득하기 어려웠지만 번복할 마음은 들지 않았다. 뭔가 싫지 않은 느낌, 자석에 끌리듯이 알 수 없는 어떤 힘에 끌리고 있음이 분명했다.

통성명을 하고 그가 내민 손을 송난호가 잡았다. 그러나 거기까지라고 그녀는 마음속으로 선을 그었다. 더 이상은 자신을 알리고 싶지 않았다. 고심 끝에 그녀가 '동행 계약서'를 쓰자고 조건을 붙였다. 만약의 경우 빠져나갈 수 있는 명분을 만들어 놓고 싶었다. '동행 계약서'라는 말에 소리 내어 웃던 그가 흔쾌히 송난호의 의견에 따라 주었다. 계약서의 내용은 거의 일방적이다시피 송난호의 요구대로 문구를 적었다.

관광지와 일정은 서로 의논하여 정한다.
비용은 정확하게 각각 절반씩 부담한다.

서로 상대방에 대해서 지나친 궁금증을 갖지 않는다.

언제든 서로 마음이 맞지 않는다고 생각되면 '동행 계약'을 파기한다.

여행이 끝나면 서로 뒤돌아보지 않고 각자의 길을 간다.

일체의 연락도 하지 않는다.

다시 마주쳐도 절대 아는 체 하지 않는다.

"너무 냉정한 거 아닌가요? 하지만 뭐…… 좋습니다. 아예 사인까지 하죠."

다시 한 번 내용을 훑어보던 그가 약간은 불만스러운 듯하다가 계약서의 맨 끝에 사인했다. 뒤이어 그녀도 이름을 쓰고 사인을 했다.

밖으로 나오자 서쪽으로 기울은 오후의 햇살이 제법 따가웠다. 남반구에 위치한 뉴질랜드는 한여름이었던 것이다. 나른한 여름 날 오후의 낯선 거리와 거리를 오가는 다양한 인종의 사람들, 그리고 서양식 건물들을 바라보며 그녀는 자신이 완전 다른 세상으로 떠나왔음을 실감했다. 또한 비행기를 타기 전까지는 전혀 생각지 못한 일이 일어나고 있음에도 그대로 내맡기고 있는 자신이 스스로 생각해도 놀라웠다.

송난호는 마중 나온 그의 친구의 차에 동승하고 사슴농장으로 향했다. 사슴 농장은 크라스트처치의 도심을 벗어나 멀지 않은 외곽에 있었다. 신기하게도 자동차 소리를 들은 사슴들이 고개를 빼고 이쪽을 바라보는 모습이 시야에 들어왔다. 석양을 등지고 풀을 뜯는 한

무리의 사슴 떼와 끝없이 펼쳐진 목초지, 그리고 그 목초지를 단순하게 나누어 놓은 통나무 울타리가 목가적인 정취를 담아내고 있었다.

주택은 두 채가 있었는데 입구에 있는 작고 아담한 방갈로가 그가 임시로 거처할 곳이라고 했다. 그의 친구가 사는 집은 농장 안으로 깊숙이 들어가 서쪽 끝에 보이는 이층집이라고 했다.

현관문 앞에 소담스럽게 핀 무궁화가 한 그루 서 있었다. 이국땅에 핀 무궁화가 너무나 반가워서 여기 좀 보라고 그녀가 소리쳤다. 마치 이곳은 한국인의 집이라고 말하고 있는 것 같았다. 아마도 그의 친구가 향수를 달래려는 생각으로 심었으리라 짐작되었다.

"우리에게 환영한다고 인사하네요."

한요섭도 다가와 반겼다.

"농장을 짓고 제일 먼저 무궁화를 심었지요. 저쪽 창고 뒤쪽에는 쑥도 있어요. 원하시면 뜯어다 국 끓여 잡수세요."

그의 친구가 손가락으로 서쪽 끝에 있는 건물을 가리키며 말했다.

친구가 돌아가고 그들은 집안으로 들어가 각자 여행 짐을 풀었다. 그가 두 개의 방 중에 큰방을 그녀에게 양보했다. 저녁 식사는 그의 친구가 가져다 준 음식으로 대신했다. 마치 호텔에 온 듯 그들은 서로 정한 방에서 각자의 시간을 갖으며 비행의 피로를 풀었다.

이튿날 아침 잠에서 깬 송난호는 초록색 대지 위로 막 솟아오르는 해를 보며 자리에서 일어났다. 전날 저녁 때 보았던 사슴무리가 생각나 서둘러 옷을 갈아입고 아이마냥 밖으로 뛰어 나갔다. 드넓은 초원에 수천 마리는 될 듯 싶은 사슴들이 여기 저기 무리지어 풀을 뜯고 있었다. 한 무리의 사슴들이 그녀를 환영하는 듯 그녀가 걷는 길 쪽으로 우르르 몰려왔다. 햇살을 받아 풀잎 위의 이슬방울들이 일제히 영롱하게 빛났다. 언덕 너머로 또 다른 사슴 무리의 뿔들이 나뭇가지마냥 뾰족 뾰족 솟아 보였다.

송난호는 가슴이 탁 트이는 것처럼 시원해졌다. 맑고 신선한 공기가 그녀의 폐부 깊숙이 빨려 들어왔다. 여름임에도 한국의 가을 날씨처럼 선선하고 상쾌했다.

"아, 이렇게 아름답고 평화로운 세상도 있구나."

그녀는 중얼거렸다. 두 팔을 벌리고 그녀도 사슴처럼 초원을 달렸다. 그동안 억누르고 있던 감정을 발산하듯 아 하고 소리쳐 보았다. 해방감과 함께 생활에 짓눌렸던 몸과 마음이 가벼워지는 느낌이 들었다. 그녀가 입은 흰 면바지와 베이지색 카디건이 한 무리의 사슴과 잘 어울렸다. 언제 나왔는지 한요섭도 그녀를 따라 달리고 있었다. 그들은 서로 가볍게 고개를 숙여 인사를 나눴다. 사슴들이 영문도 모른 채 그들이 달리는 대로 함께 달렸다.

"이곳으로 이주하시면 사슴농장을 하실 건가요?"

한참을 뛰어다닌 뒤에 숨을 가다듬고 송난호가 물었다.

"이곳에 머물면서 잠깐 친구를 도와주겠지만, 전 저대로 사업을 구상 중입니다."

"아, 네."

더 이상은 캐묻지 않았다. 그의 가족에 대해서도 궁금했다. 하지만 그것도 묻지 않기로 했다. 계약서의 내용이 떠올랐던 것이다. 더 정확하게 말하면 왠지 두려웠던 것이다.

"난호 씨는 무슨 일을 하시는지 물어도 되나요? 혹시 계약 위반이면 대답하지 않아도 됩니다."

한요섭이 조심스럽게 물었다. 그녀는 멀리 초원과 하늘이 맞닿은 지점에 시선을 주었다. 잠시 침묵이 흘렀다.

"역시 제가 계약위반을 했군요."

그가 미안한 듯 겸연쩍은 표정을 지었다. 그러자 침묵하던 그녀가 조용히 말을 시작했다.

"제게 산다는 건 치열한 생존경쟁 그대로였어요. 갑자기 남편이 사라지고 막막한 세상에서 어린 자식에게 밥을 먹이는 문제였으니까요. 시장에서 악다구니 써가며 장사도 하고, 처음 십 년은 마구 헐떡거리며 닥치는 대로 일을 했지요. 아마 돈 준다고 저기 있는 사슴뿔을 자르라고 했더라도 잘랐을 거예요. 그러다 대학 동창의 도움으로 어린이 책 출판사에서 글 쓰는 일을 시작했어요. 대학 다닐 때 학보사에 단편소설을 응모해서 당선된 적이 있……."

아뿔싸! 내가 뭐하는 짓인가, 그냥 하는 일이 뭐냐고 했을 뿐인데, 이건 진짜 계약위반인데. 그녀는 자신도 모르게 주절거리던 말을 중단하고 그를 돌아보았다. 그가 말없이 그녀를 응시하고 있었다.

"아, 이러지 않으려고 했는데, 이건 아닌데요."

그녀는 무안함과 자책감으로 달아오르는 얼굴을 감싸 쥐었다. 가족이나 절친이 아니면 자신의 고단한 티를 드러내지 않는다는 게 그녀의 룰이었다. 그것이 가진 것 없는 자신이 지킬 품위라고 여겼다. 그런데 아직은 낯선 한요섭 앞에서 지금까지의 금기를 깨고 있음을 자각했던 것이다. 그에겐 상대를 편안하게 하는 무엇이 있었다.

"아닙니다. 오히려 제가 죄송합니다. 실은 비행기를 타고 올 때부터 어렴풋이 싱글이실 거라고 짐작은 했어요. 그렇게 말씀하시는 난호 씨의 모습이 너무 아름답게 보여서 제가 실례를 한 것 같군요. 전풍족해서 누릴 것 다 누리며 온실 속의 화초처럼 세상물정 모르고 사는 사람보다는 치열하게 사는 사람이 훌륭하게 생각되고 존경스럽습니다."

한요섭이 따뜻한 미소를 지으며 그녀를 바라보았다. 그녀도 그를 비로소 마주 보았다.

"우리 저기까지 뛸까요?"

그가 머쓱한 분위기를 바꾸려는 듯이 손을 내밀었다. 그녀도 잠시 머뭇거리기는 했지만 이윽고 손을 내밀어 그의 손을 잡았다. 더 이상 어색하지 않았다. 아이들처럼 깔깔거리며 힘껏 달려 나아갔다. 사슴들이 우르르 함께 뛰었다.

농장 산책을 끝내고 돌아오자 한요섭은 주방으로 들어가 아침식사 준비를 서둘렀다. 그녀가 함께 도우려고 하자 그는 한사코 그녀를 밀어냈다. 부엌의 냉장고 안에는 몇 가지 식재료들이 들어 있었다. 아마도 그의 친구가 준비해 두었으리라 짐작 되었다. 빵 종류와 우유, 그리고 한국인 가게에서 사온 듯한 김치와 두부, 콩나물 등이었다. 라면도 몇 봉지 있었다. 아침식사는 간단히 커피와 베이글, 그리고 계란 프라이였다.

식사를 마친 뒤에는 한요섭의 친구 차를 몰고 함께 크라이스트처치 시내로 나가 지도를 보며 돌아다녔다. 햇살이 눈부시게 빛났다. 거리를 걸으며 박물관과 역사 유적지를 돌아보고 잠깐 바닷가로 나가 맑고 파란 바다를 바라보았다. 오염되지 않은 태곳적의 바다를 접하고 있는 듯 공기와 물과 하늘이, 그리고 풀과 나무들이 신선하게 느껴졌다.

"글 쓰시는 건 힘들지 않으세요?"

그가 하늘을 날고 있는 갈매기를 바라보았다.

"네, 즐겁게 해야죠."

파도 소리와 갈매기 울음소리 사이로 밝은 목소리를 날렸다.

"참 대단하십니다. 존경스러워요."

한요섭이 한 톤을 높여 그녀를 칭찬했다. 다시 그녀의 손을 잡았다. 둘의 행동은 마치 오래 알았던 연인인듯 자연스러웠다.

"이상하죠? 우리가 마치 오래 전부터 알던 사이처럼 친근감이 들어요. 이런 느낌은 생전 처음이에요. 난호 씨는 안 그러세요?"

그가 멀리 수평선을 응시하며 말했다.

"저도요."

이것도 계약 위반인데, 얼핏 그녀는 그런 생각을 또다시 했다. 자신이 생각해도 놀라울 만큼 두 사람 사이는 급속도로 가까워지고 있었다. 그런 느낌들을 솔직하게 털어놓을까 하다가 참았다. 갑자기 아들의 얼굴이 떠올랐던 것이다.

그즈음에 사춘기에 들어선 아들은 부쩍 엄마의 행동을 낱낱이 감시하듯 간섭하고 나섰다. 엄마 요즘 남자 만나? 하면서 갑자기 엄마가 이상해졌다는 말을 자주 했었다. 아들의 말에 그녀는 정색해서 놀라곤 했다. 엄마의 가슴 속에 바람이 일고 있다는 것을 아들은 본능적으로 알아차리고 있었던 셈이다.

저녁은 한국음식이 간절했다. 한요섭은 시내에 들어가 무슨 음식이든 자신이 사겠다고 했지만 송난호는 농장으로 돌아가 간단히 밥을 지어 먹자고 했다. 두 사람은 곧 농장으로 돌아왔는데 서로 저녁밥을 짓겠다고 해서 결국 가위바위보를 했다.

"저녁은 제가 할 차례니까 거실에 앉아서 쉬세요."

송난호가 이겼던 것이다. 한요섭은 거실에 나가는 척하더니 다시 주방으로 건너왔다. 식탁에 앉아 그녀가 저녁을 짓는 모습을 바라보았다. 그가 자신을 바라보고 있다는 걸 의식하니 그녀는 행동이 부자연스러워졌다.

"에이, 도저히 못 참겠어요. 제가 하지요. 저기 앉아서 구경하세요."

무엇을 못 참겠다는 얘기인지 갑자기 그녀에게로 다가와 어깨를 뒤에서 감싸 잡고는 살며시 밀쳐냈다. 그러고는 주방 다이를 차지해 버렸다. 아주 잠시 어색한 침묵이 흘렀다. 그녀는 얼떨결에 밀려나서 식탁 의자에 앉았다. 어깨에 따뜻한 감촉의 여운이 계속 그녀의 신경을 붙잡았다.

그의 손놀림이 야무졌다. 그녀가 씻던 쌀을 마저 씻어서 전기밥솥에 넣고 버튼을 누른 다음, 냉장고에 있는 재료를 이용해서 두부 된장국을 끓였다.

"제 특기가 음식 하는 겁니다. 지금부터 여행하는 동안 음식은 제가 담당할 것이니, 레스토랑에 가면 제가 살 것이고 호텔에서 해 먹을 수 있는 경우에는 제가 만들어 드리겠습니다. 저는 여행 다니고 쓰기 위해서 돈을 버는 사람입니다. 계약서를 들이밀면서 이의 달기 없기예요."

일방적인 제의였지만 묵답의 결과로 그녀가 동의한 셈이 되고 말았다. 그녀는 미안한 듯 미소만 보냈다.

식탁 위에는 흰밥에 된장국과 김치가 전부였다. 하지만 그녀는 어떤 음식보다도 맛이 있었다. 그가 끓인 된장국이 일품이었던 것도 있지만, 무엇보다도 한국음식이 그리워지던 때문이었다. 맛있게 먹는 그녀를 그가 흐뭇한 표정으로 바라보았다.

이튿날 아침 웰링턴으로 가는 국내선 비행기를 타고 북섬으로 이동했다. 송난호는 계약서를 떠올렸다. 사슴농장에서 이틀을 보내는 동안 계약을 파기할 생각은 전혀 들지 않았다.

"이제 우리의 계약은 확실해진 건가요? 전 솔직히 이틀 동안 난호 씨가 떠난다고 할까봐 겁이 났어요."

"그건 모르죠. 앞으로 더 두고 봐야죠."

그녀는 속을 드러내고 싶지 않았다.

"우린 서로 잘 맞는 게 분명합니다. 이젠 제가 절대로 놓지 않을 겁니다."

한요섭도 렌트한 자동차를 운전하면서 기분이 좋아 보였다.

자동차는 고속도로를 따라 계속 북상했다. 옆자리에 앉은 송난호는 지도를 무릎 위에 펴놓고 도로를 확인해 주었다. 로토루아로 가는 고속도로는 그다지 붐비지 않았다. 주변에 펼쳐지는 이국의 풍경을 송난호는 신기한 눈으로 감상했다. 이따금 양떼들이 한가로이 풀을 뜯는 정경이 시야에 들어왔다.

점심은 휴게소에 들러 햄버거로 간단히 해결하고 계속 달렸다. 한요섭은 차창을 내리고 운전하면서 휘파람을 불었다. 바람결에 실려 오는 싱그러운 풀 내음가 코를 간지럽혔다. 송난호도 한층 들뜬 기분이 되었다.

어느 순간 그가 생각에 잠긴 듯 조용해졌다. 창문을 닫더니 조금 전과는 달리 나직한 목소리로 말했다.

"아내는 습관적으로 유산을 했어요. 스스로를 생명을 키워내지 못하는 돌밭이라고 말했지요. 유산을 한 후에는 매번 우울증으로 고생하곤 했어요. 그러다 자신의 인생에서 가능한 것을 찾겠다면서 아내가 먼저 이혼을 요구했어요. 원래 제 직업은 엔지니어였는데 아내와 헤어지고 나서 회사에 사표를 내고 세상을 구석구석 여행했지요. 여행에 관한 책을 낼 수도 있을 만큼 돌아다녔어요. 세상을 돌아다니다 보니 많은 걸 배우고 깨닫게 되더군요. 그러다 인도네시아에서 현지인과 동업으로 사업을 했습니다. 그런데 저 친구가 뉴질랜드에서 기반을 잡았다며 저를 꼬드기는 거예요. 그래서 오게 되었어요."

"네에. 그래서 혼자 이곳으로 오셨군요."

그녀는 적당한 말이 떠오르지 않았다. 하지만 그동안 기분을 찜찜하게 하던 문제가 해소되어 기분이 한결 가벼워졌다.

한요섭은 무거운 분위기를 바꾸려는 듯 자동차 창문을 닫고 음악을 틀었다. 소프라노 키리 테 카나와의 목소리로 마오리족의 민요인 '포카레카레 아나'가 흘러나왔다. 그는 음악을 들으며 조용히 앞만 바라보고 운전했다. 그녀는 손을 뻗어 그의 오른손을 살짝 잡아 주었다. 그도 말없이 그녀의 손을 받아들였다. 분위기는 많이 가벼워졌다.

'포카레카레 아나'가 끝나자 이번에는 그가 '연가'를 휘파람으로 불었다. 포카레카레 아나를 우리말로 번안했다는 연가는 그녀도 좋아하는 노래였다. 그녀도 따라서 콧노래로 흥얼거렸다. 그러다 나중에는 둘이서 함께 소리 내어 불렀다.

얼마나 지났을까, 로토로아 사인이 나왔다.

"이제부터는 즐겁게 로토로아를 구경합시다. 내일은 없습니다. 오로지 오늘만을 생각하기로 해요. 이곳은 마오리족의 전통 문화를 보고 경험할 수 있는 곳이지요. 자, 들어갑니다!"

한요섭은 들뜬 목소리로 즐거운 표정을 지었다. 그리고 자동차를 부드럽게 로토로아 마을로 진입시켰다.

"'키아 오라'를 기억하세요."

그가 마오리 인사법을 먼저 알려 주었다.

"네? 기어오라구요?"

그녀가 깔깔거리면서 농담을 건넸다.

"그렇죠, 기어 오라요. 이곳은 마오리 마을이니까 우리도 우선 마오리식 인사부터 할까요?"

차를 호텔 주차장에 주차시키고 내리기 전에 그가 말했다.

"키아 오라!"

그가 조심스럽게 자신의 코를 송난호의 그것에 살짝 갖다 댔다. 그리곤 쑥스러운 듯이 작은 소리로 말했다. 마치 엄숙한 예식 같기도 했다.

"키아 오라!"

송난호도 속삭이듯이 답했다. 약한 땀 냄새와 향긋한 비누냄새가 섞인 듯한 냄새가 그의 얼굴에서 풍겨왔다. 그는 금세 얼굴을 거두지 못하고 머뭇거렸다. 그녀도 어색해져서 그의 얼굴을 똑바로 쳐다보지 못하고 있었다. 그러나 아무리 참으려고 해도 비어져 나오는 웃음을 어쩔 수 없었다. 한요섭도 같은 상황이어서 결국은 누가 먼저랄 것도 없이 한꺼번에 웃음을 터뜨리고 말았다.

송난호는 이렇게 가볍게 웃어보는 게 얼마만인가 하는 생각이 얼핏 머리를 스쳤다. 물론 아들 때문에 종종 웃을 수는 있었다. 그러나 이런 웃음은 아니었다. 이렇게 가슴 속까지 상쾌해서 전신의 스트레스가 한꺼번에 날아가는 듯한 웃음은 남편이 떠난 이후 처음이라고 생각되었다. 바로 남자 냄새에 취해 본능적으로 나오는 웃음.

한요섭은 자신이 사슴농장에서 예약해 놓은 호텔로 그녀를 안내했다. 그녀는 그가 예약한 방 하나에 대해 이의를 제기하지 않았다.

방문을 열고 들어서자 창밖으로 로토루아 호수가 펼쳐져 있었다. 호숫물은 서쪽으로 지는 해 그림자로 붉게 물들어 일렁였다. 송난호는 아름다운 호수의 경관에 이끌려 탄성을 질렀다.

"포카레카레 아나의 전설을 아시나요?"

한요섭이 그녀의 등 뒤로 다가와 그녀를 살며시 끌어안으며 말했다. 그녀도 그의 손등에 자신의 손을 포갰다. 그녀의 가슴이 마구 뛰었다.

"아주 먼 옛날, 마오리 부족이 나누어져 살던 때였어요. 로토로아 호수에 있는 저기 저 섬에는 어느 부족의 추장 딸인 히네모네라는 처녀가 살았고, 이쪽 육지의 호숫가에는 다른 부족의 추장 아들인 두타나카가 살았대요. 어느 날 두 사람은 첫눈에 반해서 사랑을 하게 되었대요. 그런데 두 부족은 오랫동안 전쟁으로 사이가 나빴기 때문에 두 사람의 사랑은 이루어지기 어려웠지요."

"그러니까 뉴질랜드 판 로미오와 줄리엣인가요?"

"그런 셈이지요. 두타나카는 히네모네가 그리워서 밤마다 로토루아 호숫가에서 풀피리를 불었어요. 그러면 히네모네가 그 피리소리를 듣고 카누를 타고 호수를 건너와 두타나카와 사랑을 나누었어요. 그러던 어느 날 히네모네의 아버지가 이 사실을 알고는 두 사람의 사랑을 막기 위해 카누를 모조리 불태워 버렸대요."

"그래서 슬픈 연가로 끝났나요?"

"두타나카는 이 사실을 모른 채 밤마다 호숫가에서 피리를 불었고, 히네모네는 피리소리를 듣고 슬퍼하다가 몸에 표주박 수십 개를 달고 그 먼 호수를 헤엄쳐서 두타나카를 만났답니다. 결국 두 부족은 두 사람의 아름다운 사랑에 감동해서 화해하고 그들의 사랑을 축복해 주었다고 하지요."

한요섭이 아주 오래 전부터 그랬던 것처럼 자연스럽게 그녀를 안은 팔에 힘을 주었다.

"해피엔딩이네요. 그런데도 슬프게 들리네요."

"원래 아름다운 건 모두 슬프니까요. 특히 사랑 이야기를 담은 노래라면 더욱 그렇죠."

말을 마치고 그는 송난호의 몸을 돌려 세워 그녀의 입술에 자신을 입술을 포갰다. 그의 입술은 부드럽고 달콤했다. 그녀는 한없이 빨려 들어가는 듯 가뭇없이 아득한 심연 속으로 가라앉는 느낌이었다. 오랜 시간 동안 닫혀 있던 온 몸의 세포가 일제히 열리기 시작했다.

한요섭은 그녀를 안아 조심스럽게 침대 위에 눕혔다. 그의 부드러운 손길과 혀가 그녀의 몸 구석구석을 애무했다. 그의 손길에 맞춰 그녀의 몸의 세포들이 아름다운 노랫소리를 내는 것 같았다. 굶주린 몸이 안달했다. 그의 팽창된 몸이 그녀 깊숙이 들어왔다. 아아, 그녀가 신음했다. 그의 숨결이 한층 거칠어졌다. 파도가 사납게 밀려왔다. 그녀는 열린 세포의 구멍마다 그의 숨을 깊이 깊이 빨아들였다. 그녀와 그의 만남은 태고의 우주에서 비롯된 것처럼 자연의 순리요 합일이었다. 그들의 일치된 영혼은 심연을 향해 깊이 추락했다가 우주를 향해 날아오르기를 반복했다. 그녀의 두 볼로 눈물이 흘러내렸다. 이것은 전설이고 또 하나의 연가였다. 죽은 남편에게서는 한 번도 느껴보지 못했던 열락의 세계였다.

송난호는 한요섭의 품에 안긴 자세로 오래 누워 있었다. 그의 살 내음이 좋았다.

"당신의 몸은 정말 신비로워요. 게다가 우린 어떻게 그렇게까지 완벽한 조화를 이룰 수 있을까요?"

그 말에 그녀는 왠지 어색해져서 살며시 미소만 지었다. 말로 하는 표현은 오히려 쑥스러웠다. 그들은 다시 서로를 탐하기 시작했다. 온몸이 다시 뜨겁게 달궈진 그녀가 이번에는 그의 위로 올라갔다. 사뿐사뿐 물결을 일으키다가 그 물결을 타고 노를 저어 나아갔다. 먼 바다를 항해하며 바다의 경관을 만끽하듯이 그의 몸을 자신의 몸으로 구석구석 탐색했다. 그녀 안에 충만한 그의 몸을 느낄 수 있었다.

"왜 우린 이제야 만났을까요?"

그가 안타깝다는 듯 얼굴에 엷은 그림자를 띄었다.

"그런 말 하지 않기예요."

그녀가 검지를 그의 입술에 갖다 댔다. 주어진 시간이 짧다는 현실을 아쉬워할 필요는 없다고 여겼다. 비록 짧은 시간이지만 사랑하기에 부족하지 않다고도 생각했다.

나른한 피로감에 그녀는 그의 품에서 까뭇 잠이 들었다. 편안한 안식이 그녀를 감쌌다. 지금까지 그녀의 마음속을 떠난 적이 없었던 아들 진우에 대한 생각도 이 감미로운 휴식 속에서는 잠시 옆으로 밀쳐 두었다.

창밖의 호수에 어둠이 내린 뒤에야 호텔 밖으로 나가 저녁을 해결했다.

로토로아의 아침은 찬란하게 호수 위에서 빛나고 있었다. 한요섭이 보이지 않았다. 그녀는 가운을 걸치고 창가로 다가가 호수를 바라보았다. 호숫물에 반사된 햇빛으로 눈이 부셨다. 멀리 전설의 히네모네가 살았다는 모코이아 섬이 그림자처럼 물 위에 떠 있었다. 마치 히네모네가 이쪽을 향해 손을 흔들며 서 있는 것 같았다.

그가 계란 스크램블과 구운 식빵 두 조각이 담긴 쟁반을 들고 왔다. 작게 포장된 버터와 잼, 그리고 커피도 두 잔 있었다. 그녀가 좋아하는 콜롬비아산 원두커피 향이 코를 자극했다.

"잘 잤어요?"

한요섭이 그녀의 볼에 살짝 입술을 갖다 대며 말했다.

"네, 전 일어나시는 것도 모르고 잤네요. 식당에 다녀오셨어요?"

"네, 저도 오랜만에 숙면을 해서 기분이 아주 좋아요. 난호 씨가 너무 잘 주무셔서 깨울까 하다가 혼자 식당에 내려가 아침 식사를 가져왔어요. 제 맘대로 가져왔는데 괜찮으시죠?"

"좋아요. 음, 이 환상적인 커피 향, 이건 제가 좋아하는 건데요."

그녀가 코로 숨을 들이마시면서 커피 향을 즐겼다.

"제가 좋아하는 커피를 가져온 건데, 저와 취향이 같아서 다행입니다."

한요섭의 배려에 그녀는 만족했다. 그는 적절한 타임에 맞춰 자연스럽게 행동하고 상대방을 배려할 줄 아는 사람이었다. 그런 자상함과 넘치지도 모자라지도 않는 적당함에 그녀는 감탄했다.

"감사합니다."

송난호는 진심으로 그에게 인사했다. 그녀는 이런 대접을 받아본지가 언제인지 기억조차 없었다. 너무 대범해서 때로 서운하기도 했던 남편이 떠난 뒤로 늘 허둥거렸던 삶이었다.

창가에 놓인 테이블에 앉아 호수를 바라보면서 빵과 함께 커피를 마셨다.

아침식사를 마치고 나서 그녀는 서울 집에 전화를 걸어 아들과 통화했다. 아들은 전과 다름없이 잘 지내고 있는 것 같았다.

두 사람은 함께 호텔을 나왔다. 심신은 상쾌한데 아주 오랜 시간이 흐른 듯 바깥세상이 생소하게 느껴졌다. 서로의 손을 꼭 잡고 와이토모 동굴의 반딧불을 보고 아그로돔에 가서 양털 깎기 쇼를 관람하고 나서 와카레와레와 숲을 걸었다.

"이런 키 작은 나무 숲속에는 키위새가 살고 있대요. 뉴질랜드를 상징하는 새인데 날지 못하는 새지요. 키위새는 일부일처제로 평생을 한 쌍이 함께한대요. 수놈이 알을 품어서 부화하고 새끼가 느리게 크기 때문에 오륙 년 동안이나 수놈이 새끼를 돌본다고 하지요."

그가 오솔길 옆에 무성하게 자라고 있는 고사리과 식물 숲을 가리키며 말했다.

"부성애가 대단하네요."

수컷이 알을 품고 키운다는 키위새가 신기하게 생각되었다.

"맞아요. 그런데 그렇게 수컷이 다 해주다가 갑자기 죽거나 하면 어떻게 되죠? 혹시 생활력도 없고 짝을 그리워하는 마음에 암컷도 병이 들어 죽게 되지 않을까요?"

두 사람 사이에는 갑자기 침묵이 흘렀다. 잠시 뒤에 그가 다시 입을 열었다.

"저의 부모님이 그러셨어요. 아버지께서 돌아가시니까 생활력이 없는 제 어머니는 어린 저를 남겨 두고 아버지를 따라 가셨어요. 저는 할아버지 할머니 손에 자랐지요. 다행이 부유하진 않아도 셋이 살기엔 모자라지 않았고 제게 극진한 사랑을 주셔서 어렵지 않게 자랄 수 있었어요."

"그러셨군요."

그녀는 겨우 그 말 한마디를 하고는 더 이상 말을 하지 못했다. 그 얘기는 바로 자신의 얘기이기도 했던 것이다. 남편이 떠났을 때 세상이 얼마나 캄캄했었는지, 그녀는 돌이켜 떠올리고 싶지도 않았다.

"그래서 전 난호 씨가 더 훌륭하게 보이고 존경스러운 거예요. 삶은 어떡하든 살아남아서 지키는 사람의 편이예요. 어떤 이유든 죽음은 패배예요. 전 그분들 때문에 울지 않습니다. 이렇게 살아내고 있는 제 자신이 더 대단하다고 여기니까요."

한요섭이 걸음을 멈추고 그녀를 돌아보았다. 그의 얼굴에 환한 미소가 가득했다. 그리고 자신의 등을 그녀에게 대 주었다.

"당신을 업어 주고 싶어요."

그녀가 머뭇거리자 그가 재촉했다. 마지못한 듯 그의 등에 몸을 기댔다. 그녀를 업고 숲속 길을 걸었다. 피톤치드가 흠뻑 그들의 몸 위에 쏟아지는 듯 상쾌했다.

아름다운 경치가 나올 적마다 그는 그녀의 모습을 넣고 카메라 셔터를 눌렀다. 지나가는 관광객에게 부탁해 두 사람이 함께 찍기도 했다. 그리고 30분 정도 걷다가 한 번씩 한적한 숲길에서 키스를 했다.

와카레와레와 마오리 민속촌에 가서 마지막 날을 보냈다. 하카춤과 포이 댄스를 감상하고 항이 뷔페도 먹었다. 그곳에서 송난호는 서울 집에 있는 아들과 어머니에게 줄 작은 선물을 샀다. 그리고 자개로 만든 커플링을 보면서 한참 동안 망설였다. 그러나 끝내 사지는 못했다.

한요섭은 옆 가게를 기웃거리더니 그리로 가서 무엇인가를 급하게 사서 배낭에 넣어 가지고 왔다.

"인생은 분명 짧은 게 아니죠?"

수증기가 하얗게 피어오르는 마오리 마을에 있는 묘지에 앉아서 그가 말했다. 시멘트 콘크리트로 덮인 묘지는 따끈했다. 묘지 봉분을 길게 가르고 벌어진 틈으로 김이 모락모락 새어 나오고 있었다. 그러고 보니 이지역이 화산지대였던 것이다.

"네, 그렇죠. 우리의 만남도 결코 짧다고는 생각하지 않아요. 비록 주어진 시간은 일주일에 불과하지만 진실하다고 여기기 때문이죠."

그녀가 기꺼운 듯 미소를 지었다.

"추억만 먹고 살 수 있을까요?"

그렇게 묻는 그의 얼굴에 짙은 슬픔의 그림자가 스쳐 지나가는 듯했다. 그의 물음은 조금 전까지 그녀의 얼굴에 느슨하게 흐르던 미소를 걷어냈다. 그녀는 침묵할 수밖에 없었다. 잠깐 둘 사이의 계약을 떠올렸다. 침묵은 그녀가 한요섭을 만난 이후로 곧잘 쓰는 대화의 한 형태였다. 그녀가 냉정해서만은 아니었다. 그녀의 뇌리에 아들 진우의 얼굴이 다시 크게 확대되어 왔다.

"우린 분명 다시 만나겠지요?"

그는 자꾸만 혼자서 물었다.

"전 이렇게 요섭 씨를 만나게 된 걸 신께 감하하고 있어요. 비록 짧은 인연에 불과하더라도 저는 이 순간을 소중하게 생각하고 영원히 간직할 거예요."

한참 만에 그녀는 자신이 할 수 있는 말을 솔직하게 했다.

"우리의 만남은 예사로운 게 아니라는 걸 느꼈어요. 우주가 생기기 전부터 난호 씨와 전 억겁의 인연이 있었을 것이고 그 결과 우리는 지금 이곳에서 태곳적부터 예정된 만남이 이루어진 것이라고요. 당신도 분명 그것을 느꼈을 거예요. 당신의 영혼이 알고 있는 사실을 애써 부인하려고 하지 마세요. 우리의 인연은 계속되어야 한다고 생각해요."

한요섭은 그녀가 귀를 막고 있기라도 한 듯 목소리를 높여 말했다.

"무슨 말씀을 하시는 건지……?"

그녀는 말끝을 맺지 못하고 다시 침묵했다.

"전 지금 프러포즈를 하는 겁니다."

"……."

그녀는 당황스러워 아무 말도 할 수가 없었다. 다만 자꾸만 끌려가려는 자신을 다잡기 위해 이건 계약 위반이라고 마음속으로 항변할 뿐이었다. 그런 자신을 감당하기 어려웠다. 마침내 자리에서 벌떡 일어난 그녀가 자동차를 향해 빠른 걸음을 옮겨 놓았다. 이건 예상치 못한 일이었다. 머릿속이 갑자기 실타래가 헝클어진 것처럼 복잡했다. 송난호, 정신 차려, 이러면 안 돼. 넌 혼자가 아냐! 앞길이 창창한 진우를 생각해! 그녀는 자꾸만 그에게로 달리려는 자신을 다그쳤다.

그가 실망스런 얼굴로 뒤따라왔다.

두 사람은 호텔로 돌아오는 차 안에서도 서로 말을 하지 않았다. 송난호는 그가 그렇게 나오지 않았다 해도 사실 그를 간절히 원하는 자신이 싫었다. 차단하고 싶은 대상은 그가 아니라 바로 자신이었다. 여행은 이제 하룻밤을 남겨두고 있었다. 하룻밤이 지나면 그와의 만남은 추억 속으로 사라질 것이니 마지막 밤만 잘 넘기자고 그녀는 속으로 자신을 다독였다.

"약속을 잊으셨나요? 전 그냥 우리에게 남은 소중한 시간을 끝까지 아름답게 보내기를 바랄 뿐이었어요. 오늘 밤은 다른 방으로 가서 쉬겠어요."

호텔로 돌아온 그녀가 자신의 짐을 챙겨 방을 나갔다. 한요섭은 갑작스런 그녀의 행동에 당황한 나머지 어찌할 바를 몰라 멍하니 바라보았다.

불행인지 다행인지 빈방은 없었다. 그녀는 로비 한편에 놓인 소파로 가서 몸을 털썩 부리다시피 앉았다. 소파에 앉아 유리 창 너머로 내다본 밖은 이미 어두워져 있었다. 밖으로 나간다한들 갈 곳이 없었다. 주섬주섬 짐을 다시 들고 한요섭이 있는 방으로 올라갔다. 그러나 문을 열고 들어갈 용기가 나지 않아 벽에 등을 기댄 채 허물어지듯이 주저앉았다. 이건 뭘까, 마치 부부싸움을 하고 집을 나와 서성이는 모습으로 보이는 것 같아 기분이 묘했다.

그때 문이 열리고 그가 나왔다.

"그렇게 무작정 짐 들고 나가면 어떡해요? 걱정했잖아요."

그가 짐 가방을 끌고는 그녀를 다시 방으로 끌어들였다.

마지못해 들어가는 척 방으로 다시 들어갔지만 기분이 참으로 껄끄러웠다.

그가 언제 준비했는지 자신이 메고 나갔던 배낭에서 와인을 꺼내 유리잔에 따랐다. 감자칩과 땅콩 스낵을 뜯어서 종이접시에 담아 놓았다.

"건배할까요? 자, 우리의 영원한 추억을 위해서! 난호 씨가 세상에서 가장 아끼고 사랑하는 아들을 위하여!"

왜냐고, 그들의 만남을 가로막는 대상이 누구냐고 그가 물은 적은 없었다. 그러나 잘 알고 있다는 표현임에 틀림없었다.

그녀도 말없이 잔을 들어 그의 잔에 살짝 부딪쳤다.

알코올 기운이 퍼지면서 한요섭 때문에 긴장되었던 감정이 풀리고 평온을 되찾았다. 그도 어두운 그림자를 걷어내고 전처럼 여유로운 표정이 되었다.

"난호 씨, 저와 한번 추시겠습니까?"

취기가 오르자 그가 정중하게 몸을 굽히고 손을 내밀어 요청했다.

"네."

의자에서 일어나 그의 손을 잡았다. 한요섭이 그녀를 가슴에 감싸 안았다. 그리고 말없이 춤을 추듯 몸을 가만 가만 움직였다. 그가 하는 대로 몸을 맡기고 스텝을 밟듯이 움직였다. 음악도 없는 맨숭한 몸놀림이었다.

시선이 절로 로토로아 호수에 가 닿았다. 잔잔한 호수 위에 이따금 싸아, 하는 바람소리가 정적을 깨고 귓속으로 파고들었다. 뒤이어 호숫물이 일렁이는 물결소리가 들렸다.

"난호 씨를 진심으로 사랑합니다. 솔직하게 말하면 비행기 안에서 첫눈에 반했거든요."

물결치는 소리 사이로 그가 속삭였다. 가슴이 위태롭게 뛰었다. 그에게 사랑한다는 말로 답하지 못했다. 그 말을 하는 순간 스스로를 지탱하기 위해 굳게 다짐했던 것들이 한꺼번에 무너져버릴 것만 같았기 때문이었다. 또다시 침묵했다.

희미한 불빛에 보인 그의 두 눈에서 눈물이 흘러내리고 있었다.

그녀의 가슴도 촉촉하게 젖어드는 느낌이 들었다.

두 사람을 태운 자동차는 로토로아를 벗어나 오클랜드로 향했다. 송난호는 말없이 창밖으로 스치는 경관을 내다보았다. 로토로아에서의 꿈같은 시간들이 추억 속으로 한 걸음씩 멀어져 가고 있었다. 그들은 마치 꿈에서 깨어나 낯선 상대와 동승하고 있는 자신을 발견한 것처럼 어색한 기분이 들었다.

"무슨 사업을 하실지 물어봐도 되나요?"

그녀가 어색함을 걷어내려는 듯이 먼저 말을 걸었다.

"경험을 살려서 여행사를 운영하려고 합니다."

그의 목소리는 약간 경직된 듯이 들렸다.

"요섭 씨한테 잘 어울리는 일인 것 같아요. 잘 될 거예요."

일부러 목소리를 밝게 가장해서 말했다. 다시 침묵이 흘렀다.

"전 죽을 때까지 난호 씨를 잊지 못할 것 같습니다. 우리의 만남은 결코 짧았던 게 아니었어요. 비행기 안에서 처음 보는 순간, 세상이 환해지는 느낌이었어요. 전 기다릴 수 있어요. 도대체 무슨 문제가 있는지 모르지만……. 아무튼 모든 것이 가능해지면 언제든 이곳으로 오세요. 아들과 함께요."

평온을 되찾은 듯 목소리가 나직하게 들렸다. 그녀의 귀에 아들과 함께 오라는 말이 진심으로 들렸다. 고마운 말이었다. 그러나 그녀는 이미 오래 전에 자신의 남은 삶은 오로지 아들의 어머니로서 살 것이라는 결심을 했었다.

"저도 힘들 때마다, 생의 고비가 올 때마다 아마 요섭 씨를 생각하고 위안을 받을 거예요."

자동차는 어느덧 오클랜드 공항에 닿았다. 시간을 로토로아에서 다 써버린 탓에 오클랜드에서 이틀을 보내려고 했던 계획은 취소되었다.

그는 오클랜드 공항에서 자동차를 반납하고 국내선 비행기로 크라이스트처치로 돌아가겠다고 했다. 출국장 안으로 깊숙이 들어가 보이지 않게 될 때까지 그가 손을 흔들고 서 있던 모습이 뇌리에 박혀서 오랫동안 남아 있었다.

북쪽으로 한 시간쯤 올라갔을 때, 자동차는 고속도로를 빠져나와 왕복 이차선의 지방도로로 들어섰다. 곧바로 그림 같은 정경의 호수가 나타났다.

호수는 아들의 말대로 크지도 작지도 않고 주변의 숲과 어우러져 운치가 있고 아름다웠다. 일찍 단풍이 든 나무들이 호수 물속에 불긋한 그림자를 드리워 놓고 있었다. 순간 한줄기 바람에 그림자들이 흔들렸다. 그가 반기는 것 같았다. 로토로아에서처럼 나직이 속삭이는 것도 같았다.

그 겨울의 외출을 끝내고 돌아온 그녀는 평온한 생활을 이어갔다. 바쁜 중에도 의지와는 상관없이 기억은 멋대로 달려 그곳에 가 닿곤 했다. 그러다 곧 그리움의 덫에 걸려들게 되고 당장이라도 그에게로 달려가고픈 유혹에 시달렸다. 수없이 어머니로써 후회 없는 삶을 살리라는 결심을 되새기곤 했다. 시간이 흐르고 차츰 그리움을 삭여 추억을 건져낼 줄 알게 되었다. 추억은 메마른 그녀의 삶을 촉촉하고 부드럽게 만들어 주었다. 그녀는 종종 자신에게 그 순간마저 없었다면 어찌 고단한 삶을 견뎌낼 수 있었을까 생각하곤 했다.

"당신을 만난 뒤로는 다른 여자는 사랑할 수가 없었다고 말했어요. 이십 년이 지났어도 바로 엊그제 있었던 일인 것 같다고도 했어요. 마음속으로 늘 당신과 함께 살았노라고……."

마치 그녀의 마음을 훤히 꿰뚫고 있었다는 듯이 율리아가 침묵을 깨고 말했다.

"많이 아파하지는 않았나요?"

그녀는 자신이 한없이 미욱하게 느껴졌다. 하지만 평생 아들을 위해 견뎌온 자신의 삶을 후회하지는 않았다.

"잘 견뎌냈어요. 유골을 뿌려주기로 한 사람이 바로 당신의 아들이라 안심하고 믿는 눈치였어요. 당신의 아들이면 자신의 아들이나 다름없다면서……. 아들을 잘 키운 것 같다고도 했어요. 물론 아드님은 그가 그냥 외롭게 산 한국인이라고만 알고 있어요. 당신의 소식을 들은 뒤로 마지막 순간까지 아주 밝고 편안한 얼굴이었어요."

송난호는 들고 있던 꽃다발을 호수 위로 던졌다. 그리고 마음속으로 고백했다.

나도 당신을 만난 이후로 다른 남자를 생각하지 않았노라고, 당신을 생각하며 살았고 남은 시간 동안도 그렇게 살겠노라고.

일렁이는 물결 사이로 설핏 그의 얼굴이 비치는 듯 싶었다.

집으로 오는 차 안에서 그녀는 자신의 인생도 그리 쓸쓸하고 황량한 것만은 아니었다고 스스로 위로했다.

나는 내 집에서 사는 꿈을 꾼다. 돈을 벌면 먼저 작은 집을 사고 싶다. 그 집에서 혼자 자유를 누릴 것이다. 아니, 혼자는 싫다. 강아지를 두 마리 사서 함께 살 것이다. 강아지들과 함께 공원이나 동네를 산책할 것이다. SUV를 사서 강아지들을 태우고 이 넓은 땅을 맘껏 여행할 것이다.

겨울 풍경

등하교 시간대의 학교 앞 도로는 학부모들의 차들로 혼잡하다. 기온이 많이 떨어지는 날 아침에는 더욱 심해서 뒤엉켜 막히기도 한다. 나는 앞차를 따라 서행하며 게이지판 왼쪽 구석에 뜬 '−28도'라는 숫자를 본다. 현재 바깥 기온이 그렇다는 말이다. 실제로는 그보다 더 춥게 느껴질 것이니 가히 살인적인 추위이다. 이런 추위에 신체부위가 노출되면 아마 일이 분 사이에 얼어버릴 것이다.

나는 도로변의 일렬로 주차된 자동차들 사이에 빈 공간을 발견하고 차를 그 자리에 끼워 세운다. 어제 내린 눈으로 도로 가장자리의 눈언덕은 더 높아지고 도로 폭도 많이 좁아져 있다. 아버지가 앉은 쪽의 바퀴 두 개가 쌓인 눈더미 위로 올라서며 우지직 얼음덩이 부서지는 소리가 난다.

아버지는 곧바로 내리지 않는다. 나는 곁눈질로 게이지 판의 시계를 본다. 아직 삼 분이 이른 시각이다. 아버지는 언제나 추위 속으로 걸어 들어가기 전 짧은 시간을 아쉬운 듯 차 안에서 뭉기적거린다.

"분명 그 사람이 너무 추우니까 꾀병을 부리고 안 나오는 게야. 정규직만 되면 이런 추위에는 어떤 핑계를 대서라도 빠질 수 있다니까."

아버지는 일 초 이 초 바뀌는 게이지 판의 시계를 바라보면서 초조한 빛으로 불평한다. 그러고는 귀까지 덮이는 얼음낚시용 모자를 쓰고 그 위에 덧쓴 후드 모자를 몇 번이나 다독여 단단히 여민다. 스키용 장갑도 찾아 손에 낀다.

따지고 보면 아버지처럼 대타로 일하는 사람은 휴가를 낸 정규직 근무자에게 감사라도 해야 할 처지지만 이런 추위에는 그리 달가운 일은 아니다. 그렇다고 배부른 듯이 주는 일을 싫다고 할 수도 없다. 어떤 상황이든 주는 대로 순순히 따라야만 언젠가 정규직을 바라볼 수 있는 것이다. 이민 온 지 십 년이 안 돼 연금도 받지 못하는 아버지의 처지로서는 그야말로 감지덕지할 뿐이다.

아버지의 얼굴에는 비장함마저 감돈다. 심호흡을 하더니 몇 겹으로 껴입은 옷 때문에 뒤뚱거리며 자동차 문을 밀고 밖으로 발을 내딛는다. 순간 북극에서 달려온 날선 바람이 차 안으로 밀려들어온다. 몸을 밖으로 빼낸 아버지가 힘겹게 자동차 문을 닫는다. 트렁크를 열고 호루라기를 꺼내 목에 걸고 '멈춤' 표지판을 집어든다. 아버지의 움직임은 영화 속의 슬로모션처럼 느리다. 천천히 길을 건너 자신의 위치로 간다. 건널목 표지판이 서 있는 곳이 아버지가 근무하는 자리이다.

무심코 길 반대편으로 시선을 돌린다. 성글게 흩날리는 눈발 사이로 여자가 내 눈에 들어온다. 그녀는 어린 초등학생 남매와 함께 집 앞에 서서 스쿨버스를 기다리는 모양이다. 그들의 등 뒤로 방금 그들을 토해 낸 듯 차고문이 활짝 열려 있는 집이 보인다. 그때, 그녀가 한 손을 들어 올려 내 쪽을 향해 흔든다. 무슨 의미의 제스처일까? 전혀 뜻하지 않은 상황에 당황한 나는 고개를 반대쪽으로 돌려 바라본다. 혹시 학교 운동장 쪽의 누군가와 인사를 나누는 것일까? 하지만 주변에는 책가방을 멘 학생들 몇이 부지런히 걸음을 옮기고 있을 뿐이다. 내가 다시 고개를 돌렸을 때에 그녀는 이미 등을 보이고 서 있다. 나는 허공으로 미소를 날린다. 여자는 무슨 마음이었을까? 그건 이어폰을 귀에 꽂고 혼자서 웃는 것처럼 무시해도 좋을 행동이다. 그럼에도 나는 그 손짓에 의미를 두고 싶다. 길고도 혹독한 겨울의 터널 속에 갇혀 정체된 듯 아무 일도 일어나지 않고 나른한 일상이 이어지는 이곳에서는 그렇다. 아마 봄이 되어도 내게는 변함이 없을 터이다. 꽃이 피고 찬란한 햇빛이 온 대지 위를 비춘다 해도 내게는 의미 없는 날들일 것이기 때문이다.

그녀의 몸짓에서 나는 얼핏 지안의 모습을 본 것이다. 하지만 이젠 추억이라는 이름으로 포장된 기억일 뿐이다. 나는 고개를 흔들어 그 편린들을 털어낸다.

그녀의 아이들은 추위도 아랑곳없이 이리저리 내닫는다. 그녀의 얼굴은 라쿤 털로 장식된 후드모자 속에 묻혀 있다. 그럼에도 나는 첫눈에 그녀가 중국인이라고 여긴다. 인종이 다양한 이곳에서 중국인과 한국인 사이는 여타 나라들과는 다른 친밀감이 있다.

나는 추위 속에 서 있는 아버지에게로 시선을 옮긴다. 표지판을 들지 않은 왼손이 길게 늘어진 채 떨리고 있다. 책가방을 멘 아이 하나가 건널목으로 다가온다. 아버지는 떨지 않는 손으로 멈춤 표지판을 높이 치켜든다. 좀 전까지 아래로 늘어져 떨던 손으로는 호루라기를 분다. 달리던 자동차들이 멈춰서고 아버지는 아이를 안전하게 안내한다. 아버지가 호루라기를 한 번 더 불자 자동차들은 다시 움직인다.

잠깐 아버지가 일을 그만두면 어떨까 생각한다. 아버지는 통장에 남은 약간의 돈과 누나의 도움으로 그럭저럭 살 수 있다. 내가 아버지와 누나가 있는 이곳으로 오지만 않았어도 아버지의 노후가 이렇게까지 고달프지는 않았을 것이다.

일 년 전 나는 한국을 도망치듯 떠나왔다. 정확하게 말하면 여친인 지안을 떠난 셈이다.

"우린 언제 결혼하는 거야?"

지안은 만날 적마다 같은 물음을 던져서 나를 곤혹스럽게 만들곤 했다. 나는 그 물음에 대답을 회피하게 되었다. 계약직으로 일을 시작한 처음에는 '정규직이 되면'이라고 희망을 비쳐 보기도 했다. 그러나 계약 기간이 만료되고 몇 개월씩 임시직으로 전전하면서 한 해 두 해 시간이 지나자 그녀를 만나기가 두려워졌다. 언제부터인지 나는 그 물음에 화를 내고 있었다.

아버지가 늦은 나이에 누나의 초청을 받고 한국을 떠나오게 된 건 노후 대책이 막연해서였다. 두 살 위 누나와 내가 대학을 졸업할 때까지 아버지는 중소기업에서 일했다. 풍족하지는 않아도 그리 어려운 생활은 아니었다. 그러나 어머니가 암으로 오랫동안 투병하다 떠나면서 살림은 금세 쪼그라들었다.

여자와 아이들 앞에 스쿨버스가 와서 멈춰 선다. 버스의 앞과 뒤에서 적색 경광등이 번쩍거리고 접혀져 있던 스탑 표지판이 펼쳐진다. 버스 주변을 지나던 차들이 일제히 멈춰 서서 다소곳이 기다린다. 나는 그녀의 어린 남매가 스쿨버스에 타는 모습은 볼 수 없다. 아마도 여자의 아이들은 집 앞에 있는 공립학교에 가지 않고 거리가 먼 가톨릭계 학교나 사립학교에 다니는 모양이다.

잠시 뒤에 버스가 도로를 빠져 나가고 나는 그녀의 아이들이 있던 빈자리를 확인한다. 아이들의 모습과 재잘거림이 사라진 자리에는 허전한 고요가 맴돈다. 그녀는 돌아서서 그때까지 문이 열린 채로 방치되어 있던 차고 안으로 들어간다. 나는 망연히 그녀의 뒷모습을 바라본다. 그러는 나를 그녀는 의식하고 있을까? 차고 안에는 집안으로 통하는 문이 있는 듯하다. 곧 차고의 문이 닫히기 시작한다. 나는 그녀의 모습을 조금 더 보고 싶은 안타까움으로 목을 길게 늘인다. 그러나 그녀는 이내 사라지고 내 시선은 허망하게 도로 위로 떨어진다.

어느 새 도로는 텅 비어 있다. 그제야 나는 정신을 가다듬고 아버지가 있는 쪽으로 고개를 돌린다. 아버지가 부는 마지막 호루라기 소리가 휘익 하고 날카롭게 내 귓속으로 파고든다. 늦게 도착한 마지막 학생 둘이 아버지를 따라 길을 건너는 모습이 내 시야에 들어온다.

나는 건널목 한 복판에 눈사람처럼 얼어붙어 있는 아버지의 모습을 상상해 본다. 곧 그렇게 될 듯이 아버지의 몸동작은 뻣뻣하다. 아버지는 잠시 엉거주춤한 자세로 어렵사리 손목을 들춰 시계를 보는 모양이다. 나도 게이지 판 위의 디지털시계를 본다. 시간은 정해진 근무 시간을 이 분이나 지나 있다. 선뜻 밖으로 나가지 못하고 망설일 때와는 달리 이런 추위에도 아버지의 근무는 성실하다. 텅 빈 네거리에서 시간을 일이 분쯤 잘라 먹는다고 문제될 리도 없을 텐데 결코 그런 일은 없다. 오히려 이삼 분씩 더 서 있곤 한다.

내 가슴 속으로 아릿한 통증이 몰려온다. 하지만 나는 더 이상 무모한 목표는 정하고 싶지 않다. 이를테면 서둘러 취직을 해야지 라든가 정규직에 대한 갈망 같은 것 말이다. 그런 건 지안를 떠나 이곳으로 오면서 내던져 버렸다. 애쓰지 않고 하루하루 살아가는 지금이 편하다. 혼자 조용히 죽은 듯 살면서 적은 시급이라도 받고 일을 하게 되면 그것으로 만족하리라.

이윽고 아침 근무를 끝낸 아버지가 표지판을 아래로 내려뜨린 채 이쪽으로 걸어온다. 나는 또다시 아버지의 손이 일정하게 떨리는 걸 바라본다. 그것은 마치 독립된 생명체인 듯 저절로 발기하는 내 남성을 떠올리게 한다.

나는 운전석에서 다리를 들어내 조수석으로 옮겨 간다. 아버지가 운전석의 문을 열고 엉덩이만 의자에 걸치고 앉아 부츠에 묻은 눈을 턴다. 혹독한 추위 속에 서 있던 사람답지 않게 차 안으로 들어온 아버지는 생기가 난다.

"오늘은 어디로 갈까?"

어디로 가서 운전 연습을 할 것인지를 묻고 있다.

"아버지가 가고 싶은 데로 가세요."

나는 마음 내키지 않는 것처럼 좀 퉁명스러운 말투로 대답한다. 아버지의 운전 경력은 30년이다. 그동안 접촉사고 한 번 내지 않았던 아버지가 지난여름에 큰 사고를 냈다. 집 근처에 있는 사거리에서 좌회전을 하다가 직진해 오는 차와 부딪쳤다. 다행히 인명피해는 없었는데 자동차는 폐차 처리할 만큼 크게 부서지고 말았다. 옆에 타고 있었던 내가 판단하기에도 그건 분명 아버지의 과실로 보였다. 근래 들어 아버지의 판단은 무디고 행동은 굼뜬다.

자동차는 보험 처리가 되어 낡은 중고차를 샀다. 하지만 아버지는 운전면허 시험을 다시 보라는 온타리오주 교통부의 통보를 받았다. 칠십이 넘은 나이 때문이었다. 그 뒤로 나는 아버지의 운전기사 역할을 하고 운전교습까지 맡게 되었다. 아버지는 오랜 무사고 경력에도 불구하고 연거푸 떨어졌다.

"오랫동안 몸에 배서 말이야, 규칙대로 운전하려고 해도 안 된단 말이야."

아버지는 교통규칙대로 운전해야 하는 걸 힘들어 한다. 예를 들면 우선멈춤 표지판이 있는 곳에서는 삼 초 간 완전히 멈춰야 한다든가, 차선을 바꿀 적에 깜빡이등을 켜야 하는 걸 잊어버리곤 한다. 고속도로에서는 잔뜩 겁을 먹고 움츠러든 나머지 지방도로에서처럼 저속으로 달린다.

아버지가 운전하는 차에 동승할 때면 간이 콩알만 하게 졸아붙는 거 같다. 차라리 운전을 그만두는 게 낫겠다 싶은데 그럴 수도 없다. 그동안 늙은 몸으로 혹독한 추위 속에서 참고 고생한 것이 억울해서이다. 아니다. 실은 아버지에게 빌붙어 사는 나 때문이다. 나는 아버지 혼자 쓰기에도 빠듯한 돈을 기생충처럼 붙어서 빨아먹고 있는 것이다.

캐나다로 오기는 했지만, 이곳이라고 일자리가 기다리고 있는 건 아니다. 선택의 폭은 오히려 한국보다 좁은 셈이다. 굳이 이점이라면 그건 직업의 귀천이 없다는 점이다. 대학원 졸업의 고학력인 내가 쓰레기 치우는 일을 한다 해도 수치심이나 열등감 같은 걸 가질 필요가 없는 것이다. 실은 그것도 샐러리가 높다보니 내 차례가 올 리 없지만. 아무튼 무슨 일을 하던 스스로 생활비를 벌어 살며 인생을 즐기면 그만이라는 얘기다. 문제는 아직까지 무슨 일을 해야 할지 모른다는 데에 있다.

어쩌면 나는 지안을 떠나면서 인생의 대부분을 포기했는지도 모른다. 결혼은 물론 미래에 대한 꿈이나 주변 사람들과의 관계까지도 버린 셈이다. 나는 지난 일 년 동안 아버지와 누나, 그리고 누나의 남편인 백인 캐나다 사람 외에 만난 사람이 없다. 삼십 년 동안 한국에서 관계를 맺고 살아왔던 친구들과 지인들까지 연락을 끊었다. 그것은 단 일 년 동안에 일어난 일은 아니다. 대학을 나오고도 취직이 안 돼 대학원을 더 공부했다. 그러고도 일 년씩 계약직으로 일하거나 임시직으로 전전하면서 나의 인간관계는 망가지기 시작했다.

지안은 학과 선후배 사이로 만났다. 그녀는 내가 대학원에 진학할 때 미국 어학연수를 택했다. 그리고 일 년 뒤에 돌아와서 영어 강사로 일을 시작했다. 학원에서 대학진학반 학생들을 가르치더니 이 년 뒤에는 아예 그룹 과외 쪽으로 돌려서 대입 전문 영어 선생이 되었다.

수입이 웬만한 회사 중견 간부급을 능가했다. 지안은 시원스런 눈매와 늘씬한 몸매로 남학생들에게 인기가 있다고 했다.

"남학생들이 나를 선생 겸 짝사랑하는 애인으로 여긴다니까. 그래서 한 번 내 그룹에 들어오면 나가질 않아. 지금 대기 중인 학생도 세 명이나 있는 걸."

지안과 내가 밤에 만나기 시작한 날이었다. 지안은 그룹 과외를 하면서 낮과 밤을 바꿔 살았다. 학생들의 하교 시간에 맞춰서 나가면 자정이나 되어야 일이 끝났다. 그러다 보니 늘 밤 열두 시가 넘어서야 짬이 났다. 그 시간에 우린 갈 곳이 없었다. 모텔을 전전하면서 데이트를 했다. 그리고 '우리 언제 결혼해?' 하는 그녀의 물음은 시작되었다. 그 물음에 대답할 수 없는 내 괴로움이 커져갔다.

"넌 말이야, 앞으로 로봇한테 빼앗기지 않을 직업을 잡아야 돼."

아버지가 운전하면서 불쑥 내 상념을 자르고 들어온다.

"아, 아버지도 그 기사를 읽으셨어요?"

나는 대뜸 어젯밤에 읽은 한국의 모 신문사의 인터넷 기사를 떠올린다.

"앞으로 십 년 안에 로봇이 생산직과 물류수송을 비롯해서 현재 직업의 삼분의 일을 대체할 거래. 그러니까 넌 이왕 잡을 거면 오래 할 수 있는 일을 찾아야지."

"어차피 십 년을 내다볼 수 있는 직업은 몇 개 빼고는 없을 텐데요 뭘."

나는 공연스레 볼멘소리를 한다.

"그래서 뭘 하고 싶은데?"

"하고 싶은 거 없어요."

"으응? 그럼 할 수 있는 일은 뭐야?"

"것도 없어요."

"그거 큰일이로구나!"

아버지는 낙담이 되어 얼굴에 그늘이 가득해진다.

"그렇게 낙담하실 거 없어요. 운이 좋으면 쓰레기 치우는 일이라도 해서 살 거고 아니면 스쿨버스 운전을 해서라도 번만큼 적게 쓰면 돼요."

나는 아버지의 얼굴에 드리워진 그늘을 좀 걷어내 주고 싶은 마음으로 말한다.

"그럼 언제 내 아파트에서 나갈 거니?"

"현재로선 계획이 없어요."

"뭐라구?"

아버지의 얼굴에는 그늘이 더 짙게 드리운다. 나는 캥거루족 생활에 익숙해졌음을 깨닫는다.

아버지는 어느 새 한인들이 많이 살고 있는 노스욕의 영스트리트로 들어와 달리고 있다. 여기저기에 한글로 된 간판이 눈에 들어온다. 여기까지 우회전만 하면서 내려왔던 길을 방향을 바꾸기 위해 좌회전을 시도한다. 그때도 좌회전을 하다가 사고가 났으니 아버지는 좌회전을 할 적마다 몹시 스트레스를 받는다.

"차가 멀리 있을 때나 아니면 기다렸다가 노란불이 들어오면 하세요."

나는 잔소리처럼 매번 같은 말을 되풀이한다. 아버지는 반대편에 서있는 좌회전 차량에 가려서 직진차가 보이지 않자 고개를 내밀 듯이 차를 그쪽으로 비스듬히 기울인다. 긴장한 빛이 역력하다. 한참을 기다린 뒤에 겨우 좌회전에 성공한 아버지는 안도의 한숨을 크게 내쉰다.

"고속도로 연습은 운전학교 선생한테 받아야겠어."

"왜요?"

"고속도로 연습은 전문 선생이 아니면 할 수 없대. 온타리오 규정이 그렇대."

아버지는 온타리오 규정에 어긋나는 건 절대로 하지 않는다.

"아까 내가 한 얘기, 내 아파트에서 언제 나갈 거냐고 한 것 말인데, 네가 나하고 있어서 싫다는 얘기는 아니란다. 아버지를 오해하는 건 아니지?"

아버지는 좀 전에 했던 얘기로 화제를 돌린다.

"알아요. 무슨 말씀하시는지."

나는 이곳에 온 후로 모든 일에 달관한 것처럼, 또는 체념한 것처럼 무디게 반응한다. 많은 걸 포기하고 나면 걱정거리는 줄어든다는 것도 깨달았다. 아버지는 한동안 말없이 운전대만 잡고 있다. 아버지는 다시 한 번 좌회전을 해서 방향을 집 쪽으로 잡았다. 그리고 페트로 캐나다 간판이 나오자 그곳으로 차를 몰고 들어간다.

"기름을 넣고 가야겠어."

아버지가 차를 주유 펌프가 있는 곳에 세우고 나서 자동차 문을 연다.

"제가 할게요."

내가 재빨리 차문을 열고 밖으로 나간다. 칼날같이 차가운 바람결에 나는 몸을 움츠리고 옷깃을 여민다. 바람을 등지고 서서 주유기를 자동차의 주유구에 넣고 버튼을 누른다. 잠시 뒤 주유가 끝나자 아버지가 요금을 계산하기 위해 차에서 내려 주유소에 딸린 편의점으로 들어간다. 나도 아버지와 함께 가게 안으로 들어선다. 매섭게 귓바퀴를 할퀴던 추위가 끝나고 포근한 공기가 얼얼한 두 볼을 감싼다.

아버지는 요금을 계산하면서 시니어 커피 한 잔 값을 더 낸다. 셀프 서비스로 커피를 한 잔 뽑은 다음 두 개의 컵에 나누어 한 잔을 내민다. 아버지와 나는 언제나 커피도 한 잔만을 사서 나누어 마신다. 아버지는 다시 가게 안을 둘러보다가 선반 위에 진열된 푸룬 주스를 한 병 집어 든다.

"운전 때문에 스트레스 받아서 또 막혔어."

아버지는 내가 온 뒤로 변이 막혔다는 말을 자주 한다. 그때마다 푸룬 주스로 해결하곤 한다.

나는 차 안으로 돌아와 커피를 한 모금씩 음미하며 맛을 즐긴다. 반 잔의 커피는 한국에 있을 적에 하루에 네댓 잔도 넘게 마셔대던 것에 비하면 정말 감질 나는 양이다. 그러나 한 번도 내 몫으로 커피 한 잔을 사자고 말해 본 적이 없다. 말하지 않아도 아버지는 나 때문에 생활비가 달린다는 걸 알고 있다. 아버지는 커피만 나누어 마시는 게 아니다. 아침에 먹는 달걀프라이도 예전에는 아버지 혼자 두 개를 먹던 걸 지금은 하나만 먹는다. 일주일에 두 번 한국마켓에 있는 푸드 코트에 나가 사먹던 김치찌개나 순두부찌개도 지금은 한 번만 먹는다.

"미안해 할 거 없어. 굶지만 않으면 되지 조금 먹는다고 문제될 건 없으니까."

늘 이렇게 말하면서 오히려 아버지가 내게 충분히 먹이지 못하는 걸 미안해하는 눈치다. 사실 나는 아버지에게 미안한 마음을 갖지 않는다. 처음엔 좀 뻔뻔하다는 마음이 있었지만 진즉 날려 버렸다. 그건 주어지지 않는 것에 대해 할 짓이 아니다. 순응하기로 마음을 바꾸었기 때문이다. 그렇다고 무한정 이렇게 세월만 죽일 수 없다는 건 안다. 서둘지 않아도 뭔가 눈에 띄는 게 있기를 바란다.

아버지는 오 분쯤 더 달려 아파트의 지하 주차장에 있는 우리 자리에 차를 세운다. 시간은 벌써 열두 시가 다 되었다. 아무 일도 하지 않고 아무도 만나지 않건만 시간은 참으로 빠르게 흐른다. 아버지를 따라다니기 때문이다. 점심 근무가 있는 날은 하루에 세 번, 없는 날은 하루에 두 차례씩 이렇게 아버지를 따라 다니며 운전하는 것에 익숙해지는 지도 모른다.

그날 이후로 나는 아침마다 어김없이 자기 집 앞에 나와 있는 그녀를 본다. 나는 매일 그녀를 바라보면서 아버지가 일하는 아침 시간을 즐기고 있다. 그녀의 움직임은 언제나 거의 같다. 스쿨버스를 기다리는 동안 아이들이 뛰노는 걸 바라보며 웃고 있거나, 아이들의 옷에 묻은 눈을 털어준다. 그러다 버스가 오면 아이들은 버스 안으로 들어가고 여자는 버스가 출발하기를 기다렸다가 아이들을 향해 손을 흔든다. 이윽고 버스가 멀어지고 아이들이 흔드는 손이 보이지 않게 되면 등을 보이며 차고 속으로 사라진다. 그렇게 같은 동작을 반복하면서 그녀는 극히 짧은 찰나, 맞은편의 주차된 차 안에 앉아 물끄러미 자신을 관찰하고 있는 내게 눈길을 스치기도 하는 것이다. 그녀도 나를 관찰하는 걸까? 내 눈길이 거추장스럽다는 표정이 살짝 스치는 걸 나는 놓치지 않는다.

이 주일이 지났을 때였다. 아이들이 버스를 타고 학교로 떠난 후에 그녀가 갑자기 내게로 성큼성큼 걸어오는 게 아닌가. 그리고 분명한 어조로 말한다.

"당신에게 경고하는데, 여기에 자동차를 세우고 나를 감시하는 듯이 바라보지 말란 말이야. 알아들었어?"

느닷없는 말에 나는 어안이 벙벙해져서 물끄러미 그녀를 바라본다. 그녀는 자신의 말만 총알같이 쏟아내고 휙 돌아서서 길을 건너 자신의 집 차고 속으로 사라진다. 무슨 일이 있었나, 아니면 환상을 본 것인가 싶을 만큼 짧은 순간의 일이다. 내가 뭘 어쨌다는 건지, 나는 내 차 안에서 눈앞에 보이는 것들을 봤을 뿐이다.

사흘쯤 지난 뒤에 그녀는 또다시 똑같은 말을 내게 한다. 화가 난 듯이, 그러나 분명한 어조로 또박또박 말하고 급하게 돌아선다.

"너 여기서 나를 그런 눈으로 보지 말란 말이야!"

이게 무슨 해괴한 말인지 나는 얼른 이해가 되지 않는다. 그때 일을 끝낸 아버지가 그 여자가 떠난 뒤에 차 안으로 들어오면서 묻는다.

"좀 전의 그 여자가 너한테 뭐라고 한 거니? 며칠 전에도 너한테 다가와서 말하는 거 같던데?"

"글쎄요. 뭔 얘긴지 모르겠어요. 뭐 나보고 여기서 감시하는 것처럼 자기를 바라보지 말라던가 뭐라던가."

나는 마치 뉘 집 개가 짖었는지 모르겠다는 투로 시큰둥하게 대답한다.

"너 혹시 여기서 날마다 그 여자를 빤히 쳐다봤니?"

"저 여자가 먼저 저를 보고 손을 흔들었는걸요. 그러니까 쳐다보죠. 그리고 그냥 보이니까, 여기서 할 일없이 아버지를 기다리면서 뭘 하겠어요, 눈앞에 보이는 걸 관찰하면서 시간을 보내죠."

"안 되겠다. 다음부터는 차를 여기다 세우지 말고 좀 멀더라도 저쪽 끝에 집이 없는 공원 가장자리에 세우고 기다려라. 여기서는 남자가 절대로 하지 말아야 하는 것이 있는데, 그 중에 하나가 모르는 여자를 빤히 쳐다봐서는 안 된다는 것이다. 재수 없으면 그 여자가 위협을 느꼈다고 경찰에 고발한다는 거지. 그냥 잡혀가는 거야. 그래서 여기선 남자들이 길바닥만 쳐다보고 길을 걷는단다. 알았니?"

아버지의 설명을 듣고 나는 기가 탁 막힌다. 그리고 동시에 갑자기 지안이 생각난다. 지금쯤 지안은 무얼 할까, 너무너무 생각난다.

운전 연습을 끝내고 커피까지 사서 나누어 마시고 집에 돌아오니 열한 시다. 지안에게 카톡을 날린다. 어떻게 지내니? 한국을 떠난 뒤로 일 년 만에 그녀에게 묻는 안부이다. 한국은 새벽 한 시가 되었을 테니 아직 잠들진 않았을 것이다. 카톡! 놀랍게도 지안한테서 즉시 답이 온다. 나 아직 과외가 끝나지 않았어. 자기가 떠난 후에 과외 학생을 더 받았어. 나이 많고 돈 많은 아저씨 한 분. 아주 특별한 고액 과외를 하게 됐지. 지안의 답을 받고 나는 잠깐 생각한다. 돈 많은 아저씨, 특별한 고액 과외. 나는 절대로 질투하지 않는다. 그녀와 나의 거리만큼 내 마음이 넓어진 건 아니다. 다만 그 거리가 나를 붙잡아 준다고 생각한다. 항상 세상과 나는 일정한 거리가 있다고 여긴다. 이제까지는 그랬다. 언제 결혼 하냐는 그녀의 물음에 대답해 줄 수 없는 거리, 그녀에게서 도망칠 수밖에 없었던 일정한 거리.

집에서 한 블록 떨어진 곳에 있는 고용센터로 간다. 아버지 때문에 운전을 하다 보니 눈에 띈 곳이다. 일자리를 얻으려는 사람들에게 상담을 통해 일자리를 얻도록 도와준다고 한다. 이력서 쓰는 것을 도와주고 인터뷰하는 요령 등을 가르쳐 주며 가난한 학생에게 융자금을 받을 수 있도록 도와주기도 한다.

제대로 된 일자리를 얻기에는 아직 영어가 서툴지만 나도 몇 번 지원서를 내 봐서 안 되면 공부를 또 다시 해야 할지 모른다. '제대로'라는 말에 대해 잠시 생각해 본다. 어떤 일자리가 제대로 된 직업인가? 내게 생활비를 벌게 해 주는 일이라면 다 제대로 된 직업이라는 결론이다. 직업에 대한 귀천이 없는 이곳에서 무슨 일을 하느냐가 중요한 것이 아니라 어떻게 쓰느냐가 중요한 것이다. 생활비를 벌수만 있다면 무슨 일이든 상관하지 않으리라 마음을 다져먹는다.

뜻밖에도 상담원이 내게 놀라운 말을 한다.

"당신은 정말 운이 좋군요. 방금 쓰레기를 치우는 큰 회사에서 고용한다는 광고가 올라왔어요. 샐러리 좋지요 베네핏 좋지요 환경을 위해 일하는 좋은 잡입니다."

나는 그 말에 세상이 갑자기 환해지는 느낌이 든다.

"오케이! 당장 지원서를 내지요."

"이 회사는 경쟁이 치열해요. 베네핏이 좋아서 누구나 이 회사에 들어가기를 바라지요. 우선 이력서와 자기 소개서를 써 가지고 다시 오세요. 잘 썼는지 봐 줄 테니 고쳐서 쓴 다음 보내세요."

그 사람은 시원스럽게 말한다. 고용센터를 나오면서 잠깐 생각해 본다. 그러나 길게 생각하지는 않는다. 내가 생각하기에도 쓰레기를 치우는 회사야말로 로봇으로 대체하기가 좋으리라. 하지만 십 년이 아니라 오 년 안에 사라지는 일이라도 나는 시작하리라 마음먹는다. 어떤 일이라도 십 년을 바라보기는 어렵기 때문이다. 우선 아무 일이나 하고 직업을 잃게 되면 그때에 다시 생각하리라.

나는 대학을 졸업한 이래 오랜만에 기분이 좋아진다. 이제 내게도 꿈이 생겼다. 새삼 꿈이란 이런 것이로구나 생각한다. 취직을 하면 아버지와 누나네 가족을 데리고 나가 맛있는 음식을 쏘리라 마음먹는다. 그리고 지안이 떠오른다. 내게 고소득 직업이 생기면 지안을 데려올 수 있을까, 지안이 나를 위해 이곳으로 와 줄까, 그것이 쓰레기 치우는 일이라도, 나는 희망한다.

"영어를 잘 하지 않아도 되고 높은 연봉에 베네핏이 좋으니 참 좋은 잡이로구나."

아버지가 힘없는 목소리로 말한다. 아버지의 힘없는 목소리는 내게 항의하는 것 같다. 나는 아버지의 입에서 나온 '참 좋은 잡'이라는 말 외에 골치 아픈 짐작 같은 건 하지 않기로 한다.

"공연히 공부하느라 애를 썼구나."

아버지가 참으로 많이 참다가 한 마디 더 던진다.

"그래도 대학원 졸업장은 이민 신청할 때 유리한 걸요. 그리고 이민 온 고학력자들이 모여들어 경쟁이 치열하다는데 대학원 졸업장이 분명 도움이 될 거예요."

"그런 직업에 고학력이 왜 필요한지. 아무튼 그것이 현실이구나."

아버지가 다시 힘없는 목소리로 대꾸한다.

나는 팔을 걷어 올리고 주먹을 불끈 쥐어 본다. 근육이 부실하게 보인다. 무거운 쓰레기통을 들어 올리려면 팔의 힘을 길러야할 것이다. 출입문 옆에 있는 수납장을 열고 한국에서 가져온 덤벨을 찾아낸다. 덤벨을 손에 쥐고 팔을 들어 올리자 이두박근이 살아난다.

"인터뷰를 통과하려면 팔 힘을 좀 더 키워야겠어요."

"그래야겠지."

아버지는 여전히 밝지 않은 목소리다.

나는 그날부터 바쁘게 움직인다. 고용센터에서 가르쳐 주는 대로 이력서를 쓴 다음 인터넷으로 보내고 인터뷰 준비도 한다. 추위 속에서 견디는 훈련으로 동네를 한 바퀴씩 돌아본다. 기분이 한결 가벼워져서 들뜬 마음으로 아버지를 태우고 여기저기 돌아다니기도 한다. 낡은 자동차가 고마운 생각이 든다. 그러나 아버지는 내 기대와는 달리 별로 달가워하지 않는 표정이다.

아버지는 고속도로 운전 연습을 하기 위해 없는 돈을 쪼개 한국인 운전 선생한테 교습을 받는다. 며칠 뒤 면허 시험을 보러 그 운전 선생과 함께 면허 시험장으로 간다. 그런데 이번에도 또 떨어진다.

"그 운전 선생이 이상한 놈이야. 왜 시험 보러 가는 사람한테 아침부터 기분 나쁘게 신경질을 부리냔 말이야. 시험 보는 날인데 잘 못해도 잘 될 거라고 사기를 북돋아줘야 할 텐데. 저보다 스무 살은 더 먹은 내게 막 반말지거리로 어찌나 화를 내던지, 뒤까지 막혀서 몸 컨디션도 좋지 않은데 기분을 미리부터 구겨 놨으니 시험을 잘 볼 리가 없잖아? 일부러 날 떨어지게 하려고 그런 것 같아. 떨어지면 교습을 더 받을 테니까. 에이, 기분 나빠!"

중간 지점에 있는 몰로 태우러 간 나를 보자마자 아버지는 불평을 쏟아 놓는다. 자초지종을 듣고 보니 아버지의 기분도 이해가 간다.

"그러게 말예요. 좀 잘 못해도 이런 점만 유의하면 잘 될 거라고 용기를 주었더라면 좋았을 텐데요."

나도 운전 선생이 마뜩찮아서 슬슬 맞장구로 아버지 비위를 맞춘다.

"참, 십 년 안에 자율주행차가 상용화된다는데 그땐 아버지가 운전 안 하셔도 돼요."

나는 아버지를 위로하기 위해 다시 얘기를 꺼낸다.

"한국에서는 벌써 시험운행에 들어갔다고 하던데……. 근데 뭐 나 같은 사람이 그런 차를 살 여력이 있겠어? 전기차도 비싼 걸 보면……."

"아직 보편화되지 않아서 그렇죠. 누구나 탈 수 있도록 연구하고 있대요. 그리고 앞으로는 자동차 소유개념도 없어진다는 걸요. 택시처럼 타는데 인터넷으로 피자 주문하듯이 주문하면 곧바로 문 앞으로 착 온다는 거예요. 아주 편리하게 탈 수 있을 거래요."

"그래?"

아버지는 내 말에 아주 잠깐 기대감을 보인다. 하지만 기대감도 잠시 아버지는 화를 삭이지 못하고 생각이 날 때마다 운전 선생을 원망한다.

이튿날은 기온이 더 내려가서 체감 온도가 영하 사십 도가 넘는 거 같다. 오전 근무를 하고 돌아온 뒤 아버지는 샤워를 한다고 욕실로 들어가고, 나는 아래층으로 운동을 하러 간다. 내가 한 시간 뒤에 집으로 올라왔는데 아버지의 모습은 보이지 않고 화장실의 물소리조차 들리지 않는다. 이상한 느낌에 화장실 문을 열어 보니 아버지가 속옷 바람으로 바닥에 쓰러져 있다. 아버지를 소리쳐 부르고 가슴에 귀를 대 보아도 심장이 뛰는 소리는 들리지 않는다. 곧바로 911에 전화해서 병원으로 옮긴다. 그러나 아버지는 이미 숨을 거두었다는 말을 듣는다. 나는 바닥에 그대로 주저앉아 망연자실 허공만 바라본다. 그러다 무력감에 빠져 생각한다. 아버지가 쓰러진 건 눈보라를 동반한 혹독한 추위 탓이다. 운전면허 시험에 거듭 떨어지고 스트레스를 받은 때문이기도 하다. 아니다, 아버지한테로 와 캥거루 새끼가 된 나 때문이다. 내 탓이다, 내 탓이다! 나는 가슴을 치며 절망한다.

아버지의 장례를 치르고 나는 곧바로 물건들을 정리한다. 아버지와 내가 잠시 머물렀던 아파트도 돌려주어야 한다. 정부에서 아버지에게 싸게 빌려준 노인아파트이기 때문이다. 살림도구들까지 모두 정리하고 나니 내 이불과 몇 벌 안 되는 옷가지만 남는다. 짐을 차에 싣는다. 아버지가 내게 남겨준 유일한 유산이다. 자동차를 몰아 누나가 살고 있는 집으로 들어간다. 아버지가 칠 년 동안 살았던 누나네 집 지하실 방에는 아직도 아버지의 냄새가 배어나는 것 같다.

"지하실에서 두더지처럼 뒹굴었어. 누나와 매형이 출근하고 나면 슬금슬금 기어 나와 밥을 챙겨 먹고 거실에서 혼자 텔레비전을 보다가 매형이 오기 전에 다시 지하실로 내려가곤 했어."

아버지의 말이 들리는 것 같다.

오랜만에 컴퓨터를 켜고 메일을 체크하는 내 눈에 갑자기 밝게 빛나는 문구가 뜬다. 몇 번이고 확인한다. 인터뷰를 하러 오라는 영어 문장이다. 드디어 내게도 희망이 비치는 순간이다. 나는 혼자서 아버지의 냄새가 나는 지하실 방에서 소리치며 펄쩍 뛴다.

"아버지! 드디어 인터뷰를 하게 됐어요."

아버지의 냄새를 맡으며 소리친다. 나는 이 지하실 방을 최대한 빨리 벗어나고 싶다. 내게로 올래? 지안에게 오랜만에 카톡을 날린다. 이번에는 금세 답이 오지 않는다. 이튿날 점심때쯤 답이 온다. 나 결혼해. 나는 크게 실망하지 않는다. 다시 카톡을 보낸다. 카톡은 계속할 수 있니? 즉시 답이 온다. 응. 나는 그것으로 만족하기로 한다. 가족이 없어서 아쉬울 건 없다. 책임질 대상이 없으니 홀가분할 것이고 그만큼 나 자신에게 충실할 수 있으리라. 나는 진즉 결혼과 취직과 내집 마련을 포기한 사람이다. 그러나 이제 그중에 두 가지는 포기에서 희망으로 바뀔지도 모른다. 취업과 내 집 마련. 나는 내 집에서 사는 꿈을 꾼다. 돈을 벌면 먼저 작은 집을 사고 싶다. 그 집에서 혼자 자유를 누릴 것이다. 아니, 혼자는 싫다. 강아지를 두 마리 사서 함께 살 것이다. 강아지들과 함께 공원이나 동네를 산책할 것이다. SUV를 사서 강아지들을 태우고 이 넓은 땅을 맘껏 여행할 것이다.

이삿짐 차가 출발하기 전에 그가 먼저 새벽에 들고 온 작은 여행 가방을 들고
아들과 함께 잠시 머물렀던 그 집을 떠난다. 목적지는 없어도, 발길 닿는 대로,
그곳이 북극이든 어디든 떠날 것이다. 혹시 가다가 PC방이 보이면 들어가 컴
퓨터에게 물어볼지도 모른다. 북극으로 가는 길은 어디냐고.

빙하기

그가 현관으로 들어서자 기다리고 있던 아들이 방에서 뛰어나와 반
긴다. 이렇게 저녁시간에 오기는 드문 일이다. 대개는 한 주일에 한두
번 정도 아들의 얼굴도 볼 겸해서 새벽에 들러 옷을 갈아입고 가는 게
보통이었다. 그 사이 아들의 침대에서 한두 시간 눈을 붙이기도 한다.
　감기에 걸렸다고 전화로 한바탕 엄살을 부리던 아들은 별 이상이
없어 보인다. 이번에도 역시 꾀병인 모양이다. 녀석은 아빠가 보고
싶으면 그렇게 꾀병을 앓는다. 그는 그런 줄 짐작하면서도 매번 속는
척 아들의 말을 들어준다.
　그는 안방 쪽을 살피는 듯하다가 고개를 돌린다. 방 안에 있을 그의
아내는 언제나처럼 아는지 모르는지 내다보지도 않는다. 늘 그렇듯
이 집안에선 싸늘한 기운이 감돈다.
　아들의 어깨를 감싸 안고 그들이 함께 쓰는 작은 방으로 들어간다.
사실 함께 쓴다고 말할 수도 없는 편이다. 상주하지 않는 점도 그렇고
또한 그의 물건이래야 약간의 책과 속옷가지가 들어있는 작은 가방
과 겉옷 두어 벌을 갖다 놓은 게 전부이기 때문이다. 그는 방으로 들

어서서 바깥 소리에 귀를 기울인다.

아내가 뒤늦게 나와 문단속을 하는 모양이다. 그와 별거할 때의 버릇인지 그녀는 잠자기 전에 현관문과 창문 단속을 철저히 한다. 현관문을 잠그고 나서도 중간 문을 한 번 더 잠근다. 창문의 잠금 장치를 일일이 확인하는 것도 잊지 않는다. 지난 가을, 두 사람이 합치려고 집을 구하러 다닐 적에도 그녀는 고집스럽게 현관문 안에 중간 문이 있는 집을 찾아다녔다.

그들이 오랜 시간의 공백에도 불구하고 재결합을 결정할 수 있었던 이유는 오로지 아들 때문이었다. 초등학교에 다니는 아들의 역할이 컸다고 볼 수 있다. 엄마에게는 아빠와 살겠다고, 반대로 아빠에게는 셋이 함께 살자고 막무가내로 떼를 썼다. 그리고 가끔 엉뚱한 행동을 해서 엄마를 긴장시켰다. 같은 반 아이들에게 주먹을 휘두르거나 성에 관한 조숙한 질문을 해서 엄마를 당황하게 하는 등. 아들의 전략은 먹혀들었다. 아내는 아들을 혼자서 키우기에는 버거워졌음을 깨닫게 되었다. 그도 아들의 간절한 소원을 더 이상 뿌리치지 못했다. 또한 사춘기에 접어드는 아들을 올바로 키워보자는 데에서 합의점을 찾을 수 있었던 것이다. 그러나 겨우 한 지붕 아래 들기만 했지 사실 결합이라고 말할 수 없는 형태의 동거를 하게 된 셈이다. 그는 일말의 기대를 가졌었다. 그러나 그 기대는 아내에 의해 무참히 깨지고 말았다. 그녀의 태도는 별로 달라진 게 없었다.

당신은 지수와 작은 방을 쓰도록 하세요. 전 큰방을 쓰겠어요.

다세대 주택의 거실 겸 부엌이 딸린 방 두 칸을 월세로 계약하고 나서 그녀는 조심스러우면서도 단호하게 선언했다.

굳이 그렇게 할 게 뭐 있어?

그의 목소리가 좀 커졌다. 또 여기서 걸리는구나 싶었다.

꼭 저와 한 방을 써야 한다면 합치는 건 없던 일로 하지요.

아내의 굳은 마음은 더 이상 어찌 해볼 도리가 없었다. 결국 두 모자가 사는 집에 빌붙어 사는 꼴의 동거를 수락하게 되었다. 하지만 그는 희망을 버리지 않았었다. 자존심 상하는 것이 문제가 아니었다. 노력하면 꽁꽁 얼어붙은 그녀의 마음도 차츰 녹여줄 수 있으리라 믿었다. 언젠가 한번은 보듬어 안아주고 싶었다. 꼭 그렇게 해야 한다고 자신의 마음을 누그러뜨렸다. 그는 아내에게 늘 빚을 지고 있는 듯한 느낌을 가지고 있었다. 세 번씩이나 자신과 아들을 버리고 가출했던 것도 이유를 따지자면 모두가 자신 때문이라고 생각되었다. 물론 가출이라는 극단적인 방식의 의사표현은 용납하기 어려웠다. 아내는 왜 대화를 통해서 자신의 주장을 하고 문제점을 해결하려 하지 않고 일방적으로 엇나가는지 그는 알 수 없었다. 차라리 유치하더라도 치고받고 치열하게 싸워보기라도 했으면 싶었다. 자신과의 충돌은 되도록 피하면서도 타협의 여지를 주지 않는 점이 결합하는 데 걸림이 되었다. 그러나 어쨌든 합치고 보자고 그녀의 요구조건을 모두 수용하고 나섰다. 단 하나, 월세 보증금은 그의 형편을 고려해서 전부 아내 쪽에서 마련하도록 한 그의 부탁을 아내가 선뜻 응해 주었다. 그 외 다달이 지불하는 월세와 생활비 중 일부, 그리고 아들의 교육비 등은 그가 부담하기로 했다.

지수야, 이 돈 엄마 갖다 줘라. 과일 사 먹으라고.

지갑에서 만 원권 다섯 장을 꺼내 아들에게 건네준다. 아들은 돈을 들고 쪼르르 안방으로 건너간다.

엄마, 이 돈 아빠가 과일 사 먹으래.

그래, 고맙다고 전해라.

아빠, 엄마가 고맙다고 전하래.

안방에서 다시 자신의 방으로 건너온 아들이 아내가 한 말을 그대로 전한다.

그래, 수고했다.

그는 화장실에 들어가 발만 대충 씻으며 문 쪽을 향해 소리친다. 평소 손님들과 밤샘을 하다보면 몸이 개운치 않아 자주 사우나에 드나들게 되어 집에 왔다고 특별히 씻지는 않는다. 습관으로 손과 발에 물을 묻히는 것뿐이다.

사실 아들이 전해주지 않아도 그들 부부는 서로 상대방의 말을 듣고 있다. 겨우 스물두 평짜리 작은 공간은 세 사람 각각의 숨소리까지 다 들을 수 있다. 그럼에도 그들은 서로의 말을 직접 들으려 하지 않고 아들의 중재를 원한다.

침대에 아들과 나란히 누워 반대편 벽에 걸린 사진을 바라본다. 그건 그들 부부가 별거할 적에도 가끔 아들을 만나러 가면 아들 방에 걸려 있던 사진이다. 끝없는 설원이 펼쳐져 있는 풍경을 담고 있다. 그는 그것을 바라볼 적마다 북극을 연상하곤 한다. 선캄브리아 대(代)의 암석이 만년설로 뒤덮인 영원한 동토지대요, 태고의 영이 숨 쉬는 곳이라고. 아들이 인터넷을 통해 얻은 북극에 대한 의미를 기억한다. 온통 빙하로 덮여 있다는 데도 왜 그런지 춥게 느껴지지 않는다. 오히려 포근한 정감이 느껴진다. 그는 길게 숨을 내쉰다.

아빠 지금 무슨 생각하고 있어?

음, 북극.

아빠, 북극에서 사는 이뉴이트들은 슬퍼하거나 한탄하지 않는 사람들이래.

슬퍼하거나 한탄하지 않는 사람들?

아들의 말을 받아 되묻는다.

내가 크면 북극에 가볼 거야. 아빠도 같이 가. 인터넷에 들어가면 가는 길을 알 수 있어.

아들의 볼에 자신의 볼을 문지른다. 뽀뽀도 하고 엉덩이도 두들겨 준다. 그는 성격이 차가운 엄마를 대신해서 아들을 자주 쓰다듬어 주고 자상하게 대해 주려고 노력한다. 아내의 가출로 엄마의 사랑을 제대로 받지 못하고 지냈던 걸 생각하면 가슴이 아리다. 가출하고 몇 년이 지난 뒤에 그녀는 아들을 자신에게 보내주면 안되겠냐고 물어왔다. 전화선 저쪽의 그녀는 술에 만취한 듯 울음 섞인 소리로 더듬거렸다. 고심 끝에 아들을 보내기로 결정했다. 아내의 입장을 이해해서라기보다는 그렇게 하는 것이 아들에게 좋겠다는 생각이 들었기 때문이었다. 자신이 아들에게 아무리 사랑을 주어도 제 엄마의 몫까지 대신하기에는 역부족이라는 생각이었다. 아들은 제 엄마와 지내면서 차츰 안정을 찾아갔다. 그런데도 여전히 엄마보다는 아빠를 더 따른다.

며칠만 집에 들어오지 않으면 전화를 걸어서 성화를 부린다. 학용품을 사달라거나 준비물을 사게 돈을 달라거나, 학교에 급식비를 내야 한다는 둥 이런저런 구실을 만들어서 집에 들르게 만든다. 그렇게 나오면 그는 꼼짝 못하고 아들의 요구를 들어주곤 한다.

지수야, 아빠보고 잠깐 나와 보라고 말해라.

뭔가 망설이는 듯 방문 앞을 서성이던 아내가 아들에게 매개 역할을 부탁한다. 그들은 직접 말을 트는 일이 없고 아들이 중간 역할을 해주어야만 대화가 가능하게 된다. 보통은 상대방의 의중을 아들이 먼저 알고 있는 경우가 많다. 될 수 있으면 서로가 직접 대면하지 않고 아내가 아들에게 슬쩍 흘려 놓으면 아들이 자동으로 아빠에게 집 안 돌아가는 형편을 전달해 준다. 그러면 그는 자신의 생각을 아들에게 표해서 다시 아내의 귀에 들어가게 하는 식이다. 그런데 직접 얘기하려는 걸로 보아 아마 긴밀히 의논할 일이 있는 것 같다.

아빠, 엄마가 잠깐 나와 보래.

그래, 알았다고 해라.

엄마, 아빠가 알았다고 말하래.

그는 벗었던 옷을 주섬주섬 다시 입고 거실로 나간다. 아내는 쑥스러운 듯 반대 방향을 향해 멀쭈거니 서있다. 그는 무슨 얘기인지 어서 하라는 투로 멀뚱한 눈길을 그녀의 등에 보낸다. 어디가 아픈 건 아닐까. 무심한 듯싶은 그의 눈에 아내의 야윈 어깨가 도드라져 보인다.

저어, 집이 팔렸대요. 그런데 이사할 집이 없어요. 지수 학교 때문에 멀리 갈 수도 없고, 요 동네엔 셋집이 하나도 없어서 걱정이에요.

그런데…… 새로 짓고 있는 집이 있는데…… 돈이 모자라서…… 저어, 마지막으로 이천만 원만 해주면…… 해줄 수 있어요?

그녀는 '마지막'이란 단어에 힘을 주어 말한다. 그녀가 정말 어렵사리 얘기를 꺼내고 있음을 그도 금세 알아챌 수 있다. 서로 대화는 안 해도 그의 사정이 어렵다는 건 아내도 알고 있는 참이다. 그야말로 전 같으면 그깟 돈 이천만 원은 당장 주머니에서 꺼내줄 수도 있었다. 그러나 지금은 사정이 전혀 다르다. 사업체가 완전히 망한 상태로 사무실까지 정리해서 빚잔치한 실업자가 아닌가. 약속대로 생활비의 일부를 그가 부담할 수 있는 것은 친구가 하는 일을 임시 도와주고 급여 조로 받는 돈이 있기 때문이다.

그는 잠시 생각에 잠긴다. 잘하면 반 정도는 될 것 같다. 밤샘 근무를 하는 덕에 카드놀이 하는 팀 잔심부름을 해주고 개평 얻은 돈과 내기 바둑 두는 사람들한테 야통비 받은 걸 모아서 빌려준 돈이 제법 커져 있다. 그것은 받은 자리에서 이내 다시 꾸어 주어 수중에 들어오지 않고 이쪽에서 저쪽으로, 저쪽에서 또 다른 쪽으로 마치 돈에 발이 달린 듯이 패거리들 사이를 저절로 도는 돈이다. 하지만 사정 얘기를 잘 해서 받아내기만 하면 가능하다. 아니, 어쩌면 나머지 반에서 반도 마련될지 모른다. 떼어먹고 도망친 방배동을 찾아내서 받을 수만 있다면 말이다. 사실 떼인 돈이라면 사업할 때 친구한테 떼인 돈만 해도 작은 아파트 한 채 값은 된다. 그는 새삼 포기하고 있던 돈에 대한 애착이 되살아나 마음이 쓰리다.

마련해 볼게.

자신은 없지만 어떻게든 해봐야겠다는 심산으로 대답한다.

고마워요.

그의 대답을 전적으로 신뢰할 수 있을까 싶지만 그녀는 달리 길이 없다고 생각한다.

다시 아들 옆으로 돌아와 누운 그는 조금 전에 본 아내의 등을 떠올린다. 오늘 밤 유난히 가벼워 보이던 아내가 혹시 몸에 이상이 생긴 건 아닌지. 그녀는 오래 전부터 술로 산다. 그가 가끔 집에 들러 냉장고 문을 열어보면 그 속은 맥주병으로 가득 채워져 있고, 베란다에는 빈 술병들이 널려 있다. 그를 만났을 당시만 해도 그녀는 술은 근처에도 못 가는 숫보기 선생이었다. 그는 아내에 대해 엷은 연민과 동시에 답답함을 느낀다. 그들의 결혼생활은 시작부터 어긋나기만 했다. 결혼이란 것에 대해서 왜 그토록 신중하지 못했을까. 아내의 얼굴에 흐르던 그 처연한 두 줄기 눈물만 아니었다면, 그는 자신을 무력하게 만들었던 아내의 눈물을 떠올린다. 아내는 거의 일방적이다시피 자신에게 달려들었다. 그녀 쪽에서 먼저 만나자는 제의를 해오고 미처 대답할 기회도 없이 기다리겠다는 말을 남기고 전화를 끊었다. 아내와의 만남은 늘 그런 식이었다. 그는 그녀의 그런 태도가 싫었다. 언젠가 카페에서 몇 시간을 기다리게 했던 것도 아내의 그런 태도에 제동을 걸자는 의도였었다. 밤이 늦도록 기다리다 곧 돌아갔을 거라고 반신반의했던 그는 그만 놀라지 않을 수 없었다. 카페가 문을 닫은 뒤에도 문 앞에서 눈을 맞으며 기다리던 그녀는 그를 보자 말없이 눈물만 흘렸다. 그 눈물 때문이었을까. 결혼식 날 늦게 예식장에 나타나면서도 그 때의 눈물을 떠올렸다. 그 순간부터였다. 한 번 잘못 낀 단추는 계속 어긋나게 마련이었다. 하지만 그건 이미 엎질러진 물이고, 지난 일이다. 그는 모든 것을 진심으로 사랑해 주지 못한 자신의 탓으로 돌리고 싶다. 그녀를 대할 때면 늘 빚을 진 듯한 느낌이 앞선다. 그렇다고 잘못 낀 단추를 풀 듯 쉽게 원점으로 돌아갈 수는 없다. 언제든 꼭 한 번은 자신에 대한 실망감으로 얼어붙은 마음을 녹여주어야 한다고 생각한다.

그는 가슴 속 깊은 곳에 상처로 남은 민주를 떠올린다. 박지섭과 손민주는 부모님의 반대나 어떤 어려움이 있더라도 반드시 결혼할 것을 약속한다. 서해안의 텅 빈 해수욕장에서 겨울 바다를 향해 그는 민주와 결혼을 약속했었다.

그녀의 갸름한 얼굴과 하얀 피부, 서늘한 눈매, 웃는 모습과 목소리, 오랜 세월의 더께가 앉아 이젠 빛바랜 사진처럼 희미하다. 하지만 그녀를 잃은 충격은 아직도 엊그제 일인 듯이 생생하게 느껴진다.

미국 여행을 말렸어야 했다. 겨울휴가를 이용해 미국에 있는 언니를 방문하러 간 것이 마지막이 되었다. 멀쩡하게 공항을 나간 그녀가 한 줌의 재가 되어 돌아왔다. 언니와 함께 자동차를 몰고 눈길을 달리다 차가 미끄러지면서 낭떠러지로 굴렀다고 했다. 참으로 믿기지 않는 일이었다. 언젠가 꼭 살아서 돌아올 것만 같았다. 그는 기다렸다. 죽을 때까지라도 기다리고 싶었다.

고통이 파도처럼 밀려든다. 그는 고통을 삭이느라 두 손으로 이마와 관자놀이를 지그시 누르고 호흡을 가다듬는다. 그리고 그녀에 대한 기억들을 다시 뇌리 속 깊이 밀어 넣는다.

그는 벽에 걸린 사진을 바라본다. 북극의 설원을 배경으로 서서 모피로 만든 모자 속에서 웃고 있는 에스키모 여인을 상상한다. 영하 사십 도가 넘는 혹한의 추위보다 더 인상 깊게 다가오는 모자 속의 미소. 그도 아들처럼 북극을 그린다.

아들은 고른 숨소리를 내며 잠들어 있다. 아들의 얼굴을 조용히 내려다본다. 아들이 아니었으면 아내가 원하는 대로 이혼서류에 진즉 도장을 눌렀으리라. 이 아이가 아니었으면 재결합이라는 허울 속에 다시 갇히지는 않았으리라. 손을 뻗어 올려 벽에 있는 스위치를 내린다. 방 안은 깊은 정적과 함께 어둠이 덮인다. 그는 눈을 뜨고 어둠 속을 노려본다.

H는 허리에 손이 가자 언제나처럼 자지러진다. 그러나 그가 절정에 올랐을 때, 예전처럼 그의 아이를 낳겠다고 허리를 잡고 늘어지지는 않는다. 그가 하는 대로 밖에다 사정하도록 놔둔다. 아저씨와 살면 안 돼? 아저씨 아이를 낳을 거야. 그러면 나하고 살 수밖에 없겠지? 그녀는 영악스럽게 나오곤 했었다. 그는 은근히 그녀가 뱉은 말들이 그리워진다. 그녀는 변한 것일까? 그는 그녀의 몸을 구석구석 훑으며 냄새를 맡는다. 아저씨, 정말 반갑다. 와이프 하고 합친다고 나를 끊더니 잘 안 됐어? 얼마 동안 아저씨가 미치게 보고 싶었어. 아저씨도 분명 내가 보고 싶었을 텐데. 와이프는 불감증이라면서, 절대로 잠자리를 허락하지 않는다고 그랬잖아. H는 줄곧 좋알댄다. 근데, 나 궁

금한 게 하나 있는데 대답해 줄 거지, 응? 뭔데? 아들은 어떻게 낳았어? 신혼 첫날밤도 망쳤다고 했잖아. 그녀는 전에도 물었던 얘기를 또 묻는다. 전엔 한 집에 살다보니까 낳았다고 얼버무렸다. 이미 알고 있잖아? 그는 귀찮다는 투로 대꾸한다. 너무 이해가 안돼서 그래. 다시 얘기해 줘. 그녀는 그의 눈치를 살피며 콧소리까지 낸다. 너 전갈이 어떻게 사랑하는지 아니? 어떻게 사랑하는데? 먼저 수컷이 암컷에게 다가가는데, 그 행동이 여간 위험한 게 아니란다. 전갈은 꼬리에 독샘이 있고, 그 끝에 무시무시한 독침이 있거든. 그리고 앞발인 집게발이 무기야. 암컷은 다가오는 수컷을 교미 상대로 여기지 않고 먹이로 본다는 거야. 냉혹한 동물의 세계지. 그렇다고 수컷이 말이야, 번식의 의무를 지고 태어난 수컷이 사랑을 포기할 순 없잖니? 그래서 수컷은 교미하기 전에 자신의 안전을 확보하고 또 암컷을 온갖 수단과 방법을 동원해서 달래고 꼬드기는 거지. 그러면서 살살 다가가서는 갑자기 덮쳐서 자기의 집게발로 상대의 집게발을 꽉 잡는 거지. 그렇게 상대의 무기를 무력화시킨 상태에서 둘은 한 쌍이 되어 춤을 추기 시작하는 거야. 이쯤 되면 처음의 살벌한 분위기는 곧 환상적인 무드로 전환되고 그러는 과정에서 수컷은 땅바닥에 그의 가슴 밑 생식선에서 한 꾸러미의 정액을 쏟아놓게 되고, 암컷의 아래쪽에 있는 생식선이 정액에 닿아 그것을 흡수하도록 되는 거야. 그러고 나면 수컷은 암컷의 집게발을 풀어주고 각자 갈 길을 찾아 떠나간다는 것이지. 호호 재미있네. 그런데 아저씨 아들 낳은 거하고 무슨 상관이 있어? 일테면 나도 그렇게 어렵사리 접근해서 빨리 해치운 거지.

딱 한 방에 말이야. 역시 아저씬……. 근데 왜 그렇게 사는 거야? 사랑도 못하는 사람하고 왜 살아야 되는데? 그는 대답 대신 H의 입에 자신의 입을 포갠다. 그녀의 알몸을 끌어당겨 자신의 알몸에 밀착시킨다. 그리고 윗몸을 일으켜 천천히 그녀 속으로 미끄러지듯이 들어간다. 순간 H가 갑자기 소리를 지른다. 그는 전혀 놀라는 기색이 없다. 그녀는 늘 그랬었다. 성감이 민감해서 시작하면 곧 소리를 질러대곤 했다. 잠깐 그의 뇌리에 아내와 첫 밤을 지내던 기억이 스쳤다. 다시 돌이켜 생각하고 싶지 않은 기억인데도 H와 시간을 보낼 때면 곧잘 되살아나곤 했다. 밤새 이어지던 완강한 거부의 몸짓이, 무언지 모를, 그러나 모두라고 생각되던 어떤 감정이 참담하게 무너져 내리던 기억이. 그는 힘없이 H의 몸에서 떨어져 내린다. 이런 때 공허감을 동반하고 잠식해 오는 그 기억은 그를 무력하게 옭아맨다. 왜 그토록 끈적끈적 달라붙는 것인지. 다시 아내에게 빚을 진 듯한 느낌에 휩싸인다. 표면적으로는 아내 쪽에 문제가 있다고 생각하면서도 오히려 자신이 그녀에게 빚을 졌다는 느낌이 드는 것이다. 말없이 흘러내리던 그녀의 눈물이 희미한 불빛 속에서도 선연하다. 아내의 볼에 흘러내리던 눈물과 함께 그의 뇌리에는 또다시 민주의 주검이 되살아난다. 그의 가슴속에 영원히 살면서 다른 여자를 받아들이지 못하게 가로막는 영혼. 그는 그 기억을 냉정하게 뇌리 깊숙이 밀어 넣기 위해 애를 쓴다. 눈을 뜨지 않는다. 적당히 젖어드는 피로감 속으로 오래 묻히고 싶다. 졸음이 그를 둘러싼 현실들을 장막처럼 차단하려는데, H가 그의 몸을 뒤에서 끌어안는다. 아저씨, 내 친구도 불감증이

걸랑, 그녀가 불쑥 얘기를 꺼낸다. 아저씨 와이프 같지는 않아. 그런 대로 가정을 유지하고 살긴 사는데, 남편이 힘들어한다고, 나보고 지 남편과 관계를 가져달라고 부탁하잖아. 모르는 여자하고 바람피우는 것보다 나을 것 같다고 말이야. 어찌나 간곡하던지…… 그는 애써 무표정한 얼굴을 보이며 희미한 불빛 속으로 그녀의 얼굴을 쳐다본다. 그 사람이 요즘 여기 자주 오거들랑, 고백해야 될 거 같아서, 그동안 아저씨가 찾지 않았으니까…… 물끄러미 그녀를 바라보고 있던 그가 갑자기 몸을 일으켜 그녀의 위로 올라간다. 그리고는 거칠게 주먹을 들어 내리친다. 그의 주먹은 그녀의 얼굴을 비껴나 침대 머리 부분에 부딪친다. 철제로 된 프레임에 부딪친 손등에 으스러지는 듯한 통증이 온다. 연거푸 내리친다. 손등에서 핏물이 흐른다. 아, 아저씨, 말로 해, 말로. 그녀는 겁에 질려 우는 소리를 하면서도 기어이 할 말은 다 뱉어낸다. 아저씨가 나를 사랑하지 않는 걸 난 알아. 아저씨는 여자가 필요했던 거구, 나를 동정했던 거야. 그래요, 아저씨가 거금을 내게 준 거 고맙게 생각한다고요. 난 정말 돈이 필요했어요. 그렇지만 결국 난 아저씨를 사랑하게 되었어요. 그런데 아저씨는 잠자리도 할 수 없는 와이프만 사랑하잖아요? 그렇잖아요? 그렇잖아요? H의 울음 섞인 말꼬리는 '요' 자를 붙여 높임말로 바뀐다. 그는 사업이 망하고 마지막으로 사무실을 정리한 돈 중 일부를 그녀에게 주었다. 그녀는 삼남매의 맏이로 십대의 두 동생들을 책임지고 있었다. 그 돈이 그들을 연결해준 끈이 되었던 것도 사실이었다. 아저씨는 나하고 절대로 안 살잖아요. 내가 룸살롱에서 만난 여자이기 때문이겠죠? 순수한 게 뭔데요? 와이프는 사랑할 수 없어도 순수해서 가치가 있는 건가요? 마침내 그는 탈진한 듯 거친 숨을 몰아쉬며 그녀의 몸에서 굴러 떨어진다. 마지막 남은 힘을 모두 소진해버린 듯, 더는 살아갈 힘이 남아 있지 않은 것 같다. 그녀는 울음을 그치고 그의 행동을 가만히 지켜본다. 얼마동안 죽은 것처럼 까부라져 있던 그가 조용히 일어나 옷을 주워 입고 비틀거리며 문을 나간다. 침대 시트에 핏물이 방울방울 얼룩져 있다. 그녀로 하여 낯익고 조금은 다정스럽게 보이던 골목을 그는 낯설게 느끼며 더듬더듬 걷는다. 그의 여미지 않은 윗옷 자락이 흔들린다. 희미한 불빛 속에서 그의 몸 전체가 심하게 흔들려 보인다. 주위는 간간이 달리는 자동차 소리만이 정적을 깰 뿐 고요하다.

아내가 그의 핸드폰에 문자를 보내 왔다.
삼백만 원 입금 확인함. 고마워요.
그녀는 평소에 하는 대로 최소한의 단어를 사용해서 그에게 고마운 마음을 표시했다. 그가 카드놀이 팀원 중 한 사람으로부터 삼백만 원을 받아 즉시 아내의 계좌로 입금한 것이다. 삼백만 원을 끝으로 팀원들한테 꾸어준 돈은 모두 회수한 셈이다. 도합 천만 원을 아내에게 주었다. 그리고 그때마다 핸드폰으로 고맙다는 메시지를 받았다. 이제 사라진 방배동을 찾아내서 오백만 원을 받을 수만 있다면 나머지도 어찌어찌 해결 될 거 같은데, 그는 머릿속으로 계산을 하고 또 한다.
그는 수소문 끝에 거여동의 한 아파트에 방배동의 누나가 살고 있다는 정보를 얻고 찾아간다. 혹시 그곳에 숨어 있는 것은 아닐까, 적어도 소재 정도라도 알게 되겠지, 그는 한 가닥 기대를 걸어본다.

사업이 부도나서 기흥 공장도 방배동 집도 다 은행에 넘어갔어요. 그리곤 나도 어디 있는지 확실히 몰라요. M시로 간 거 같은데…… 내가 짐작할 수 있는 건 그게 다예요.

그 정도의 내용은 그도 알고 있다. 벼룩의 간을 내먹지 오죽했으면 나 같은 놈의 돈을 떼어먹고 도망치겠나, 그는 오히려 방배동을 동정하는 심정이 된다.

M시 어딘지 아세요?

그는 다시 묻는다.

나도 모르죠. 알고 있으면 내가 먼저 찾았지요. 나도 그 동생한테 수천을 투자했는데…….

그녀는 말끝을 흐리고 만다. 물론 그곳에서 방배동을 쉽게 찾을 것이라고는 생각하지 않았다. 그러나 실망감을 떨쳐버릴 수 없다. 왜 이렇게 되는 일이 없을까. 속에서 부글부글 울화가 치밀어 올라 엘리베이터도 타지 않고 걸어서 계단을 내려간다. 에이, 재수 없는 놈은 뒤로 넘어져도 코가 깨지는 법이라고 그는 자신에게 화가 나서 철제 난간을 발로 찬다. 텅, 난간의 둔중한 울림이 삽시간에 아래위로 퍼져간다. 발가락이 으스러지듯 아프다. 차라리 발가락이라도 부러져버렸으면 좋겠다고 그는 중얼거린다. 다시 한 번, 이번에는 좀 더 세게 찬다. 아아, 그는 구두를 신은 발끝을 손바닥으로 감싸고 주저앉는다.

아내가 요구한 금액 전부를 마련해 주지 못하면 어떻게 변명할 것인가. 그녀가 남편이라고 자신에게 무얼 요구한 건 이번이 처음이다.

그녀는 답답할 정도로 쓰다 달다 말이 없는 사람이다. 이사 날짜는 며칠 남지 않았다. 천만 원만 주고 얼버무리면 내게 어찌 나올까. 그녀가 '마지막'이란 말에 힘을 주어 말하던 기억이 난다. '마지막'의 의미는 무얼까.

아파트를 나온 그는 천천히 걷는다. 이천만 원도 만들 수 없게 된 자신의 처지가 한심하게 느껴진다. 피로에 지친 그의 몸과 마음은 물먹은 솜처럼 무겁다.

문정동 로데오 거리로 접어들어 가락시장 방향으로 내려가는데 PC방이 눈에 띈다. 그리로 무작정 들어간다. 깔끔하고 세련된 분위기의 넓은 공간에 오십 여대의 PC가 가로 세로 줄지어 놓여있다. 맨 뒷줄의 빈자리로 가서 앉는다. 마우스를 움직여 검색어를 친다. '불감증 치료법'

'불감증 치료법'에 관한 목록을 찾았습니다.

화면은 '불감증 치료법'에 대한 설명을 보여준다.

그는 아내를 전문 상담사에게 데려갈 생각을 하지 못했다. 누구와 의논해 본 적도 없었다. 당사자인 아내와 그 문제에 대해서 터놓고 대화해 본 일도 없었다. 회복이 불가능할 정도로 어긋나버린 걸 깨달았을 때, 아 어쩌다 이렇게 되었을까 자책했을 땐 이미 그들 사이에 깊은 골이 생긴 뒤였다. 그의 아내 역시 그와의 부부생활을 지속하기 위해 불감증을 치료해 보겠다는 의사는 전혀 없는 것 같다. 바로 그것이 불감증 자체보다도 더 큰 문제점이라고 그는 생각한다. 정신적인 불감증, 서로 필요를 느끼지 못할 만큼 닫힌 마음. 어쩌면 그의 마음에는 애초에 아내를 향한 사랑의 불씨조차도 없었는지 모른다. 아내의 불감증보다도 더 지독한 불감증이 자신 안에 똬리를 틀고 있음을 그는 알고 있다. 늘 빚을 진 듯한 마음의 실체가 바로 자신 안에 들어앉아 있는 그것이라는 것을. 그래서 그는 아내에게 미련을 가지고 있는 것인지 모른다. 늦게나마 꼬인 매듭을 풀고 마주 앉아 웃을 수 있는 가정을 꿈꾸고 있는 것인지도.

그는 PC방을 나와 지하철을 탄다. 자리에 앉아 핸드폰을 꺼내 문자를 찍는다.

나머지 천만 원을 마련해 주지 못해 미안하게 생각함. 나중에 마련되면 보내주겠음. 이해해 주기 바람.

아내의 핸드폰을 향해 문자를 날린 그는 눈을 감고 피로를 견디느라 안간힘을 쓴다. 아무 생각도 하고 싶지 않다.

그는 자신의 속옷과 양말을 챙겨 가방에 넣는다. 옷걸이에 걸려 있는 티셔츠와 면바지도 되는 대로 둘둘 말아서 가방에 집어넣는다. 그는 아내의 성격을 잘 알기에 긴 말을 할 필요를 느끼지 못한다. 아들이 옆에서 그의 행동을 지켜보면서 엉엉 소리 내어 운다.

아빠, 가면 안 돼. 아빠랑 같이 살고 싶어. 엄마한테 잘 얘기해봐.

다급해진 아이는 발까지 동동 구르다가 어찌할 바를 몰라 그의 바짓가랑이를 붙잡는다.

입을 꼭 다문 채 짐을 꾸리던 그는 잠시 하던 일을 멈추고 고개를 들어 눈물이 글썽한 눈으로 아들을 돌아본다. 아들을 끌어당겨 안는다. 아이는 줄곧 양손으로 눈을 비벼댄다.

지수야, 엄마가 집에 다시 들어오게 하려는 것뿐이야. 아빠는 항상 너 가까이 있으니까 걱정하지 마. 보고 싶을 땐 언제든 볼 수 있어.

그는 호주머니에서 손수건을 꺼내 아들의 눈물을 닦아준다.

아침 일찍 그는 아들의 전화를 받았다.

엄마가 집에 들어오지 않아.

언제부터?

어제 집을 나가면서 아빠한테 전하라고 했어. 아빠가 짐을 다 가지고 나가지 않으면 집에 들어오지 않겠대.

아내는 네 번째 가출을 했다. 그녀는 그에게 화를 내지 않는다. 가출은 그녀만의 의사표현 방식이다. 불만이 있어도 아무 말도 안하고 있다가 참을 수 없는 상황이 되면 집을 나가버리는 식. 그는 그녀의 방식에 넌덜머리를 내면서도 이젠 아주 익숙하게 대처방안을 모색하고 그대로 실행한다. 그도 그녀에게 화를 내지 않는다. 첫 번째 가출에서 돌아왔을 적엔 화를 냈고 손찌검까지 했었다. 젖먹이 어린 아들이 배가 고파 우는 것을 보고는 그만 피가 거꾸로 솟는 듯해서 앞뒤 가릴 여유마저 없었다. 그가 자신에 대한 애정이 없다고 극단적이기는 하지만 나름대로 시위를 한 셈이었다. 그도 그 점에선 할 말이 없었다. 세 번째 가출은 바로 H와 연관이 있었다. 두 번째 가출에서 돌아온 뒤로 그녀는 자신에게 문제가 있음을 인정하게 되었다. 그리고 애인을 따로 두라는 말까지 나왔다. 그런데 막상 H를 만난다는 사실을 알고 나서는 얘기가 달랐다. 부처도 돌아앉는다는 옛말처럼 그녀 역시 눈이 뒤집히는지, 이혼서류를 들고 나타났었다. 그는 그녀의 요구에 응하지 않았다. 아들에게 어미 없는 고통을 안겨주고 싶지 않았다.

그들 부부가 어렵사리 합치고 나서 아들이 얼마나 좋아하는지……. 그들은 그런 아들의 모습을 보는 것으로 둘 사이의 말없는 대화를 대신하기도 했다. 더 이상 부부생활에 대한 불만을 표하지 않았다. 오직 하나, 아들이 원하고 좋아하니까, 그 애의 장래를 위해서라면 어떤 희생도 감내할 수 있다고 생각했다. 그러나 그런 것들이 근본적인 해결책이 되지 못한다는 사실은 곧 입증되었다.

아내의 네 번째 가출의 요구 조건은 그가 집에서 나가는 것이다. 이번에도 아내는 자신만의 방식으로 가장 확실하게 의사를 전달한 셈이다. 첫 번째 가출 때만 해도 그는 경제적으로 여유가 있었다. 두 번째 가출이 있고부터 그의 사업은 기울기 시작했다. IMF 직전이었다. 결국 일 년을 버티지 못하고 뿌리째 뽑혀 넘어졌다. 아내의 가출은 그가 사업에만 몰두할 수 없도록 그를 흔들어댔다. 모든 의욕이 사라졌다. 세 번째로 가출할 당시 그는 아내에게 의존해야 하는 실업자였다. 계속되는 아내의 가출은 재기의 희망마저 앗아갔다. 무엇인가가 앞을 캄캄하게 가로막는 느낌이 들었다. 흔히 가정이 화목해야 하는 일도 순조롭게 풀린다는 말이 괜스레 하는 말이 아님을 실감하게 되었다. 모든 것을 잃고 난 뒤에야 깨닫게 된 세상 돌아가는 섭리였다.

그는 아들을 끌어안고 그 애의 어깨 너머로 끝없이 펼쳐진 북극의 설원을 바라본다. 저곳은 결코 슬퍼하거나 한탄하지 않는 사람들이 사는 곳이라고. 그는 아들로부터 들은 말을 떠올렸다. 얼마나 적절한 말인가. 길을 가다가, 또는 사냥을 나갔다가 죽게 되면 바로 그 죽은 자리가 묘지가 된다는 이뉴이트들은 또 얼마나 슬기로운가. 그야말로 험난한 자연조건에 순응하는 삶인 것이다. 거대한 빙하와 빙산. 끝없는 설원과 사철 변함없이 쌓여있는 만년설. 그런 대자연 앞에 힘없는 인간이야말로 자연의 일부로 살다가 그대로 자연의 품에 안겨 티끌처럼 사라질 뿐이라는 엄숙한 선언.

지수야, 엄마한테 연락해라. 이모집에 있을 게다. 아빠가 없으니까 마음 놓고 들어오라고 그래라.

그는 가방을 들고 집을 나온다. 팔을 붙잡고 놓지 않으려는 아들을 달래고 다독거려서 일단은 안심을 시킨 뒤였다. 그는 눈시울이 붉어져 있다. 집에서 곧장 버스 정류장으로 나와 잠시 머뭇거린다. 거리에는 가로등이 켜지고 건물들도 창문을 통해 전등 불빛이 새어 나온다. 그는 일자리로 돌아가야 한다고 생각하지만 마음뿐이다.

오랫동안 낯익은 그 골목을 떠올린다. 봄이면 서울이라는 이름에 어울리지 않게 진달래가 손바닥만한 빈터에 한 무더기 만발하고, 여름엔 누가 심었는지 키 큰 해바라기가 골목 초입에 서서 해를 따라 골목 안을 한 바퀴 맴돌아보는 곳, 또 가을엔 코스모스가 골목길에 늘어선 단칸방 셋집들의 공동변소 앞을 화려하게 장식해 주던…… 그곳은 발가벗은 어린 아기가 고추를 달랑이며 여기저기 헤집고 뒹굴며 논다. 때론 아이를 매질하며 다잡는 소리가 온 골목을 뒤흔들어 놓고, 바람기 있는 남편을 다그치는 아낙의 악다구니가 끊이지 않던 곳이다. 왜 그 골목이 이토록 그리운지 그는 알 수 없었다.

마침내 버스에 오른다. 시간이 흐른 뒤, 그는 그 골목으로 들어선다. 바로 H가 사는 곳이다. 그녀가 사는 낡은 다가구 주택은 그 골목 끝에 서있다. 골목 양쪽에 사는 사람들이 조금 여유가 생기면 그 주택에 옮겨 살다가 방 두 칸짜리 작은 아파트를 분양 받아 떠나는 그런 정류장 같은 집이다. 골목 안으로 성큼 들어서던 그는 그 다가구 주택을 몇 걸음 남겨놓고 걸음을 멈춘다. 건물을 살펴본 그는 그제야 정신이 들면서 소스라쳐 놀란다. 정류장에서 아무 버스나 올라타고 어딘가에서 내려 포장마차로 들어가 나무의자에 걸터앉은 기억은 나는데, 어떻게 자신이 여기에 와 서있는 것인지 알 수 없다. 그 자리에 서서 담배를 빼어 물고 불을 붙인다. H의 방에서 노란 불빛이 새어 나온다. 불빛을 조용히 응시하면서 담배를 한 개비 다 피우고 난 그는 그대로 발길을 돌려 휘적휘적 골목 밖으로 나온다.

그 다음 날 그는 종일 숙소로 정한 고시원에 누워있었다. 저녁에 출근해서 새벽에 돌아왔다. 밤 12시가 넘어 손님들이 야식으로 시킨 김밥을 몇 덩이 얻어먹은 게 그가 먹은 유일한 식사였다. 그가 눈을 뜨고 있는 동안은 북극을 생각했다. 막연한 상상에 지나지 않는 것이었지만, 그는 혹독한 추위 속에서 미소 짓고 있는 사람들을 한 폭의 그림같이 떠올렸다.

주말 아침, 그는 일찍 집으로 가서 아들의 소지품들을 꾸려 이삿짐 차에 싣는다. 가져가지 못해 남겨진 자신의 얼마 안 되는 짐들도 아들의 짐과 함께 차에 올려놓는다. 그것들은 새 집에 가서도 잠시 동안 자신이 살았던 모습대로 아들 방 한 구석에 빌붙어 있을 것이다. 비록 알맹이 없는 빈껍데기일지라도.

그가 마련하지 못한 나머지 돈을 아내가 여기저기 사정한 끝에 만든 모양이었다. 처음 이사 날짜를 잡았던 날보다 열흘 늦춰진 날이다. 그는 돈을 모두 맞춰주지 못한 사정 때문에 아내의 얼굴을 마주 보기가 미안하다.

아빠, 이번 주말에 우리 이사 간대. 그런데 나는 학교에서 극기 훈련 가서 하룻밤 자고 올 거야. 아빠, 언제 올 거야?

극기 훈련 갔다 오면 너 보러 갈게. 잘 갔다 와.

그들 부자는 이렇게 전화로 얘기를 나눴었다. 짐을 다 싣고 나서 그는 잠깐 아내와 얘기를 나눈다.

빠른 시일 안에 정리했으면 좋겠어요. 지수는 제가 키울 게요.

역시 짐작한 대로 그의 아내는 이혼하자는 얘기를 꺼낸다.

아내의 목소리는 조금도 흔들림이 없이 가라앉아 있다. 그는 가슴 한구석이 시큰해 옴을 느낀다. 안타까운 마음에 눈물이 핑 돈다. 그의 아내도 몸을 돌리고 시선을 멀리 던진다. 울고 있는 것 같다. 이제는 그녀가 미운 게 아니라 마음이 아프다.

그럴 거 뭐 있어? 이혼을 하든 안 하든, 그런 건 이제 아무 의미가 없어. 상관없어.

무엇이 상관없다는 말인지, 의미가 불분명한 말을 무심코 던진다. 그의 눈에선 기어이 눈물이 넘쳐 볼로 흘러내리고 만다. 제기랄, 그는 중얼거리면서 손으로 눈물을 훔친다. 아내가 너무나 측은하게 보인 나머지 그녀를 꼭 안아주고 싶다는 충동이 인다. 그러나 끝내 그렇게 하지는 못한다.

이삿짐 차가 출발하기 전에 그가 먼저 새벽에 들고 온 작은 여행 가방을 들고 아들과 함께 잠시 머물렀던 그 집을 떠난다. 목적지는 없어도, 발길 닿는 대로, 그곳이 북극이든 어디든 떠날 것이다. 혹시 가다가 PC방이 보이면 들어가 컴퓨터에게 물어볼지도 모른다. 북극으로 가는 길은 어디냐고.

방문 앞 계단에서 그녀는 쓰러진다. 비틀거리며 악을 쓰고 기어서 손을 뻗어 현관문을 연다. 밖은 어두웠다. 어둠 속에서 신선한 바람이 그녀의 얼굴에 스친다. 밤하늘에 별들이 총총하다. 그때 동쪽 하늘에서 별똥별 하나가 길게 빛을 그으며 서쪽으로 떨어진다. 그 별 속에서 그의 얼굴이 함께 스러진다. 그녀는 손을 뻗어 허공을 휘젓는다.

별똥별이 지다

사월인데도 날씨는 여전히 쌀쌀하다. 북국 특유의 강풍이 휘-잉 지붕 밑을 훑고 지나가는 소리가 을씨년스럽다. 그녀는 한바탕 재채기를 해댄다. 감기에 몸살기까지 겹쳐 오는지 온 몸이 지끈거리기까지 해서 따끈한 한국식 방바닥이 간절해진다. 침대 옆에 깔아놓은 전기장판 스위치를 켜고 누워 담요를 턱까지 끌어올려 덮는다. 창문으로 네모진 회색빛 하늘이 들어와 마치 또 하나의 모포자락처럼 그녀의 얼굴을 덮어온다. 구름 한 조각이 빠르게 흘러 작은 하늘을 가로지른다.

　누운 채로 고개를 돌려 책상 위에 놓인 탁상용 달력을 본다. 인터뷰 날짜가 일주일 앞으로 다가왔다는 걸 확인한다. 준비를 빈틈없이 하고 가야할 텐데, 생각하면서도 다시 담요를 끌어당긴다. 몸이 자꾸만 게으름을 피우고 싶어 한다.

　요즘 들어 향수병이 깊어진 탓인지, 그녀의 마음은 습관처럼 그 하늘 아래로 달려간다. 삼월만 되면 아지랑이가 곳곳에 피어오르고 온 세상이 수줍은 새색시의 웃음마냥 연분홍과 연초록으로 다가오는 봄을 맞이하는 곳. 지금쯤 산은 온통 진달래색으로 꽃물이 들었었지. 그는 어떻게 지내고 있을까, 병은 완쾌되었을까. 진달래꽃 속에서 그가 또다시 빙긋이 숫기 없는 미소를 보내온다. 그녀의 머릿속에는 소꿉 동무 시절의 그의 모습이 확대되어 다가온다. 그녀는 또다시 가슴 한편에 아릿한 통증을 느낀다.

"이인용 선생님이 결혼하지 않은 건 언니 때문이라는 거여유. 그러구 암에 걸려서 아픈 것도 평생 언니만 생각하다가 생긴 병이라고 동네 사람들이 수군거려유."

이 년 전, 그녀가 캐나다 이주를 며칠 앞두고 있을 때였다. 친척 여동생으로부터 들은 말은 아무리 생각해도 납득하기 어려운 부분이 많았다. 어린 시절에 그녀와 그가 사이좋은 소꿉동무이기는 했어도 그녀가 곧 그 동네를 떠나 자랐고, 성인이 되어 잠시 다시 만났지만 서로 특별한 감정 표현이나 언질이 없이 헤어졌던 때문이었다. 더구나 암으로 앓고 있다는 소식도 마음이 아픈데 병에 걸린 것 또한 자신 때문이라는 소문이라니 참으로 난감한 일이었다. 물론 소꿉동무라는 사실만으로도 서로에게 특별한 감정을 가지고 있을 수 있음이었다. 하지만 그 감정은 유년기의 추억으로 빛바랜 사진 같아서 떠올리면 아련한 그리움이 밀려오다가도 이내 일상 속에 묻혀버리곤 하는 그런 것이었다.

그에게 자신이 알지 못하는 다른 사정이 있었던 건 아닌지, 이런저런 생각을 해 보았으나 짐작되는 바는 없었다.

그 소문을 들은 뒤로는 줄곧 그가 목에 걸린 가시처럼 느껴졌다. 진

위야 어떻든, 전화 통화 한 번 못하면서 늘 마음만 애달프다. 한국을 떠나오기 전에 한 번 만나볼까 생각은 했었다. 그러나 그 소문을 알지 못하던 때와는 달리 망설이게 되었다. 그녀는 끝내 용기를 내지 못하고 말았다.

차츰 기침이 잦아지고 몸이 여기저기 쑤신다. 약을 사러 가야 할 텐데 꼼짝하기도 싫다. 이런 때면 작년에 세상을 떠난 남편이 그리워진다. 대범해서 말수가 적었어도 아플 적엔 약을 잘 챙겨 주곤 했었다. 병원에 가는 것도 남편이 있었을 땐 훨씬 수월했다. 이젠 혼자서 모든 걸 챙겨야 하니 힘이 들고 때론 귀찮기도 하다.

남편은 왜 자신을 이 춥고 낯선 땅에 데려다 놓고 저 세상으로 갔을까 생각한다. 물론 아들이 금세 미국으로 가게 될 줄 알았겠나 생각하면서도 외롭고 힘들 땐 공연히 부아가 난다. 어차피 혼자 살 것을 한국에 그대로 있었으면 좋았을 텐데 후회하는 마음이 일곤 한다. 그럴 땐 하루에도 몇 번씩 짐을 쌀까 생각하기도 한다.

"혹시라도 내가 없으면 아들이 있으니까 한국보다 낫잖아."

예상했던 걸까, 남편은 은근히 한국에 혼자 남게 될지도 모르는 그녀의 처지를 염려하곤 했었다.

남편은 하나뿐인 자식인 아들에게 독립심을 키워주겠다는 생각으로 일찍 미국으로 유학을 보냈다. 아들은 아버지가 바라던 대로 순조롭게 커 주었다. 열심히 공부해서 미국의 명문대학에서 석사학위까지 받고 세계적으로 이름난 대기업에 취업했다. 남편이 죽기 전에 결혼도 했다. 며느리는 중국계 미국인이다. 아들은 캐나다로 자리를 옮겨

근무하다가 업계에서 실력을 인정받아 미국의 다른 회사로부터 좋은 조건의 스카우트 제의를 받았다. 그녀는 캐나다에 혼자 남는 것이 싫었지만, 자신 때문에 아들에게 찾아온 좋은 기회를 포기하게 할 수는 없었다. 아들의 미래를 위해서 미국행을 허락했다. 또한 캘리포니아에는 처가 식구들이 있어서 아들과 며느리에겐 더 없이 좋은 곳이었다. 아들은 그녀를 곧 데려가겠다는 말을 남기고 떠났다.

그녀는 요즘 들어 한국 생각을 자주 한다. 한국을 그리워하다가 그를 생각하게 되는지, 아니면 어릴 적의 소꿉친구인 그가 안쓰럽게 생각이 되어서 자꾸만 한국 생각에 빠지는지 알 수 없다. 막연하게……자신도 모르는 사이 어린 시절로 돌아가곤 한다.

캐쉬어 인터뷰 날짜를 다시 떠올린다. 아무리 몸이 아파도 약을 사먹고 몸을 추슬러 인터뷰 준비를 차질 없이 해야 한다.

아들이 떠난 뒤로 그녀는 많은 생각 끝에 일자리를 알아보기로 마음먹었다. 일을 해서 모기지 월부금이나 생활비 중 한 가지만이라도 충당한다면 아들의 도움을 받지 않고도 그런대로 헤쳐 나갈 듯싶다. 외로움도 달랠 수 있을 터이다. 마음은 늘 힘을 내야겠다고 생각하면서도 활력을 찾을 요인이 없던 참이다.

일자리를 얻으려면 이 나라에서 일을 해 본 경험이 우선인데, 그녀가 캐나다에서 일한 경험이라고는 지난해에 한국인이 경영하는 세탁소에서 카운터를 보고 포장 일을 한 것이 전부이다. 그나마 시작한 지 다섯 달 만에 적자로 가게가 문을 닫았으니, 경험이라고 내세우기도 어렵다. 영어도 많이 서툴다. 그래도 운이 좋아 미국의 큰 할인업체가 캐나다에 들어오면서 한꺼번에 많은 종업원을 뽑게 되어 그녀도 재빨리 가까운 지점의 캐쉬어 자리에 지원했다. 다행히 인터뷰 연락을 받았다. 하지만 그녀에게 생전 처음 하게 될 영어 인터뷰는 넘어야할 거대한 산처럼 느껴진다. 인터넷을 뒤져 이민자들을 위한 서비스 센터의 프로그램을 찾아냈다. 그리고 집에서 가장 가까운 곳에서 교육을 받았다. 일을 찾는 방법과 이력서를 쓰는 방법, 그리고 인터뷰를 잘 하는 요령 등이었다. 여기까지도, 영어를 잘 하는 젊은이들에게는 어렵지 않은 과정이지만, 그녀에게는 참으로 힘이 들었다. 이럴 때면 영어를 잘해서 언제나 말만 하면 앞장서서 처리해주던 남편과 이곳에서의 생활 편의를 위해 이곳저곳 알려주고 설명해 주던 아들이 간절히 그리워진다. 안갯속을 더듬거리며 나가는 기분이지만 인터뷰 준비를 위한 충분한 자료를 얻었다는 걸 생각하면 그나마 다행이라고 여겨진다. 이제 강사가 말한 대로 예상 질문을 만들고 답을 준비하면 될 것이다.

힘을 내 몸을 일으킨다. 그리고 방한복에 목도리까지 두르고 집을 나선다. 겨울 끝자락의 바람결에 양 볼이 얼얼하다. 감기기운이 있는데 이렇게 찬바람을 맞으면 감기가 덧걸릴까 조심스럽다. 밖으로 나와도 머리는 여전히 커다란 짐을 올려놓은 것처럼 무겁다. 호주머니에 두 손을 찔러 넣은 채 천천히 걷는다. 걸어서 오 분 거리에 제법 큰 쇼핑센터가 있다. 그곳에 가면 약국이 있다. 쌀쌀하기는 해도 내리쬐는 햇볕 속에 봄기운이 느껴진다. 응달진 울타리 밑에는 아직 지난겨울에 내린 폭설의 흔적이 남아 있다. 그러나 양지쪽엔 겨우내 얼음으로 덮였던 자리에 파릇하니 새싹이 돋아나고 있다. 그 여리디 여린 생명의 힘은 어디에서 오는 것일까. 그녀는 자연의 조화에 새삼 경외심이 든다.

아들에게선 왜 소식이 없을까.

그녀는 엷은 녹색 기운이 도는 잔디를 바라보다가 설핏 뇌리를 스치는 아들 생각에 잠깐 마음을 모은다. 목소리를 들은 지 한 달이 넘어가는 거 같다. 그러나 바빠서 그러겠지 여기며 이내 슬며시 날을 세워 일어서는 신경을 누그러뜨린다.

그녀의 머릿속에 어릴 적 모습이 그려진다. 아버지와 헤어져 외가로 돌아온 어머니와 함께 외가에 머물던 유년 시절, 해마다 이맘때면, 양지바른 돌담 밑에서는 알뜰살뜰 살림이 꾸려지곤 했었다. 그는 아빠가 되고 그녀는 엄마가 되었다. 동네의 주정뱅이 아저씨처럼 술도 먹지 않고, 동네의 소문난 부잣집 바람둥이처럼 작은 여자도 얻지 않고, 우울증에 시달리다 철길에 누운 이웃 동네의 젊은 아빠처럼 죽지도 않겠다는 약속을 그가 해야 했다. 그녀 또한, 그가 싫어서 도망가지 않고 그만을 좋아하겠다고 손가락을 걸어야 했다. 그는 언제나 그녀하고만 놀았다. 소꿉장난이 싫증나면 뒷산으로 올라가 진달래꽃 무리 속을 뛰어다녔다. 둘이서 수술 싸움을 하고 술래잡기를 했다. 수술 싸움에서 진 사람은 술래가 되었다. 주로 그녀가 숨고 그가 찾아냈다. 배가 고프면 진달래 꽃잎을 따 먹었다. 꽃잎을 먹다가, 그가 소리쳤다.

"문둥이다! 쉿!"

그가 그녀의 입을 막았다.

그와 그녀는 진달래 꽃 속에 파묻혀 숨을 죽이고 문둥이가 지나가기를 기다렸다.

"문둥이는 애기를 잡아먹는대."

그가 그녀의 귀에 대고 속삭였다.

"어떻게 잡아먹어?"

그녀는 겁에 질린 얼굴로 조그맣게 물었다.

"문둥이는 진달래꽃을 한 입 따먹고 애기 귀 한쪽을 베어 먹고, 또 진달래꽃 한 입 따먹고 애기의 다른 쪽 귀를 베어 먹는대."

그는 진달래를 한 움큼 따서 입에 넣고 씹으며 얌, 그녀의 귀를 베어 먹는 시늉을 했다. 그녀는 두려움에 떨며 두 손바닥으로 얼굴을 가리고 앙, 울음을 터뜨렸다. 그러면 그녀보다 한 살 위인 그는 그녀를 업고 비틀비틀 산을 내려왔다.

약국으로 들어서는 그녀는 진열대 위에서 종합감기약인 타이레놀 알약이 든 병을 집어 들고 카운터로 가서 계산을 마치고 가게를 나온다. 그녀는 걸어갔던 길을 다시 되짚어 걷는다.

머릿속에는 외가 동네를 둘러싼 온통 분홍색으로 물든 산이 붙박여 있다. 그 봄날, 파르르 피어오르던 아지랑이와 산모롱이를 휘돌다 어린 그녀의 얼굴을 스치던 부드러운 바람결이, 그리고 그가 소리쳐 자신을 부르는 소리가 메아리가 되어 산모롱이를 울리고 그녀의 귓가를 울리던 기억이······.

일곱 살이 되던 해 봄에 그녀는 어머니의 손에 이끌려 아버지가 있는 도회지로 나갔다. 도회지에 나가 학교에 다니면서도 가끔 어머니를 만나러 오면 그에 대한 소식을 드문드문 들을 수 있었다.

초등학교 사 학년 여름방학 때 외가를 방문했다. 그녀가 왔다는 소식을 듣고 외가로 내려온 그는 유년 시절과는 달리 숫기가 없어서 그녀에게 말도 붙이지 못했다. 다만, 반갑다는 표시로 매미를 잡아다 그녀의 외할머니가 미수가루를 만들기 위해 볶아 놓은 보리 속에 묻어 놓고 머뭇머뭇 돌아간 게 전부였다. 그리고 중학생이 되었을 때였다.

"어떻게 그런 일이 있을 수 있는지 몰라. 용이 엄니가 교통사고로 죽었는디, 용이 아버지가 혼자서는 못 산다고 농약을 먹고 바루 마누라를 따라가 버렸어."

오랜만에 만난 그녀에게 어머니는 용이의 소식부터 전해 주었다.

그의 부모님은 그렇게 같은 날 돌아가셨다고 했다. 아직 어린 그와 갓 고등학교를 마친 그의 형을 남겨 둔 채였다. 동네 사람들은 그들 부부를 한 무덤에 묻어 주었다고 했다. 형의 도움으로 그는 간신히 중학교를 마쳤다. 그리고 형과 함께 부모가 짓던 얼마 안 되는 농토에 농사를 지었다.

고등학교 때 그녀는 다시 외가를 방문했다. 마침 방앗간에서 쌀가마니를 지고 나오던 그를 신작로에서 만났다.

"소식은…… 들어서 알고 있었어."

그녀는 한참 만에 더듬거리며 인사를 건네는 시늉을 했다. 뭐라고 위로의 말을 해야 할지 몰랐다. 다만 서로 쳐다보며 어색한 미소를 나누었을 뿐이었다. 그리고 침묵 속에 마을을 향해 신작로를 따라 함께 걸었다.

  집으로 돌아오는 길을 그녀는 일부러 더 먼 길로 돌아서 걷는다. 학교가 보이고 옆에는 넓은 잔디밭이 펼쳐져 있다. 잔디밭이 끝나는 지점에 어린이 놀이터가 있다. 놀이터는 한국의 어린이 놀이터와 별반 다를 게 없다. 그네가 있고, 미끄럼틀이 있고, 그 주변은 모래로 채워져 있다. 몇 개의 긴 나무의자도 있다. 아직 풀리지 않은 날씨 때문인지 놀이터는 텅 비어 있다.

  그녀는 나무의자에 걸터앉는다. 반대편의 학교 건물 쪽에서 산책로를 따라 한 백인 남자가 반팔 티셔츠에 반바지 차림으로 달려오고 있는 모습이 보인다. 겨울이 길어 일조량이 부족한 이 나라에서는 한겨울만 지나면 이른 봄볕을 즐기려는 사람들을 종종 만날 수 있다. 그렇더라도 참으로 놀라운 모습이다. 멀리서도 그 남자의 근육질 몸매가 두드러져 시야에 들어온다. 점점 윤곽이 뚜렷해진다. 옆집의 유태인 남자가 틀림없다.

  늘 안색이 불그레한 옆집 남자는 삼월만 되어도 더는 못 기다린다는 듯이 웃통을 벗어젖힌다. 가끔은 한겨울에도 반소매 차림으로 눈을 치우곤 한다. 남자는 그녀의 집 주차공간과 자신의 집 주차공간 사이에 어린이용 농구대를 가져다 벽에 붙여 세워놓고 있다. 하나로 붙어있는 집 앞 공간의 자기 소유를 정확하게 구분하기 위해서라는 걸 그녀도 짐작하고 있다.

그녀는 겨우내 남자보다 한 발 일찍 쌓인 눈을 치우곤 했다. 그럴 때 그 농구대는 좋은 표지판이 되어 주었다. 남자가 뒤늦게 나와 빠르게 눈을 치운 자리에는 농구대 표지판을 따라 주차 공간을 정확하게 둘로 나누는 하얀 선이 남아 있곤 했다. 남자는 왜 그런 선을 남기는지 의도는 알 수 없지만, 별 불만도 가지지 않았다. 이 나라에는 지구상에 생존하는 인종 중 거의 모든 인종이 모여 살고 있으니까, 인종에 따라, 나라에 따라 문화가 다르고, 생각이 다르다는 걸 그녀는 받아들일 뿐이다. 그 하얀 선은 새삼 그들의 좁은 주차 공간의 크기를 실감케 한다. 햇빛이 비치고 기온이 영상으로 오르면 그 선은 자연스레 사라진다. 남자가 그녀 앞으로 다가오기 전에 그녀는 서둘러 일어선다. 집 앞이 아닌 다른 장소에서 마주치면 남자가 그녀의 인사를 무시한다는 걸 기억한다.

집으로 돌아온 그녀는 따뜻한 물과 함께 타이레놀 한 알을 삼킨다. 이제 정신을 차리고 인터뷰 준비를 열심히 해야겠다고 생각한다.

아들은 왜 연락이 없는 것일까.

생각과는 달리 아들에 대한 궁금증이 또다시 그녀를 가로막고 끼어든다. 어미를 아주 잊어버린 건 아니겠지, 마음을 달래려고 해도 한편으로 서운함이 밀려든다. 이곳에 살 때에도 아들은 가끔 연락이 뜸해지곤 했었다. 처음에는 그녀가 아들의 소식이 궁금해서 안달을 내고 참다못해 서둘러 전화번호를 눌렀다. 그때마다 아들은 의외라는 듯 뜨악해 했다.

"엄마, 난 이제 내 가정이 있는 성인이에요. 어린애가 아니잖아요."

아들의 말에 그녀는 자신이 한없이 미욱한 노인네가 된 것만 같아서 몸 둘 바를 몰라 했다. 아들은 더 이상 그녀의 아들이 아니라는 말이 가슴 저리게 실감이 났다.

"부엌은 제니퍼의 공간인데 그렇게 허락도 없이 남의 살림살이를 마음대로 뒤지면 제니퍼가 기분 나쁘잖아요."

그녀의 머릿속에 아들의 목소리가 또다시 되살아난다.

남편과 그녀가 캐나다에 도착한 지 꼭 이 주일 만이었다. 아직 짐을 풀어 놓을 집이 마련되지 않아서 아들네 집에 머물던 때였다. 동서남북도 분간이 안 가고, 어디 가서 어떻게 살아야 할 지 막막해서 아들에게 의존하고 싶은 마음이 가득했던 것도 사실이니, 아들도 부담이 컸을 것이다. 하지만 하나밖에 없는 자식을 바라보고 멀고 낯선 나라에 살아보겠다고 찾아온 그녀에게 제 식구만 울타리를 쳐서 감싸는 아들이 참으로 낯설게 느껴졌다. 아무리 문화의 차이라고 여겨도 어이가 없어서 언제 자신이 저런 아들을 낳았던가 싶었다.

그녀는 며느리를 도와주고 싶었다. 며느리 살림을 뒤져내어 트집을 잡으려는 의도는 결코 아니었다. 그냥 심심하던 차에, 싱크대 밑에 아무렇게나 쳐 넣어 둔 어수선한 비닐봉지며, 허섭스레기들을 정리하자는 것뿐이었다.

대뜸 아들을 조종하는 건 며느리라는 생각이 들어서 며느리가 원망스러웠다. 요즘 시어미와 맞장 뜨자고 덤비는 드세고 당돌한 한국의 며느리들과 비교해서 그보다는 나으려니 넘기려고 해도 자꾸만 괘씸한 생각이 들었다. 또한 캐나다에서의 모든 기대와 희망이 일순간에 무너져 내리는 것만 같아 앞이 캄캄했었다. 한국으로 돌아가고 싶은 충동도 뭉클 솟아올랐었다. 그녀가 기가 막혀서 말문을 닫아버리고 뜨거운 눈물만을 쏟아내자, 아들은 뒤늦게 자신의 실수를 깨닫고 서둘러 사과했다.

"엄마, 내가 한국말을 잘 못하잖아요. 이래서 난 영어가 더 편해요."

영어와 한국말의 표현 차이라고, 아들은 둘러대는 것처럼 얼버무리고 말았다. 결국 제 속으로 난 자식이니, 구렁이 담 넘어 가듯이 둘러대도 속는 척 넘어갈 수밖에 없었다.

그녀는 또 다시 슬며시 고개를 쳐드는 서운함을 가라앉히고 평상심을 찾으려고 애를 쓴다. 이제 내 아들이 아니고 한 여자의 남편일 뿐이다, 그녀는 자신에게 스스로 최면을 걸듯이 중얼거리고 나서 고개를 저어 아들에 대한 생각을 지운다.

별로 한 일도 없이 며칠이 지나고 인터뷰 날짜는 바작바작 다가온다. 이제부턴 질문에 영어로 답을 만들어야 한다.

당신 자신에 대해서 말해 보시오.

전에 일하던 직장은 왜 그만 두었습니까?

"인터뷰는 자기 자신을 파는 일입니다. 최대한으로 자신의 능력을 보여주어야 하고 경험을 자신 있게, 그러나 절대로 거짓말을 하지 말고 설명해야 합니다."

인터뷰 요령에 대해서 강의한 흑인 강사는 이 질문은 반드시 할 것이고, 이 질문의 대답이 가장 중요하다고 했다. 이 질문에 대한 대답 속에 자신의 능력과 경험, 그리고 인간성과 자세, 등이 모두 포함되어야 한다고 강조했다. 그리고 자신이 지금까지 살아오면서 경험한 것들을 자세히, 깊이, 낱낱이 살펴보면, 캐쉬어와 연결된 경험 하나쯤은 찾아낼 수 있을 것이라고, 그것이 바로 요령이라고 말했다.

그녀는 자신에 대해서 생각해 본다. 자신은 육십이 다 되도록 무엇을 하고 살았나 생각하니 한숨만 나온다. 캐쉬어 일조차 자신 있게 잡지 못할 만큼 남편 그늘에서 안이하게 살아왔다는 생각이 들어 스스로 부끄러워진다.

그녀가 초등학교 교사가 되고 나서 외가가 있는 동네에 다시 갔을 때, 그 마을의 학교엔 그도 교사가 되어 근무하고 있었다.

유년 시절, 그녀가 그곳을 떠날 때처럼 진달래가 온 산을 뒤덮고 있었다. 그는 여전히 말이 적었다. 놀라운 눈빛으로 바라보는 그녀의 무언의 물음에 그저 빙그레 웃으며, 형님이 땅을 팔았어, 라고 말문을 열었다. 그녀는 눈에 보이는 상황을 이해하기 위해 그의 대답 앞뒤에 문장을 끼워 넣어 맞추어야 했다.

여학교에 입학하고 난 뒤에 그를 만나 신작로를 함께 걸었던 기억을 떠올렸다. 짐을 지고 그녀와 나란히 걸으면서도 한 마디도 말이 없었던 그였다.

"그때 너를 만났기 때문에 가능했어. 공부하지 않으면 너를 다시 만날 수 없잖아."

그가 어렵게 속을 드러내고는 쑥스러운 듯 엷게 웃었다.

"늦었지만 교사가 된 걸 축하해."

주경야독을 하기가 얼마나 힘들었을까 짐작하니 교단에 서게 된 그가 참으로 대견스러웠다.

"네가 다시 올 것이라고 짐작은 했지만, 이렇게 같은 학교에서 근무하게 될 줄은 몰랐네. 정말 반가워. 아주머니가 많이 좋아하시겠다."

그도 그녀를 진심으로 반겼다. 그녀가 외가 동네에 있는 학교에서 가르치게 된 건 우연의 일만은 아니었다. 여섯 살에 헤어진 어머니와 함께하는 시간을 만들고 싶었던 것이다. 그냥 어머니의 품이 어떤 것인지 느껴보고 싶었다고 함이 가장 확실한 이유였을 것이다. 그걸 잘 모르는 자신은 아직도 그 여섯 살의 유아에 머물러 있음이라고…….

그의 곁에는 늘 학생들이 있었다. 학교에서 뿐만이 아니라 집에서도 그의 반 남학생들은 그의 곁에 머물기를 좋아했다. 그는 가난한 살림에 아이들에게 신경 쓸 여유가 없는 그들의 부모를 대신해서, 아이들을 씻어주고 점심을 챙겨주고 아이들과 대화해 주는 진정한 선생님이었다. 그는 월급을 받으면, 삼분의 일은 저축하고 삼분의 일은 자신의 생활비로 쓰고, 삼분의 일은 가난한 학생들의 학비를 대주는 데에 쓴다고 했다.

그녀는 무엇에 떠밀리듯 또다시 그 기억 속으로 미끄러져 들어간다. 그것은 그녀의 인생에서 가장 순수하고 아름다운 추억이면서 동시에 기억하고 싶지 않은 아픈 부분이기도 하다.

여학생들은 저녁이 되어도 그녀와 함께 있고 싶어 했다. 처음에는 아마도 도회지에서 온 얼굴이 하얀 여선생에 대한 호기심으로 시작되었을 것이다. 그러다가 아이들은 진심으로 그녀를 따르게 되었다.

그녀는 아이들과 무엇이든지 함께 했다. 방과 후에 청소도 함께 했고, 놀이도 함께 했다. 그녀의 오르간 연주에 맞추어 함께 노래를 부르기도 했다. 틈이 나면 시냇가에 가서 다슬기도 잡았다.

"선생님이 내 엄마였으면 좋겠어요."

어느 날 그녀의 반 현숙이가 수줍게 웃으며 한 말이었다.

그녀가 터진 원피스를 꿰매주고 떨어진 단추를 달아준 다음이었다. 현숙이는 어머니가 없었다. 그래서 그녀는 현숙이에게 더 마음을 써 주었을 것이다. 차라리 그 아이한테 마음을 주지 말았어야 했다고, 많은 세월이 흘렀음에도 그 생각만 하면 깊은 회한이 그녀의 가슴에 사무친다.

현숙이의 집은 시냇물을 건너서 한참을 걸어 들어가야 했다. 산골인 그 동네에서도 더 깊은 구석에 있었다. 장마가 시작되자 시냇물이 불어나 급물살을 이루었다. 평소에 건너다니던 징검다리는 흔적 없이 사라지고 주변의 논밭까지 삼켜 버렸다. 학교는 휴교령이 내려지고 아이들에게 시냇가에 나가지 못하도록 주의를 주었다.

현숙이는 이웃집에서 준 시루떡을 들고 나갔다고 했다. 좋아하는 선생님에게 주기 위해서 겁도 없이 불어난 시냇물로 들어간 거였다. 현숙이의 작은 몸은 그대로 급류에 휩쓸려 사라졌다. 현숙이의 사고는 그녀의 인생을 바꾸어 놓고 말았다. 그와의 인연도 틀어지게 만든 원인이 되었다.

그녀는 감기몸살이 더 심해지는지 기침이 나오고 몸이 여기저기 쑤

셔온다. 타이레놀 병을 찾아 알약을 꺼내 삼키고 나서 다시 컴퓨터 앞에 앉는다. 숨을 길게 한 번 내쉬고 나서 답안 작성에 마음을 모두기 위해 애쓴다. 첫 번째 질문에 대한 답을 쓸 궁리를 한다. 뭐 좋은 수가 없을까, 짧은 교사 경력을 가지고 캐쉬어와 연관 지어 경험을 쓸 수는 없을 것이다. 아, 그렇다, 그거라면 가능할 것이다. 한동안 머릿속을 이리저리 뒤지던 그녀가 순간 탄성을 지른다.

남편을 만나 결혼하고 아이들이 어릴 적에 잠깐 쇼핑센터에서 신발가게를 운영했던 적이 있었다. 친척 오빠가 하던 가게를 맡아서 해 보라는 권유가 있었다. 장사와는 맞지 않는 성격이었지만 오빠가 도와줄 테니 어렵지 않을 거라는 말을 믿고 뛰어든 일이었다. 시어머니의 병환으로 결국 일 년 만에 넘기긴 했지만, 평생 처음이자 마지막으로 해본 서비스와 관리, 그리고 캐쉬어까지 연관된 경험이었다.

내 이름은 김정원입니다. 나는 세탁소에서 캐쉬어와 포장 일을 했지요. 그 전에는 신발가게를 운영하기도 했습니다. 그런 경험에 의해서 손님에게 서비스하는 것과 관리에 자신감을 느낍니다. 특히 캐쉬어 일을 빈틈없이 잘 할 수 있습니다. 성격이 아주 꼼꼼하거든요. 그리고 나는 사람을 좋아합니다. 지금은 캐쉬어 일로 시작해서 나중에는 손님에게 서비스를 가장 잘 하는 직원이 되는 게 내 목표이지요.

그녀는 여기까지 문장을 만들고는 스스로 과대포장이라는 생각 때문에 씁쓰레 미소를 짓는다. 세탁소에서 한 카운터 일이란 영어도 간단한 말을 구사하는 정도면 되고, 컴퓨터를 조금 다룰 줄 알고 카드기계를 조작하는 정도니까 대단한 경험은 아니다. 지금까지 살아온 걸 되돌아보면 자신의 성격은 사람을 좋아하는 편이라고 말할 수도 없다. 신발 가게를 한 것 역시 까마득한 옛날 일이다. 그것이 현실적으로 무슨 도움이 된다는 허풍인지, 자신이 우습기만 하다.

큰 마켓은 다를 것이다. 길게 늘어선 줄을 보고도 긴장하지 않고 소화할 수 있어야 할 것이고 무엇보다도 젊은 애들처럼 손이 빨라야 할 것이다. 자신 있는 거라고는 하나도 없는데, 그렇다고 사실대로 말하면 인터뷰는 허사가 될 게 뻔하고, 거짓은 아니라도 경험을 부풀리자니 낯이 간지럽다.

그녀는 한 손으로 다른 쪽의 팔과 다리를 주무른다. 점점 심해지는 근육통으로 얼굴이 절로 찌푸려진다. 기침이 심해지는 거 같다. 몸 상태가 심상치 않다는 느낌이 든다. 달력을 보고 남은 날짜를 따져본다. 사흘 후면 인터뷰를 해야 한다. 그럭저럭 너 댓개의 답을 만든다. 하루만 더 하면 열 개 정도의 답을 준비할 수 있을 것 같다. 우선 조금만 쉬고 보자. 그녀는 또다시 전기장판의 스위치를 켜고 눕는다.

아들은 왜 연락이 없을까.

미국으로 간 지 여덟 달이 지났다. 처음에는 일이 주에 한 번씩은 꼬박 안부 전화를 걸어왔다. 두어 달 뒤부터는 이삼 주에서 한 달에 한 번 꼴로 간격이 벌어졌다. 목소리를 들을 때가 지났는데, 혹시 자신에 대해 무슨 오해라도 생긴 건 아닌지 생각한다. 아니면, 자신이 귀찮아진 걸까. 그러다가 그녀는 도리질을 한다. 그럴 리는 없지, 혼자 남은 어미를 이 춥고 낯선 나라에 버려둘 리는 없어. 그것도 아니면, 어디가 아픈 건 아닐까, 무슨 일이 있는 건 아닐까 걱정이 앞선다.

그는 자신을 기다린 걸까.

무심히 천정을 바라보며 아들 생각을 하다가, 어느 새 그의 생각으로 바뀐다.

그녀가 학교를 떠나고 그는 섬으로 들어갔다고 했다. 이종사촌 여동생을 통해서 들은 소식이었다. 이종사촌동생은 그녀가 그 학교에 있을 때, 그의 반 학생이었다. 그래서 가끔 동창들과 만나 스승인 그를 방문한다고도 했다.

"언니, 이인용 선생님은 오직 아이들을 위해서 사신다니께유. 그 선생님이 학비를 대 주어서 공부한 제자가 수백 명이래유. 지금은 교장 선생님이 되셨잖아유. 그런디 왜 결혼을 안 하셨는지, 그 이유를 참말 모르것어유."

그녀가 남편의 직장을 따라 외국으로 떠돌다 귀국하면 이종사촌 여동생은 전화로 그의 소식을 전해 주곤 했다.

그 여름, 현숙이가 급물살에 휘말려 사고를 당한 뒤, 그녀는 더 이상 아이들 앞에 설 용기가 나지 않았다. 자신이 현숙이를 죽게 한 거나 다름없다는 자책감 때문이었다. 그곳을 떠나면서 그에게 연락처를 남겼다. 적어도 그 기억으로부터 자유로워지기 전까지는 그 동네에 갈 수 없을 거 같아서였다.

혹시나 그에게서 연락이 올까, 그녀는 기다렸었다. 그러나 끝내 아무 연락이 없었다. 그런데 자신 때문에 그가 결혼을 하지 못했다는 건 아무리 생각해도 이해가 되지 않는다.

그는 왜 연락하지 않았을까. 그가 연락했더라면 그와 자신의 관계는 달라졌을까. 곰곰이 생각한 끝에 그녀는 마침내 새로운 사실에 도달한다. 어쩜 그는 한평생 자신을 기다렸는지도 모른다. 아니 기다리지 않았는지도 모른다. 기다리지 않는 것도 그만의 사랑 방식인 것이다. 다만 늘 그 자리에 있었다. 기다리지 않는 것처럼 늘 자기 자리에서 같은 모습으로 자신을 기다린 거라고. 연락하지 않은 것도 기다리지 않은 것도 그가 아니고 자기 자신이었다고. 자신의 아둔함에 그녀는 가슴을 친다.

그녀는 다시 생각한다. 지금은 어디서 아이들을 가르치고 있을까. 그가 병마를 이기고 건강을 되찾았다면 아직까지 교직에 몸담고 있을 것이다. 혹시 건강을 완전히 찾지 못했다 하더라도 그는 아마 끝까지 아이들과 함께 할 것이다.

마음에 무언지 모를 아련한 그리움이 몰려옴과 동시에 그에 대한 연민으로 가슴이 저민다.

갑자기 기침이 발작적으로 나온다. 기침할 적마다 기관지를 따라 통증이 느껴진다. 타이레놀이 전혀 효과가 없는 것 같다. 이러다 인터뷰도 못 가는 건 아닐까 은근히 걱정이 된다.

그녀는 일어나 겉옷을 입고 현관을 나선다. 병원에 가서 의사의 처방전을 받아다 약을 사 먹어야 될 듯싶다. 자동차를 몰아 가까운 워킹 클리닉을 찾아간다.

클리닉에는 환자들이 길게 줄을 지어 차례를 기다리며 앉아있다. 그녀는 카운터로 가서 의료보험 카드를 내고 진료 신청을 한다.

"단순한 감기이니 약국에서 타이레놀을 사 먹고 쉬세요."

삼십 분 이상을 기다려서 만난 의사는 간단한 진료를 마치고 나서 오로지 쉬라고 강조한다. 처방전을 줄 수 없다는 말이다. 처방전을 쉽게 받지 못한다는 건 늘 겪는 일임에도 웬만한 감기는 앓을 만큼 앓고 스스로 이겨내라는 태도인 이 나라의 규정이 불만스럽다. 그러나 의사 앞에서 불만을 터놓고 드러낼 수도 없다. 맥이 빠진 채 그대로 차를 몰아 집으로 향한다. 돌아오는 길에 한국 식품점에 들러 건도라지와 한국산 배를 산다.

집에 돌아온 그녀는 주전자에 도라지와 배를 넣고 차를 끓여서 마신다. 이럴 때마다 쓰는 민간요법이다. 효과가 분명하지는 않아도 따끈한 도라지 찻물을 마시면 몸과 마음이 한결 편안해지는 느낌이 든다.

그녀는 열이 오르는지 으슬으슬 추워서 입고 있는 니트 셔츠 위에 두툼한 털스웨터를 하나 더 껴입는다. 다시 컴퓨터 앞에 앉아 예상 질문에 대한 대답을 준비한다.

이틀 동안 뽑아놓은 예상 질문에 대한 대답을 완성한다. 열 개가 넘는 대답이다. 이제부터는 대답을 자연스럽게 할 수 있도록 만든 문장들을 여러 번 읽어 거의 외우다시피 해야 하리라. 말을 잘 하는 사람이 보면 그녀의 방식은 좀 어쭙잖게 보일 수도 있을 것이다. 하지만 회사의 인사과 직원 앞에서 떨지 않으려면 그 수밖엔 없다고 생각한다.

쉬지 못하고 인터뷰 준비를 한 것이 무리였을까, 기침이 계속되고 몸이 덜덜 떨려온다. 목이 부어서 숨을 쉬기도 어렵다. 밤이 되자 기침이 발작적으로 나와 잠을 잘 수 없어 거의 뜬 눈으로 새운다.

이튿날, 다시 병원에 가봐야지 생각은 하지만 마음 뿐, 몸이 말을 듣지 않는다. 정신이 아득하게 까부라진다. 이러다 아무도 모르게 죽겠구나, 희미한 의식 속에서도 그런 불안이 다가든다.

911에 도움을 청할까. 이웃집 남자에게 도움을 청할까. 그녀는 다급한 생각에 이웃집 남자를 떠올리기도 한다. 아, 내 소꿉동무, 그가 있으면 얼마나 좋을까. 그녀는 그의 도움이 간절해진다. 그는 분명 달려올 수 없는 먼 곳에 있음에도 손을 뻗으면 그가 마주 손을 내밀어 그녀를 일으켜 줄 것만 같다. 그녀는 손을 들어 올려 허공을 휘젓는다. 도와달라고 소리치고 싶다. 그러나 그녀는 아무 일도 할 수가 없다. 죽음은 얼마나 편할까, 그녀는 순간 모든 걸 놓고 편안해지고 싶다. 그리고 아래로, 아래로 끝을 모르는 나락으로 떨어져 내리는 것만 같다.

누군가 그녀에게로 서서히 다가오고 있다. 하늘엔 붉은 노을이 퍼져 있다. 붉은 빛을 등지고 그는 검은 실루엣의 모습으로 한 걸음, 한 걸음씩 가까워진다. 누굴까, 얼굴을 분간할 수 있을 만큼 가까워졌을 때, 그가 슬픈 눈빛으로 바라본다. 낯익은 모습, 그 모습은 분명 소꿉동무인 그다. 그녀는 반가움에 눈물을 흘린다. 손을 내밀어 그에게 잡아줄 것을 청한다. 그러나 그는 더 이상 가까이 다가오지 않는다.

"잘 있어."

그가 걸음을 멈춘 채 손을 흔든다.

"용아, 내 손을 잡아줘."

그녀는 소리친다. 그러나 말이 되어 나오지 않는다. 그가 돌아선다.

그녀는 안타까움에 흐느낀다. 그녀의 울음에도 그는 손을 잡아주지 않고 떠나간다. 그녀는 다급해져서 두 팔을 내젓는다.

아아, 꿈인가. 정신이 혼미한 가운데 그녀는 신음한다. 온몸은 땀으로 푹 젖어있다. 비몽사몽간에 그녀는 살아야겠다는 생각으로 안간힘을 써서 몸을 움직인다. 그리고 방문을 열고 밖으로 기어나간다.

"누구든 나 좀 도와주세요."

있는 힘을 다해 소리치지만 목소리는 잠겨서 나오지 않는다. 숨을 쉬기가 어렵다.

방문 앞 계단에서 그녀는 쓰러진다. 비틀거리며 악을 쓰고 기어서 손을 뻗어 현관문을 연다. 밖은 어두웠다. 어둠 속에서 신선한 바람이 그녀의 얼굴에 스친다. 밤하늘에 별들이 총총하다. 그때 동쪽 하늘에서 별똥별 하나가 길게 빛을 그으며 서쪽으로 떨어진다. 그 별 속에서 그의 얼굴이 함께 스러진다. 그녀는 손을 뻗어 허공을 휘젓는다.

더 이상 밀밭은 없다

김채형 지음

발행처·도서출판 청어
발행인·이영철
영 업·이동호
홍 보·이수빈
기 획·천성래
편 집·방세화
디자인·김희주
제작부장·공병한
인 쇄·두리터

등 록·1999년 5월 3일
(제321-3210000251001999000063호.)

1판 1쇄 인쇄·2018년 2월 1일
1판 1쇄 발행·2018년 2월 10일

주소·서울특별시 서초구 효령로55길 45-8
대표전화·586-0477
팩시밀리·586-0478

홈페이지·www.chungeobook.com
E-mail·ppi20@hanmail.net
ISBN·979-11-5860-538-4(03810)

이 도서의 국립중앙도서관 출판시도서목록(CIP)은 서지정보유통지원시스템 홈페이지
(http://seoji.nl.go.kr)와 국가자료공동목록시스템(http://www.nl.go.kr/kolisnet)에서
이용하실 수 있습니다.(CIP제어번호: CIPCIP2017003851)